香宗我部 美鈴
KOUSOKABE MIRIN
柳原 芹恵
YANAGIHARA SERIE
舞鶴 和香
MAIDURU NODOKA

本多 詩乃舞
HONDA SHINOBU
船坂 叶馬
FUNASAKA TOUMA
CHARACTER
[HIGH!] SCHOOL HACK & SLASH

CONTENTS

開幕 …… 006
第七十三章　汝傲慢たれ …… 013
第七十四章　色欲は質だ …… 032
第七十五章　暴飲暴食 …… 057
第七十六章　嫉妬の若芽 …… 078
第七十七章　小さな強欲 …… 093
第七十八章　林間学校 …… 106
第七十九章　磐戸樹海 …… 124
第八十章　ただいま遭難中 …… 138
第八十一章　必殺カルマエンド …… 153
第八十二章　謎のお助けキャラ …… 170
第八十三章　みそぎの洞窟 …… 187
第八十四章　約束 …… 205
第八十五章　蠢動せし怪異 …… 220
第八十六章　支払うもの …… 243
第八十七章　汝の選択を …… 258

幕間　麻鷺荘奇譚 …… 270
群像艶戯《アンサンブルキャスト》 …… 279
・艶媚［エンヴィ］ …… 279
・勇者団［ブレイバーズ］ …… 290
・孤軍道化師［クラウンデライト］ …… 302
・一心仙念＆一心仙女［パブリック］ …… 312
ＥＸミッション：麻鷺荘納涼譚 …… 332

ハイスクールハック
アンドスラッシュ7

竜庭ケンジ

BRAVENOVEL
ブレイブ文庫

開幕

さて、この豊葦原《とよあしはら》学園は人里離れた場所にある。

四方は山々に囲まれており、近場に人が住んでいる集落はない。

学園を外部と繋《つな》いでいるのは一本の鉄道路線だけだ。

食品などの必要物資はすべて貨物列車で輸送されていた。

そんな僻地《へきち》にある学園は、当然ながら全寮制となっている。

生徒だけでなく、教師や学園の職員も同様であった。

故に『学校』としての施設だけでなく、日常生活に必要な施設も用意されている。

学園に隣接している学生街では、服飾や家電に日常雑貨など、大抵《たいてい》の買い物が可能だった。

ちょっとした学園都市である。

それだけ厳重に隔離されている理由は、やはり学園の地下に存在するダンジョンなのだろう。

俺たち生徒は授業の一環としてダンジョンに潜り、日々モンスターと戦いながら攻略をしている。

そしてダンジョンから漏れ出している瘴気《しょうき》は、まれに地上であろうとモンスターを出現させるのだ。

「叶馬《とうま》さん。お疲れ様です」

俺がお世話になっている女子寮、麻鷺荘で静香《しずか》が出迎えてくれた。

今日は休日なので私服、というか作業着姿である。

「そっちも獲れたか。最近なんか多いよな」

「マジ面倒臭いんですけど。ダンジョンの外だと魔法も使いづらいしぃ」

短剣を手にした誠一《せいいち》の隣で、マジックロッドを担いだ麻衣《まい》がぶーたれていた。

みんなが作業着スタイルになっているのは周辺の清掃作業をしているからだ。

男子寮を追い出された俺と誠一は、麻鷺荘でお世話になっている食客みたいなもの。

恩に報いるよう働くべき。

「おっきいのが獲れましたー」

「見敵必殺《けんてきひっさつ》、です」

「サーチアンドデストロイ、です」

ガサガサと藪《やぶ》をかき分けて登場したのは、小太刀を携えた沙姫《さき》だ。

同じ班になって行動していた双子姉妹、海春《みはる》と夏海《なつみ》が後に続いている。

そして、獲物を咥《くわ》えてズルズルと引っ張ってきたモフモフ軍団。

わふわふと吠えながら、褒めろとアピールしている浅ましきケダモノである。

連中は姉妹の手下なので駆除対象ではない。

「みんなご苦労様～」

「うーん。予想以上に繁殖してたかな」

寮の裏庭、我ら神匠騎士団《アデプトオーダーズ》の作業場には先輩たちが待機していた。

職人組のリーダー兼マスコットである蜜柑《みかん》先輩。

副リーダー兼まとめ役の凛子《りんこ》先輩。

「大量ですね〜」

「頑張って処理しちゃいましょう」

のんびりとしながら手際よく準備を進めているのは、杏《あんず》先輩に桃花《とうか》先輩だ。

「そうね。ちゃちゃっとバラして素材と食材に分けましょ」

「数が多いので作業台を増やしますー」

腕まくりをした市湖《いちこ》先輩の隣で、梅香《うめか》先輩が地面に手を当てていた。

地面がモコッと盛り上がって台座が造設されている。

今更なのだが、地上でスキルを使うのは自重したほうがいいと思います。

特に梅香先輩はクラスもちょっと特殊系で、いろいろとやらかしてしまうトラブルメーカーなのだ。

「だいじょうぶ。隠蔽《いんぺい》はばっちりだよ」

「へーきへーき。これはスキルじゃなくて装置だから」

智絵理《ちえり》先輩と柿音《かきね》先輩が、怪しい煙を噴いている装置を引っ張ってきた。

今にも爆発しそうな装置だ。

どこら辺が大丈夫で平気なのか、まったくわからない。

「叶馬くん……こっちに」

「おいしくないモツは肥料に加工しちゃいます」

控えめに手招いた鬼灯《ほおづき》先輩の元へ、俺が狩ってきた害獣を運んでいく。

そのままバケツを手にした朱陽《あけひ》先輩の前に、モンスター化した巨大猪を寝かせた。

どうやら二人一組で解体作業をするようだ。

先輩たちは手先がみんな器用なのですぐに終わると思う。

だが、こういう作業をもっとも得意としている人物の姿が見えない。

「ああ、久留美《くるみ》ちゃんと芽龍《めいろん》ちゃんなら、食堂で試食会の準備中よ～」

「なるほど」

麦芽《ばくが》ジュースを片手に昼間から飲んだくれているのは、麻鷺荘の寮長《ソロリティーリーダー》をしている乙葉《おとは》先輩だった。

休日とはいえ、だらけすぎではなかろうか。

本当に残念な美人さんである。

とはいえ、本日の麻鷺荘周辺害獣駆除作戦は、突発的なイベントだ。

寮外のお客様がやってくる予定なので、魔境になりつつある寮環境を隠したい意味もあった。

「本当に今更ですね……」

ため息を吐《つ》いた静香が遠い目をしている。

諦めたらそこで試合終了だと申したい。

まあ確かに、周辺にはダンジョン第一階層程度のモンスターが徘徊しているし、寮内は普通にヌルモブが湧いている。

俺がハンティングしてきた一角猪とか、体重が百キロクラスの大物だった。

だが、ダンジョン内とは違って、積極的に人間を襲うような習性はないようだ。

ちょっとモンスターっぽく変化した野生動物である。

「来るのはワンコちゃん先輩だし、気にしなくても平気でしょ」

「気にしないのだ」

「それはそうなのですけど」

「これ、お代わりが欲しいのだ」

いつの間にか静香と麻衣の間に、解体中の猪よりもモフモフなワンコさんがおられた。

ファンシーな狼の着ぐるみを装着している小柄な先輩。

それが本日のお客様、倶楽部『黒蜜《ブラックハニー》』の部長を務めている彩日羅《あすら》先輩だった。

「まだ準備中です」

「おいしそうなクジラベーコンが呼んでいたので仕方ないのだ」

捕獲されても絶対に皿は手放さないスタイル。

野外テーブルにはレイド食材パーティーの前菜が、すでに並べられていた。

ベーコンやハム、佃煮に大和煮、ジャーキーに加工した乾き物など。

冷めていてもおいしく食べられる冷菜系だ。

火竜《かりゅう》や火蜥蜴《ひとかげ》に、いつまで経っても使い切れない巨大鯨が原材料となっている。

「わ、私のおつまみが」

悲痛な乙葉先輩の嘆きには、誰も反応しなかった。

もっと他のことに気を回すべき。

「いや、どのみち駆除は必要だったしな。ワンコ先輩ならマジで今更だろ……」

「なのだ。それよりベーコンのお代わりが欲しいのだ」

悟った顔をした誠一に、ワンコ先輩が頷《うなず》きながらおねだりをしている。

どうせ食べきれない量があるので、お腹いっぱい食べてほしい。

寮内でもレイド食材パーティーの告知をしている。

いや、最初はモンスター料理の試食会を予定していたのだ。

何しろ俺たちのパーティーは、毎回ダンジョンから大量のドロップアイテムを回収している。

処分するのももったいないし、寮生のみんなにもお裾分けというか、現物処理を手伝ってもらおうという話になった。

とりあえず、最初はモンスター料理に慣れるためのプレ開催。

そんなプランを計画しているところにワンコ先輩がやってきて、アレが食べたいコレも食べたいと大騒ぎに。

結果どんどん規模が大きくなって、野外パーティーをすることになった次第だ。

「やっぱりこっちに来てたのね。出来上がったのから持ってくるわよ」

「たたきの盛り合わせ、竜田揚げ、山盛りです」

ワゴンを引っ張る久留美先輩と、大皿を手にした芽龍先輩がやってきた。

「待ってましたなのだ！」

「まだまだあるんだからひとり占めしちゃダメよ？」

飛びつくワンコ先輩が竜田揚げに爪を伸ばしていた。

「竜と鯨カツに照り焼き、しゃぶしゃぶにハリハリ鍋、湯引きした皮の酢味噌和え、味噌煮込み、たくさん用意です」

むふんっと胸を張る芽龍先輩が可愛い。

「このベーコン、いくらでも食べられるわ。あっ、みんな呼んじゃっていいよね。おーい、もう始めるわよー」

いい感じに仕上がってきた乙葉先輩の合図で、マイ箸とマイ皿を手にした寮生がワラワラと集まってきた。

完全武装で出待ちしていたらしい。

全員、シュワシュワする飲み物まで持参してるのは如何《いかが》なものか。

「乙葉先輩……まだ証拠隠滅、ではなく解体作業が終わっていないのですが」

「あはは。すぐに終わるから大丈夫。そうそう、バーベキューの用意もしちゃおっか」

蜜柑先輩たちが処理している猪や鹿は、すでに皮を剥いだ枝肉状態になっていた。

職人スキルをフル活用した早業《はやわざ》だ。

誠一が頭を抱えているが、まあ、本当に今更であった。

それでも致命的なトラブルが発生していないのは、俺たちも多少は信用を勝ち得ているのだろう。

「ほらほら、ぼーっとしてないで。暇なら運ぶのを手伝いなさい」

「了解です」

久留美先輩に手を取られて食堂へと連行される。

「気合入れて作ったんだから、あ、あんたもちゃんと感想聞かせなさいよ」

恥ずかしそうな先輩だが、食べる前から答えはわかっていた。

彼女の作ってくれた愛情料理が、おいしくなかったことはないのだから。

第七十三章　汝傲慢たれ

黒蜜倶楽部との共闘レイドクエストをクリアした俺たちは、いつもどおりの日常へと戻っていた。

血湧き肉躍るような闘争は楽しかったが、人生を楽しむにはメリハリも大切だ。

のんびりゴロゴロする時間も必要だと思われる。

早いものでジメジメとした空は青色を取り戻し、暖かいから暑いへと変わっていく。

月が変わって七月になれば、いよいよ夏休みが待っていた。

「その前に、期末テストがあんのを忘れんなよ？」

三角パックの牛乳に挿したストローを咥えた誠一が、呪いの言葉を唱える。

呪いは無差別に被害を与えて、周囲のクラスメートも嫌な顔をしていた。

中でも効果は抜群なのが麻衣だった。

机に突っ伏したまま、ピクピクとゴキブリのように痙攣《けいれん》している。

「……なんで、そういうこと、ゆうの？」

「いや、聞こうが聞くまいが、テストは必ずやってくるんだよ。そういうモンだろうが」

「なんでよ！　テスト前に隕石《いんせき》が降ってきて校舎に直撃する可能性だってあるじゃない！」

誰でも一度は妄想するようなやつを恥ずかしげもなくシャウトする。

「ねえよ。お前は小学生か」

「じゃあ、校舎の地下に封印されてた魔神が復活してテストが中止になる確率も微レ存よ！」

「小学生から厨二になっても大して変わんねえよ。夢見んな」

まあ実際、筆記テストはどうにでもなるだろう。

因数分解とかやってるレベルなので。

迷宮概論などの専門科目も、トラップの種類を書けとか、精算時の分配法について述べよ、とか一般常識の部類である。

注意するべきなのはダンジョン実習のテストだ。

恥ずかしながら、前回の中間テストでは赤点を取ってしまった身だ。

油断せぬように備えるべき。

「大丈夫です。何も問題ありません」

静香さんがニッコリと微笑みを浮かべる。

なんだろう。

ものすごいプレッシャーというか、鬼気迫る笑顔だ。

隣の席の子が顔を青ざめさせているのは俺のせいじゃないと思う。

まあ、今回は学生手帳を静香さんに預けっぱなので問題はない、はずだ。

「――きり～つ、礼、着席」

「――それでは、今日は前回の続きから」

授業を受けるのも、ずいぶんと久しぶりのような気がする。

ダンジョンや、特にレイドダイブしていると時差が出るので感覚が狂ってしまう。

だが、こうやって教科書とノートを開いて机に座っていると、普通の学生に戻ったような感じがした。

黒板に英語の例文が書き込まれていく。

オールドミスと呼ばれている英語の先生だが、三十路《みそじ》を越えているようには見えない。

そもそも年配の先生を構内で見かけることはほとんどないのだが。

「be動詞、つまりこれは名詞や形容詞を使って表現を表わす――」

教室の空気は、ぶっちゃけてしまえば弛《たる》みきっている。

机に突っ伏して寝ている者も多く、残りの大半も欠伸《あくび》をしながらボーッとしていた。

空き席もチラホラと目立っている。

サボっているのだろうか。

学生の本分は勉学だというのに、嘆かわしいことだ。

クラスメートのみんなも、悪い意味でこの学園生活に順応し始めているのだろう。

授業をサボっても、ダンジョンにさえ入っていればペナルティーはない。

ペーパーテストは形だけで、解答用紙に名前さえ書けば落第することもない。

それで学習のモチベーションを保《たも》てというのは難しい。

まあ、俺も最近はレイド攻略や制裁行脚で、不本意ながら授業をお休みすることがあった。

――……閃《ひらめ》きが脳裏を貫く。

なるほど、クラスメートのみんなもガンガンレイドアタックや辻斬り行為に励んでいるということか。

つまり、このヤル気のない堕落《だらく》した姿は擬態《ぎたい》だ。

テスト前に、あー俺勉強してないわー、全然してないわーというのと同じだ。

現にクラスメートが立ち上げた倶楽部は、俺たち神匠騎士団と同じCランクだと聞いている。

まんまと騙《だま》されるところだった。

気合を入れ直さねばならないだろう。

＊＊＊

「ほ、他にも、進行形や受け身の文でもbe動詞を用いる場合があり――」

豊葦原学園で英語担当教師のひとりである紗江子《さえこ》は、黒板に向き合ったまま延々とスペルを書き綴っていく。

彼女は背後から感じる視線に振り向くことができなくなっていた。

それが性的な視線であるのなら慣れたものだ。

アラサーなどと呼ばれて馬鹿にされることはあるが、女としての性的魅力を保つトレーニングは欠かさず、むしろ熟れた牝《めす》として脂が乗っていると自負していた。

初心《うぶ》なネンネとも、色気の足りないビッチとも違う。

ヤリたい盛りの猿セックスを受け止められる肉体だ。

特に一年生を担当する授業が終われば、補習希望者が詰め寄ってくる。

そんな男子生徒の舐《な》めるように視姦してくる視線、ではない。

「つ、つまり、れ、れれ例文のように――」

黒板に向けた顔を石のように固定しているのは生徒たちも同じだった。

決して、ソレと視線を合わさないように、まっすぐ前だけを凝視し続けている。

一年丙組では既に不文律となっている不可侵領域《アンタッチャブルゾーン》。

窓際の一番後ろの席と、その周囲。

そこに座った男女は、珍しく全員居眠りをしていた。

普段は無駄に、授業態度だけは優等生だったりするメンバーだ。

腕枕に突っ伏したり、ついた肘に顎《あご》をのせたままスヤスヤと熟睡している。

何分、長期レイドクエストの攻略明けだ。

昼夜が逆転していた体内時計もズレたままだった。

そんな彼らの上で、ギョロリと浮かんだ瞳が教室を睥睨《へいげい》していた。

空中にぽっかりと浮かんでいるように見える眼球は、バスケットボールほどの大きさがあった。

縦に細い猫のような瞳孔が、ギョロギョロと興味深そうに動いている。

一旦閉じられ、にゅっと鼻先から顔の半分までを覗《のぞ》かせたのは、犬のような虎のような猿のような巨大な面だ。

とある男子生徒の頭上で、何もない空間から生えた生首は、まるで動物の首剥製《ハンティングトロフィー》だった。

ハッハッハッ、という生々しい息遣いすら聞こえてくるリアリティーがあった。

イョゥ、と鳴いてみたり、構ってほしいのかブォンブォンと猫パンチを繰り出してみたりしていた。

可愛い仕草だったがサイズは土建用重機だ。

バックホウのアームを振り回しているに等しい。

強風に髪をなびかせる周囲のクラスメートたちは、一心不乱に黒板を見詰めたまま風景に同化しようとしている。

黒板に、もはや判別不能なミミズ文字を書いている紗江子は『あれはヌルモブ害はない、ヌルモブだから大丈夫、だだだ大丈夫』などと呪文のようにブツブツ呟《つぶや》いていた。

これが麻鷺荘の住人なら、露天風呂の改装でもするのかな、で適当に流される案件なのだが、生憎《あいにく》丙組にはメンバー以外の寮生はいない。

最近の麻鷺荘のように、ヌルモブが常時顕現している環境はイレギュラーなのだ。

ぐ～っと前脚を伸ばして力を溜めて、やったら怒られそうだけどやってみたい、という顔を反らしながら渾身の猫パンチが放たれようとしていた。

＊　＊　＊

ガシャーン、と遠くのほうでガラスと校舎が破壊される音が響いてきた。

特別教室棟にある迷宮資料室。

窓辺に肘をついて外を眺めていた男子が振り返った。

「なー、アレって俺らの教室のほうじゃね？」

資料室の備品に、以前なかった仮眠台が設置されていた。

その簡易ベッドには、彼らの担任教師である翠《みどり》が寝かせられている。

スカートや下着は床に投げ捨てられており、うつ伏せとなった彼女の下半身は丸出し状態だ。

もっとも、部屋に屯《たむろ》している丙組の男子も全員、下半身が丸出しだった。

Cランク倶楽部として部室を獲得した『無貌《ネイムレス》』だったが、メインで利用しているたまり場は変わっていない。

翠が管理者となっている、この迷宮資料室だ。

放課後は大抵部員の誰かが顔を出していたし、ダンジョンアタックの打ち合わせなどにも使われている。

一応ただ授業をサボってしけ込んでいる訳ではない。

実際、彼らは登校してすぐにダンジョンへ潜っていた。

今は反省会をするために迷宮資料室へ集まっているのだ。

もちろん、帰還するタイミングは、翠が担当している授業の空きスケジュールに合わせている。

「ああ、このスカートって、いつでもどこでも交尾しやすいように開発されたステキ礼装だよな」

「いやいや、全然聞こえてねぇじゃん」

臀部《でんぶ》を掲げた翠の背後では、膝立ちになった男子が腰を振っていた。

ぬっぷぬっぷっと出入りしているペニスがギンギンに滾《たぎ》っている。

ダンジョンアタックで稼いだEXPにより、肉体のポテンシャルが活性化して生殖器を漲《みなぎ》らせていた。

放っても放っても萎えない憤りこそが免罪符だ。

ダンジョンを攻略してモンスターを倒せ、そう強《し》いているのは学園なのだから。

ぬるン、と奥に射し込まれたペニスが暴発する。

突っ伏した顔の両脇に置かれた翠の手が、ぎゅうっとシーツを摑んでいた。

ヌポッ、と引き抜いた亀頭からは白い粘液の糸が垂れて、卑猥に口を開いた穴に繋がっている。

広げた尻の谷間に覗くアナルにも擦りつけてから、再び女性器へとペニスが埋め込まれた。

今回のダンジョンアタックメンバーは三人。

ぶっちゃけた話、授業をサボって翠とヤリたくなったメンバーだった。

ダンジョン帰りという大義名分があれば、翠に教え子を拒むことはできない。

既に全員が二巡目を済ませて、まだ昼休みまでの一時限分をフルタイムで利用できる。

軽く発散した彼らが順番で揉めることはない。

まったりゆったりと輪姦タイムを堪能する予定だった。

漲る教え子に尻をパンパンッと使われる翠のスケジュールは決められてしまった。

昼休みのチャイムが鳴るまでは彼らに、放課後はこのまま他の部員に引き継ぎされることは確実だ。

一方的に倶楽部ネイムレスの顧問扱いされている翠には、これが最近の日常業務になっていた。

「ただいま、っと。翠ちゃん、チンポ舐めて」

トイレから戻った男子が、ベッドに腰かけて翠の顔を上げさせる。

入学したての頃とは違い、ＥＸＰを吸収してより濃厚になった彼らの精は、翠の身体と意識を蕩《とろ》けさせるに充分なレベルへと到達していた。

「あ～、やっぱ翠ちゃんのフェラ、クラスメートの子よかずっとウメー」

「俺はマンコも翠ちゃんのほうが好み。トロットロで柔らけーのにキュンキュン締まるし」

打ちつける股間で尻肉を波打たせながら、ブラウスからはみ出させた巨乳を揉みしだく。

「このだらしねぇオッパイも最高」

「お前、ホント翠ちゃん大好きな。つか、次出したら替われよ？」

「オッケー。つーか、お前らに翠ちゃんヤラれまくってンの見てっと、寝取られに目覚めそ」

「よし。んじゃ性癖の開発を手伝ってやんよ」

窓際に腰かけていた男子が、合体していた男子を押し退《の》けて、文字どおりに横ヤリを挿入した。

ずぶりと挿れられた形状の違う生ペニスに、翠の腰がビクリと震える。

「俺の順番だろっつー」

「しょうがねぇな。上と下の口、交替すっか」

ふたりの男子の間でひっくり返された翠は、横になった姿勢で片足を担がれた。

「んじゃー俺、アナル担当」

「結局、参加すんのかよ」

「二本差しはアクロバティックな格好になるから勘弁してほしいんだけどー」

それぞれ違う場所から三本のペニスを挿入された翠は、陶酔した表情のままご奉仕を続けていた。

＊　＊　＊

気づいたら校庭の桜の木に引っかかっていた。

記憶が断続している、というか意味がわからない。

イメージとしてはモズの早贄《はやにえ》スタイル。

俺は今、かなりスタイリッシュだと自負できる。

「ちょっと君。そのまま動かないで」

枝に吊《つる》されている俺に対して、無慈悲な要請が告げられた。

桜の木の根元。

画架《イーゼル》に載せた画布《カンバス》越しに、小さな椅子に腰かけた女子生徒さんがこちらを見上げていた。

すごく画家っぽい。

木製の三角イーゼルとか、お皿のような油絵パレットがオシャレ感を煽ってる。

「大地に帰還したいのですが」

「ダメ。せっかくのインスピレーションが台無しになる」

ババババ、という手捌《てさば》きで筆を走らせている画家さんが無慈悲な却下。

桜の木をメインにした風景画を描いているところに、俺が突っ込んできた感じだろうか。

邪魔になってると思います。

「とても前衛的《アバンギャルド》」

「然様《さよう》で」

何を言っているのかわからないが、俺の気分はギャランドゥだ。

はっきり言って木の枝に引っかかったまま逆さでブラブラ揺れているのは暇である。

逆さに見える時計塔の文字盤からして、まだ授業時間になっているはず。

学年章からしてワンコ先輩と同じ三年の先輩さんだ。

こんな時間に写生とは授業をサボっているのだろうか。

不良な先輩さんの予感。

「アタシ天才、授業とか出る意味ない」

なるほど。

集団行動ができない典型的なアスペ型の天才さんとみた。

正直、勉強という意味では授業に出る意味は薄いかもしれない。

だが、規則というのは守らねばならない常識だ。

具体的には授業中なので教室に戻りたい。

「唐突に空から降ってきてアタシの前にぶち落ちる、どの顔で常識とかほざくの？」

「世界は理不尽なものです。故に常識を逸脱せぬよう努力する必要があるかと」

「……まあ、理不尽なのには同意」

同意されてしまった。

なんで俺がこんなところに引っかかっているのか、あるいは超常的な力が働いたのかもしれないが、何事もなかったように教室に戻れば、きっと世界は何事もなかったように運営されていく。

それが常識という世界の仕組みだ。

規則を守っているかぎり、非常識という理不尽から守られる。

不純物という『異端』は排除されて、なかったことになる。

それは世界という仕組みを守るために作用する強制力だ。

「つまらない。見損なった。空から降ってくるくらいだから、非常識でエキセントリックな人だと思ったのに、失望」

勝手に持ち上げられて落とされても困る。

「それは既得権益《エスタブリッシュメント》の犬ということでしょ？　アタシはこんな世界なんかぶち壊れろ、と思ってる派」

またずいぶんと破滅願望を持っていらっしゃる先輩さんだ。

だが同時に、とても常識人さんなのだと思う。

面白いもので、人間という生き物は自分の信じたいモノしか知覚できない生物だ。

信じたくない、信じられないモノに対しては、脳が理解を拒む。

つまり自分の常識にとって都合が悪いものは、見えないし、聞こえない。

自我を守るための自己防衛本能なのだろう。

このような現象を認知バイアスと呼ぶらしい。

つまり息苦しいと感じられる世界で、壊したいと思うほどに常識が憎いのならば、どっぷりと常識の世界に存在しているという証拠ではなかろうか。

「……要するに、自分の視点を変えれば、それだけで世界を殺せるってこと？」

「いえ。その境地が羨ましいと」

それは紛《まご》うことなき世界の一員であるということだ。

自分から捨てるなんてもったいないと思う。

自称天才な先輩は鼻から息を吐き、アンティークな革のトランクに画材を詰め込んだ。

「詭弁《きべん》は勘弁。アタシは『アタシの世界』以外も、アタシを無視して存在することを許さない。殺すなら全部、道連れにして鏖殺《みなごろし》」

それはまたずいぶんと、傲慢だ。

片付けを終えた先輩は、さっさと踵《きびす》を返して立ち去ってしまった。

画布《カンバス》が置きっぱなしにされているのだが、あげる、との捨て台詞を頂いた。

というか、もう降りていいのだろうか。


「あっ。叶馬くん、お帰りなさい～」

麻鷺荘に帰還すると、エプロン姿の蜜柑先輩が出迎えてくださされた。

すごく新妻感。

といっても、フリフリフリルな可愛いやつではなく、ガチ仕様のワーカーエプロンだ。

「蜜柑先輩もお疲れ様です」

彼女だけでなくアデプトオーダーズの職人組のみんなは、レイド攻略後も休むことなく頑張っておられる。

蜜柑先輩は、人食鉱山《カニバリズムマイン》から持ち帰った素材で新武器の製造。

杏先輩と市湖先輩は、同じく新素材を使った防具やアイテムの製造。

智絵理先輩と柿音先輩は、麻鷺荘の鍛錬場に新しく増築された工場《プラント》で全対応型機動車両《マルチモビリティビークル》の研究。

桃花先輩と鬼灯先輩は、強化外装骨格《アームドゴーレム》のアップデートパーツの開発。

久留美先輩と芽龍先輩は、留守中にスイーツの禁断症状を起こしていたらしい麻鷺寮生へのケアサポート。

朱陽先輩は、鍛錬場の隅に作っていた菜園がいつの間にかジャングル化していた対応。

梅香先輩は、突貫で工場《プラント》を作ったと思ったら、麻鷺荘の地下に鍛冶用の工房《ファクトリー》も作っていた。

凛子先輩は、フリーのサポート要員な感じ。

どうも、ウチの先輩方は最近、自重という言葉を忘れてしまったようだ。

「あんま目立つと、学園からの査察とか心配なんだがな……」

「いいじゃん。誰も損してないいんだし」

遠い目をする誠一に、麻衣があきれ顔を向けていた。

実際に異常という面では今更感しかない。

発光する深海クラゲみたいなNullMOB《ヌルモブ》が廊下にフワフワ漂っている。

窓の外では椰子《やし》の木が歩いていたりもするが、慣れたもので誰も気にしていない。

それらは本来、ダンジョンでしか見られない光景だ。

「まー、麻鷺は敷地の隅っこにあるハズレ寮だからねぇ。住んでる寮生以外は近づかないかな」

すっかり寮の一部として馴染《なじ》んだ『神匠騎士団』部室（仮）で、凛子先輩からお茶を出してもらった。

「どっから情報が漏れるか分かんねえすよ」

「いちお、ヤバそうなのは目隠ししてるけどね。逆に隠そうとするほど目立つかな」

凛子先輩は気にした風もなく、自分たちのカップにもお代わりを注《そそ》ぐ。

角砂糖マシマシする蜜柑先輩可愛い。

あちこちに分散して作業している先輩たちは、休憩の息抜きとしてココに戻ってお茶している感じ。

今までスキルを使う作業は学園施設を利用する必要があった。

だが、自前のファクトリーを利用できるなら隠蔽も簡単だし、何より便利だ。

「寮のみんなも協力的だから大丈夫だよ～」

カップを手にした蜜柑先輩が、部室の外に視線を向ける。

レクリエーションルームに繋がるスイングドアの向こうでは、壁際に並べられた椅子が満席になっていた。

まあ、椅子というかマッサージチェアーである。

それも踵から頭皮まで揉みほぐす全身タイプのデカイやつだ。

動力に元素結晶《エレメンタルクリスタル》を利用しているマッサージ器は、『機関士《エンジニア》』である柿音先輩がダンジョン素材を利用して作り上げている。

最初は露天風呂の備品にこういうのがありそう、と試作されたものだ。

ところが評判が良すぎて、寮生同士の仁義なき抗争が勃発しそうになり、緊急増産したという経緯があった。

今ではレクリエーションルームにも10個ほど設置してあり、あ～とかいう変な声を上げるオッサン女子で常時満席だ。

サイドテーブルにはお菓子と紅茶も準備しており、すごく有閑マダム感がある。

そのまま寝てしまう人も多く、順番待ちの女子さんがソファーにポイ捨て強制ローテーションしたりしている。

「食堂のおばちゃんたちは……」

「クルミちゃんたちが仲良いし、マッサージチェアーも調理室の前に置いてあったりするかな」

ニヤリと笑う凛子先輩が確信犯。

「ただいまですー」

「お土産」

「です」

沙姫たちも下校してきたようだ。

自室に戻らず、まっすぐ部室（仮）に来るのがデフォルト。

海春と夏海が腕に抱えているのは、真っ赤に熟したトマトだった。

なんだろう、バスケットボールサイズのトマトに見覚えがあるようなないような。

寮に入る前に、菜園の手入れをしていた朱陽先輩からもぎたてをもらったらしい。

ちなみに、まだレイド領域から帰還して数日。

何がとは言わないが、ちょっと計算が合わないのではなかろうか。

「あ。沙姫ちゃん。新しい刀が打ち上がったよー」

「ホントですか！」

「ふむ。アップデートパーツの仕上がりも順調だし、テストして問題なければ再挑戦かな」

「そいや、そんなのいましたね。いろいろあって、もう雑魚《ざこ》にしか思えないっつうか」

「テスト……う、うぅ〜…」

単語に反応した麻衣が、十字架やニンニクに苦しむ吸血鬼のように頭を抱えていた。

「はー、ただいまー。寮長会議とかマジ怠い……。ね〜聞いてよ。白鶴とか海燕の寮長がさー、もうウザイったら」

だらけモードで帰ってきた乙葉先輩が、いきなり愚痴をぶちまけ始める。

このグダグダなカオス感は嫌いじゃない。

「でさー。あ、私にもお茶ちょうだい……ていうか、静香ちゃん、さっきから何見てるの？」

「傑作絵画を拾いましたので」

拾った、というか俺を回収しに来た静香さんが、放置されていた絵をギッてしまったのだ。

妙に気に入ってしまったらしく、ずっと眺めている。

「うあ……、なんていうか、騙し絵？」

「うん、その絵じっと見てると頭が混乱してくるかな。鬼気迫るっていうか、デフォルメされてるのにリアリティーあり過ぎっていうか」

覗き込んだ乙葉先輩が頭を傾けていた。

書き込まれているのは、青葉生い茂る桜の木ではなく、満開状態の桜だった。

そして、その満開の桜には、ひとりの男が逆さに吊されていた。

堂々と、理不尽なほどに、正道に。

それがあまりにも当然のように描かれており、まるで吊され、逆さまになっているのは男ではなく、桜の世界こそが反逆しているように見えてくる。

「とても素敵な絵です」

満足そうに頷いた静香は、ひっくり返した画布を壁に飾っていた。

第七十四章　色欲は質だ

――穿界迷宮『YGGDRASILL』、接続枝界『黄泉比良坂』――

――第『拾』階層、『既知外』領域――


小さなヌルモブが、チチチとさえずる。

異界と化した階層を照らす陽光が、どのような現象で発光しているのかは判明していない。

それを調査しようにも、第拾階層にもなれば接続された世界の影響も薄れて、物理法則《ワールドルール》にも誤差が生じ始める。

学園では『そういうものである』と原因の究明を放棄していた。

それは正しい対処法だ。

あまねく法則とはすべからず、そうあれかし、と定められたが故に存在している。

こうあれ、と形を示されて、そうあるように現象が形作られる。

始まりに結果があって、のちに必要な構成が後付けされていく。

それだけの話なのだ。

チチ、チチチとさえずっていた蛙は、多重円を描くログインエフェクトに驚き、二足歩行で逃げ出していった。

「……周囲に敵影なし、と」

「ん〜、普通のダンジョンに潜るのも久しぶりって感じ」

「後続が来るから移動しましょ」

ログインしてきたパーティーは、叶馬をリーダーに静香、誠一、麻衣、沙姫、乙葉の六人組だ。

叶馬が右腕と左腕を掲げ、どこでもない場所からズルリ、と海春と夏海のふたりを引っ張り出す。

ぐったりとしている双子の姉妹は、誰かにもらったらしいお煎餅《せんべい》を手にしていた。

「……街が、できてました」

「……メイドさんがいた、です」

恒例の謎報告に叶馬が頷くが、間違いなく理解できていない。

すぐに多重円エフェクトが続いて、白い外套姿の少女たちが姿を現していく。

「到着だよー」

「合流成功、かな」

蜜柑、凛子それぞれをリーダーにした六名ずつのパーティーが合流し、総勢二十名の神匠騎士団フルメンバーが集結した。

ＥＸＰ稼ぎと課題ノルマ達成に、交替でパーティーに参加している職人メンバーだったが、通常ダンジョンにおいて全員が同時にダイブするのは初めてになる。

十名を超えるクラフタークラスのパーティーは、やはり通常戦闘ではバランスが悪かった。

だが、これから挑もうとしているのは通常のバトルではなく、ボス戦だ。

「同期は取れてるみたいかな？」

柿音が手で操作している学生手帳を、凛子が覗き込む。

電子手帳のディスプレイ画面には、柿音のステータスではなくさまざまな数値情報が表示されていた。

本来、生徒には見ることができない、開発者《デベロッパー》向けモードだ。

「ネットワーク通信中です。認識クライアント20……同期オケ、です。パーティー共闘モードで認識、っと」

学生手帳はポータブルな観測機器端末だ。

ダンジョンダイブ中のＥＸＰや階層、モンスターのキルカウントや死亡時のデスカウントなど、さまざまな個人情報がデータとして収集される。

たとえばＥＸＰの処理手順は、モンスター討伐後に生じる瘴気への還元現象を感知して、周囲に存在する端末で等分している。

モンスターの存在強度《レベル》によるＥＸＰ量は、既知領域内の観測平均値が採用されていた。

実際にモンスターのＥＸＰ量を感知している訳ではない。

それでもダンジョンの階層さえ合っていれば、さほど誤差の出ない程度には近似値になっていた。

全てはデータの蓄積による経験則だ。

ただし、肝心のＥＸＰ観測システムのベースになっている、階層情報の取得に難があった。

ダンジョンダイブ時に、羅城門からダイレクトに指定階層情報を取得する手段は解明されていない。

瘴気圧の変動を感知し、ログインアウトや階層移動を記録しているに過ぎない。

そうしたシステム的な誤差を解消するため、学生手帳にはクライアント同士の相互通信機能が搭載されていた。

またパーティーメンバー同士だけではなく、同一階層に存在するクライアントともデータ通信を行っている。

一種のネットワーククラウドを形成して、階層情報や討伐情報の補完をしていた。

「ＥＸＰアベレージは第十階層で認識……ですけど、ホントにいいんでしょうか？」

柿音の『機関士《エンジニア》』は、メカニックに対して適性のあるクラスだ。

ある意味、機械文明の発達したこの世界独自のクラスといえる。

セカンドクラスとして獲得した『創造士《デベロッパー》』も同様のクラスだ。

本人にベースとなる基本知識がなければ役に立たないのは他の職人クラスと同じだが、電子機器《エレクトロニクス》への干渉もお手の物だった。

もっとも、自分たちの好き勝手にデータを弄《いじ》っている訳ではない。

色々と想定外のルートを使ってダンジョンに出入りし、バグりまくる学生手帳をデバッグしているだけである。

「それって柿音先輩が階層を増やしちゃえば、経験値もいっぱい稼げちゃうってこと？」

「まー、討伐モンスターのＥＸＰが増えることになるから、手帳に表示されるステータスの稼ぎは増えるんじゃないかな？」

「じゃあ、とか言うなよ。ズルしてＥＸＰ稼いだことにしても、実際に経験値チートできる訳じゃあねえからな」

誠一の突っ込みに、それはそっかと興味を失くした麻衣だが、柿音はいいのかなぁ、とため息を吐いた。

既知外領域において、アベレージを超える超越個体《オーバーボーダー》を狩りまくっていれば、当然ＥＸＰの計算には誤差が出る。

それでも一応、平均的な生徒のＥＸＰは稼ぎ出している計算だ。

定期テストで赤点になることはないはずだった。

「腕が鳴る」

叶馬が組み合わせた拳をボキボキと鳴らした。

見上げる視線の先には、天を突く巨体の界門守護者《ゲートキーパー》『伝説級擬態木《レジェンドエント》』がそびえていた。

前回、出しゃばらないようにしよう、などと決心していたようだが、あれは嘘だった。

否、ただ単に忘れただけなので、嘘かどうかは微妙かもしれない。

「今度こそは一刀両断です！」

一振りの大太刀を担いだ沙姫が、ずるぅり、と鞘から抜刀していく。

刃長九尺、茎長三尺、全長三・六メートルの反り刀は重量五十キログラムを超えている。

クラスチェンジャーとして人外の膂力《りょりょく》がなければ、持ち上げることすら困難な業物《わざもの》だ。

赤い刀身の金属は、人食鉱山で採取した鉱石を精製した日緋色金《ヒヒイロカネ》が用いられている。

日緋色金《ヒヒイロカネ》の特徴である、その脅威的な熱量増幅特性を生かして、文字どおりの火力を増幅させることのみに特化させた兵器になっていた。

水平に素振りすれば、扇のように赤いカーテンが迸る。

その銘は『臥煙花火《がえんはなび》』。

「要するに、コレって格ゲーのボーナスステージみたいな感じよね」

重厚な甲冑姿の乙葉が、新しい斧槍《ハルバード》を手にしている。

火竜《ファイヤードレイク》の牙や爪を利用した、原始武装《ネイチャーウェポン》と呼ばれるカテゴリーになる。

素材となるモンスターに依存するが、特殊能力や特性を引き継いだ武具になりやすい。

また品質《クオリティー》を度外視すればクリエイトしやすいアイテムであり、学園の生徒たちにも愛用されていた。

蜜柑作の他にも、各人がクリエイトしたツールを装備して、神匠騎士団の総力戦となる準備が整えられていく。

「よっし。それじゃあ、みんなゴーレム召喚だよ！」

蜜柑の元気なかけ声に合わせ、十二体の『強化外装骨格《アームドゴーレム》』が降臨した。

アームドゴーレムは本人の深層心理が反映された仮面《ペルソナ》であり、化身《アバター》だ。

それぞれ特徴的なフォルムのゴーレムが並んでいる絵面は壮観だった。

「一応、最終テストしとこうかな。……各自ブレスモード起動、出力は最低、仰角四十五度」

一列に並んだ十二体の巨人が、敬礼するように片腕を空に掲げた。

発射《シュート》の合図と供に、十二本の火線がまるで滝のように空を染め上げる。

「……なんていうか、火炎放射器？」

「ま、まさか、ドラゴンブレス？」

ゴクリと唾を呑んだ乙葉が、二重の意味で怯んでいた。

ひとつは軍戦級モンスターである、ドラゴンの必殺技ともいうべき能力に対する驚き。

もうひとつは、己の『竜騎兵《ドラグーン》』クラスというアイデンティティへの危機感だ。

「あは。これは火蜥蜴《サラマンデル》のブレス器官なの」

「火竜《ファイヤードレイク》の火吹き袋《ブレスオーガン》も入手できたんだけどね。ゴーレムにインストールするにはキャパシティオーバーだったかな。流石に竜種の能力器官《スキルオーガン》だよね」

正確には、能力器官《スキルオーガン》パーツの組み込みは可能だが、ドラゴンブレスを発動させるためのＳＰが不足していた。

実際、蜜柑の強化外装骨格ゴライアスには、インストールテストとして胸部装甲の内側に火吹き袋《ブレスオーガン》が組み込まれたままだ。

一度組み込んだスキルオーガンをアンインストールすることも可能だったが、その場合はパーツの再利用が不可能になってしまう。

鱗《うろこ》や爪などとは違い、生体組織であるスキルオーガンは長期保存も難しかった。

「充分に脅威的な殲滅《せんめつ》兵器かと」

「ゴブリンとかの集団なら、あっという間に黒焦げになっちゃいそう」

「そうねー。サラマンデルのブレスも強力だからねー。そっか、そっかーサラマンデルのブレスだったのねー。ビックリしちゃったわー」

妙に清々しい笑みを浮かべている乙葉の肩に、左右から手をのせた海春と夏海が頭を振っていた。

「さて。ん、じゃまあ、一発ぶちかましますか」

右手と左手に、対になった短刀を手にした誠一が『伝説級擬態木《レジェンドエント》』へ振り返る。

火竜の牙から作り出した短刀は、有り余る火竜素材を使い、耐久力を削る代わりに攻撃力を高めた代物だ。

「召喚、です」

夏海が黒　犬《ブラックドック》、双頭犬《オルトロス》、雪狼《スノーウルフ》のモフモフメンバーを召喚する。

ファイヤーブレスを使う黒犬と双頭犬を砲台に、雪狼は事後の消火要員だ。

「英雄たちに、栄えあれ《グロリアス》、です」

胸の前に手を組み合わせた海春が祈りを捧げると、周囲の瘴気が純化されて濃度を増す。

「隊列を組んだままボスまで行こー。一斉放射だよ！」

ゴライアスを中心に、壁となったアームドゴーレム部隊が歩を進める。

世界を七日間で火の海に沈めることができそうな威圧感があった。

「叶馬さん」

「任せろ。へし折れるまで拳をぶち込んでやる」

「いえ、そうではなく……採取が目的だったのでは」

『重圧の甲冑《ストレッサーアーマー》』に『餓鬼王戦枢《オーバーグリードギア》』を装備した叶馬が、無駄に猛っていた。

不意に、ゴゴゴ、と不気味な音が響く。

「ツチ、何事だってんだ？」

遠くから聞こえる地鳴りのように、大地を振るわせる振動が響いてくる。

舌打ちした誠一が己の領域《テリトリー》を広げても、感知できるモンスターの気配はなかった。

目の前の、化け物樹木を除いては、だが。

「えっ……？　もしかして、コイツ、動くの？」

『火神の宝玉《ヴァルカンルビー》』を掲げ、必殺技セカンドエディションを使おうとしていた麻衣が固まる。

ズゴォ、と土砂を撒き散らしたのは『伝説級擬態木《レジェンドエント》』の根っ子だった。

天を突く枝葉はガサガサと揺れしなり、根が波のように地面を隆起させる。

「是非もなし。塵も残さず打ち砕く」

身構える彼らの前に踏み出した叶馬が、拳を掲げた。

一際巨大な根が叶馬に向かって差し伸べられ――――にょるり、と奇妙に歪んで、溶けた。

根の先端から大樹全体が千切れることなく、まるで蛸かコンニャクのように、ぐんにゃりと歪んでいく。

根から幹、枝、葉先に至るまで歪んで捻れ、叶馬の頭上へと渦巻いて吸い込まれていった。

巨大物体の消失により吹き荒れる暴風が木の葉を巻き込み、女子メンバーのスカートが盛大に捲れ上がる。

だが、そんな青天の霹靂もすぐに治まり、遠くからチチチ、という平和な怪生物の鳴き声が響いてきた。

彼らの前には盛大に掘り返された地面の跡と、その中心にポツンと取り残された界門《ゲート》だけが残されていた。

「えっ……まさか、逃げ出した？」

目を擦った乙葉が、えっ、と繰り返しながら左右を見回す。

硬直し唖然としている彼らの先頭で、拳を振り上げている叶馬の背中が煤《すす》けていた。


失望した。

まったくなんという敗北主義者。

敵前逃亡を行うなど、モンスターの風上にも置けない。

「叶馬のアイテムボックスとかいうスキル、なんつうかおかしくね？」

「……本当に今更の話ですね」

ため息を吐いた静香を尻目に、自分のベッドに寝転がった麻衣がポテチを齧《かじ》っていた。

「アニメとかラノベとかでよく聞く言葉だし、四次元ポケットとかそういう物なんじゃないの～？」

「アイテムボックスって言葉に騙されてたが、もっと別の……こう、ヤベエ何かだろ」

誠一たちが俺をチクチクとディスる。

耳を鼠《ねずみ》に齧られろとでもいうのか。

『伝説級擬態木《レジェンドエント》』に逃げられてしまった俺たちは、そのまま第十一階層へと進軍して怒りの蹂躙《じゅうりん》戦を敢行した。

第十一階層はサバンナのようなネイチャーフィールドになっていた。

巨大なヌーっぽい牛型モンスターが群れで襲ってきたが、蜜柑先輩たちの火炎放射攻撃で火達磨《ひだるま》にされていた。

周囲を火の海にしてしまった攻撃は、とっても地獄のようでした。

先輩たちもフラストレーションが溜まっていたのだと思う。

ちなみに、炙《あぶ》られた地面の下から暴き出された巨大な砂蚯蚓《サンドワーム》が登場したりもしたが、そのまま炙られ続けていい匂いのする素材になっていた。

高温と乾燥した空気が厄介だと思われるが、対火レイド装備が整っている俺たちには何ほどでもない。

第十一階層自体の攻略はスムーズに行きそうだった。

「えっと、それじゃあ……」

「もうひと声、です」

静香のベッドに乗っている海春と夏海が、ぽしょぽしょとタフな交渉をしておられる。

相手はヘッドボードに腰かけた不気味な人形くんだ。

どっから出てきたのだろう。

というか、どうやら人食鉱山から憑《つ》いてきてしまった模様。

掌《てのひら》を天井に向け、やれやれという感じで首を振った人形くんが、ふたりと握手していた。

ネゴシエーションに成功したようだ。

どうやってコミュニケーションを取っているのかは謎。

「手ごわい交渉、でした」

「ウィンウィン、です」

手の甲で額を拭い、満足そうな笑顔。

よくわからないが、お疲れ様だ。

サムズアップした人形くんがヘッドボードからジャンプして、にょろんっと空気へ溶け込むように消える。

一応、誠一や静香たちの顔を見たが、誰も気にしたり突っ込みを入れてくれたりする様子はない。

もしかしたら、俺がやることだから今更驚かない、などと思っているのかもしれない。

だが、実のところ俺も何が何やらわからんと知ったら、こやつらはどういうリアクションを返すのだろうか。

「とりあえず、月に十石ほどの木材を上納、させます」

「敷金礼金として百石、です」

「なるほど」

今のところ、このふたりが俺よりアイテムボックスに詳しいと思う。

一番詳しいのは、管理人として引き籠《こ》もっておられる雪ちゃんだろう。

露天風呂で見かける子鴉も勝手に出入りできるらしく、この様子だと人形くんも同じっぽい。

普通、というのがどういう状態を指すのかわからないが、少なくとも海春や夏海は自力でアイテムボックスに出入りすることはできないらしい。

静香さんは可能な気もするのだが、生憎管理人さんと冷戦中である。

「神林領域を作りたいという要求は却下、しました」

「おこがましい、です」

「なるほど」

雪ちゃんから交渉役《ネゴシエイター》でも頼まれているかもしれない。

誰に対して、何の交渉をしているのかは不明。

「新入りさんは貢献を積んでから、です」

「基本、です」

「もっともだ」

察するに不気味な人形くんのことだろうか。

逃げ出した伝説級擬態木《レジェンドエント》にも何か関係あるのかもしれぬ。

そういえば、人形くんのロストしていた『豊穣《ハーベスト》』がアクティベートしていたような気もするが、まあ気にすることでもないだろう。

「旦那様！」

バタンと扉が開かれると、廊下を走ってきたらしいジャージ姿の沙姫が息を切らしていた。

エネルギーがあふれている沙姫さんである。

ダンジョンから戻った後でも日課のトレーニングを欠かさない。

誠一たちから理不尽な詰問を受けるより、俺も一緒に鍛錬していたかった。

「旦那様っ、訓練場に空から材木の山が降ってきました！　すっごいビックリしました！」

それは確かにビックリする大事件かもしれないが、どうして俺へ報告に来るのか。

怪事件が起こるとデフォで俺のせいだと思われていそう。

「あと、一緒に修行してた乙葉先輩が下敷きになっちゃいました」

「先にそれを言おうか」

みんな変に慣れすぎである。

＊　＊　＊

古来より、妖精は冷たい鉄が苦手であると伝えられていた。

キリスト教に汚染される以前は、あらゆる地に伝承された自然霊的崇拝《アニミズム》があった。

現世と常世の距離が近く、現実と幻想の境界が曖昧な時代から伝わるお伽話。

そうしたお伽話《ファンタジーテイル》には、稀に知られていない、知る必要のない真実が紛れ込んでいる。

妖精は鉄が苦手。

触れれば火傷を負う。

それはまさしく、そのとおりだった。

受肉していない妖精は、純粋な魔力意識体だ。

瘴気《みあずま》の伝導率が高い純鉄に触れれば、形を保てずに昇華還元してしまう。

それは魔法、魔術、能力《スキル》についても同じことだ。

強い指向性を与えられた瘴気、魔力、オーラであろうとも、分厚い鉄を通して形を保つことはできない。

そうした分厚い鉄の層に囲まれて、床や天井も覆われた薄暗い部屋だった。

「――――報告は以上かね？　では解散だ」

議長を務める『元老《エルダー》』のひとりが定例会の終わりを告げた。

事前調整された議題には、何も問題が起こるはずがない。

全ては予定調和。

彼らは前例に従い、全ての判断基準にして、例外を認めない。

それはもはや意思決定機関ではなく、Q＆Aの人工無能装置と化していた。

「まったく馬鹿げてる……こんな会議に何の意味がある？」

参考出席していた元老外メンバーである研究者のひとりが、うんざりとしながら悪態を吐く。

「お前さんは真面目だねぇ」

ケースから手巻きタバコを取り出した同僚が、喫煙コーナーに置かれた灰皿の上でコンコンと弾ませる。

年代物のオイルライターをガシュンと灯し、大きく吸い込んだ紫煙をふわりと吐き出した。

手足の先端から広がっていく心地よい痺れに、脳細胞が覚醒するような感覚に浸った。

たとえそれが幻覚だとしても、本人がそう感じていればストレスの解消になる。

「お前だってわからないはずはないだろう。最近のバブルディメンションの発生率は異常に過ぎる」

「まーなー。うちの後輩たちは大変だ」

彼らも学園の卒業生だった。

もっとも、研究者枠として特級科への編入を認められた者たちだ。

そして一度関わってしまった以上、外部へ出ることはできない。

「つまり、ダンジョンが活性期に入ったってことだろ？　過去になかったことじゃなし、お前が焦ってどうする」

「焦りもするだろう。仮に今、『タルタロスの災厄』クラスの『降臨《アドヴェント》』が起きたらどうなる？この情報化時代に隠し通せると思ってるのか、上は」

「するさ。隠蔽を。どんな手段を使っても、お隣さんみたいにな」

フーッと吐き出された煙が天井で拡散する。

「あんなやり方が日本で通用するものか。アッチはココ以上に人間の価値が低いんだ。ミサイルを撃ち込んで汚染領域を丸焼きにするような国だぞ」

「そりゃあそうか。『崑崙《コンロン》』ダンジョンのアンデッドシステムは羅城門より不完全だしな。サンプルで送られてきた『僵尸《キョンシー》』も酷いもんだった。ありゃあ、ほぼ死体だ」

「……余所を笑えないだろ。羅城門システムだってどれだけガタが来てると思ってる。例のS級ディメンションに送り込んだ生徒の回収でもトライアンドエラーを出しまくりだ」

「ああ、最新の臨界特異点《ノヴァシンギュラリティ》ね。観測データからして新しい極級に指定されると思ったんだがなぁ。石榴山と同じように自壊でもしたかな」

「まったく笑える状況じゃない。臨界で自壊しても、そこにあったエネルギーが散るわけじゃないんだぞ。より高位の、新しい特異点が生まれるだけだ」

くたびれた白衣のポケットに手を入れたまま、喫煙所のベンチに座り込む。

彼は学園で研究編纂《へんさん》されている、ダンジョン学ともいうべき不可知学の専門家だ。

故にわかる、わかってしまう。

今まさに、天秤が振り切れてしまいそうな崩壊の予兆を。

確かに日本でも過去に、ダンジョンの活性化に伴った大規模な世界汚染《ワールドドルールポルーション》が起きている。

それは地層の年代測定による瘴気の残留濃度からもあきらかだ。

日常的な飢饉や、小氷河期ともいわれる天変地異。

人と人とが殺し合い、奪い合う、地獄のような時代。

それは戦国時代と呼ばれている。

地獄。

そこは法典や寝物語の中にあるファンタジーではなく、自分たちのすぐ側に、かつては自分たちも境界を越えたことのある異世界だ。

今や再び地獄の蓋は、軋み、弛み、封印が解かれようとしている。

それを修理しようにも、彼らの手にその知識はない。

高度に発達したテクノロジーとはいえ、当時とはあまりにも進化の方向性が異なりすぎてしまった。

彼らの仕事には、カビの生えた古文書を読み漁る、考古学に近い部署もある、

「で、どうすんだ。当事者を召喚して聞き取りでもするかい？」

「そこまで面の皮は厚くないね……。彼らはかつてのボクたちだ。仙人になってまで無駄に生き長らえて、人間性を摩耗《まもう》させたエルダー連中とは違う」

「ハハ。まーそうだな。ヤツらはあの鉄の棺桶に入ってりゃあ安全だと信じてんだろうよ」

生徒とは異なる立場で学園に所属している彼らも、全員が同じイデオロギーで動いているわ

けではない。

「そういや、ようやく送ってきたアメさんの『深淵《アビス》』ダンジョンのデータ見たか？　MOBもサイバーパンクって感じでまったくの別物だな。アーキタイプに『銃士《ガンナー》』とか笑えるぜ」

「仕方ないさ。若い国で歴史も浅い、神話も伝説もない。現代をベースにしたフォーマットにしかならないだろうよ。むしろ、よくダンジョンが形成されたと思うよ」

「先史文明をジェノサイドして作った植民地の国だしな。うちにも技術協力の要請がきてるらしいぞ――」

誰かが俯瞰《ふかん》して、学園という組織の統括をしているわけではない。

あえて言うならば極度に慣習化して腐臭を放つ制度そのもの。

そんなイデオロギーが組織を運営しているのかもしれない。

＊　＊　＊

「しッ……オラァ！」

「シャアアァァ！」

ガキィン、と鋼が打ち合い火花が散る。

下段の構えから飛び込んだ沙姫の刀が、ボッと空気を切り裂いて縦横無尽に振るわれた。

「ハハハ！　甘い甘いっ」

二刀に構えたロングソードを軽々と振り回す鉄郎《てつろう》先輩が、鍛錬場を駆け回りながら剣撃を捌いていく。

「さー、かかってくるベアー。遠慮は要らないベアー」

「うぅ……抱っこしたいくらい可愛いけど、手にしたバトルアックスが凶悪すぎる」

ハルバードを手にして臆する乙葉先輩の前では、相変わらずガバガバ設定な熊耳フードの先輩が仁王立ちしていた。

スキルが使える麻鷺鍛錬場ではあるが、アンデッドシステムは搭載されていないので注意してほしい。

「……脳筋がいっぱい……うふふ……」

パッツンな先輩が丸太ベンチに腰かけ、どこで捕まえたのかバタバタ暴れる人形くんを抱っこしていた。

『人形使い《パペットマンサー》』という第四段階の術士《マギ》クラスにぴったりではある。

半眼に開いた目が、そこはかとなく幸せそう。

麻鷺寮に遊びにきているブラックハニー倶楽部メンバーの何人かは、第四段階クラスチェンジをしていた。

今回のレイドクリアでがっつりEXPが稼げたとはいえ、神匠騎士団《ウチ》の倶楽部メンバーは白鯨レイドでクラスチェンジしたばかりだ。

再びクラスチェンジできるまでには届かなかった。

その代わりといってはなんだが、情報閲覧《インターフェース》で見ると職人組の先輩たちみんなに▼ＳＰバーが生えていた。

現状は乙葉先輩だけが仲間外れな感じ。

理由はわからないままだが、経験則からしてレイドクエストの攻略に関係があるようだ。

これからも積極的に挑んでいくべきだろう。

あと俺の『雷神』のレベルが、何故かドカンと上昇していた。

もうちょっとでクラスチェンジできそうな感じだが、また変なクラスチェンジ先しか出てこない予感がする。

誠一のサブクラスもチェンジ可能になっていたようなので、また後で聞いておこう。

今はひとり遊びで忙しそうだ。

「さっそく寮の機密情報がダダ漏れに……」

顔を手で覆って天を仰ぎ、プラトーンごっこ中。

まあ、ダンジョン結界の秘密については、黒蜜の部長に賄賂を貢いでいるので大丈夫だと思う。

「ドーナツうまー」

「あらあら。零《こぼ》しちゃダメよ。彩日羅ちゃん」

訓練場を望むテラスで、テーブルに積まれたドーナツをモリモリ抓《つま》んでいるワンコ先輩と、そのワンコ先輩を膝にのせたレディガイ先輩がキャッキャキャウフフしている。

より仲良くなったようで微笑ましい。

というか、このオープンテラスはいつできたのだろう。

最近の麻鷺荘はリフォームの範囲を超えて改造されている。

「あのマッサージ器ちょー欲しい」

「い、いくら出せば売ってくれるのかな、かな？」

寮内を探索していたスパイさんたちが戻ってきた模様。

今日はレイドに参戦していなかった黒蜜メンバーさんも総出でやってきていた。

寮の掲示板にも貼りだしているのだが、今日は麻鷺荘で焼肉祭りが開催される。

『☆麻鷺荘焼肉祭り☆参加費無料☆トロけるようなドラゴンステーキが食べ放題☆』というパンフレットを、スイーツを強奪しにきていたワンコ先輩が発見してしまったのだ。

今頃は久留美先輩たちがお祭りの準備に大忙しである。

寮生全員分にゲストが追加だ。

俺も手伝おうとしたのだが、邪魔にしかならないと追い出されたのでホスト役を担当している。

マッサージ器を発注しようと企む黒蜜メンバーに、寮への追加注文をお願いしている寮生メンバーが対峙して、抗争が始まりそうになっているのはスルー。

マッサージ器が大ブレイクし過ぎ。

「まあまあ。黒蜜《ウチ》のメンバーが裏切ったりはしないわよ。恩を仇で返したりはしないから安心してちょうだい」

「……黒蜜は結束が強い倶楽部で有名……『同盟《アライアンス》』を組んだ倶楽部も裏切ったりはしない……」

静香とパッツン先輩が打ち合わせしていたのがアライアンスの件らしい。

倶楽部同士の同盟とはどういうシステムなのだろう。

ワンコ先輩をジッと見てみるが、たぶん俺と同じくらいにはわかってない。

「そういえば、彩日羅ちゃん」

「むぐむぐ？」

ポンデリングをもっちもっちと頬張っているワンコ先輩が小首をかしげる。

「叶馬くんを会合に誘うんじゃなかったの？」

「あっ、そうだったのだ。叶馬くん、来週一緒に来るのだ」

突然のデートのお誘いきた。

「駄目です」

ずっと静かだった静香さんが即行で駄目出し。

アイコンタクトをすると、駄目です、という揺るぎないニッコリ笑顔。

静香さんによる敵と身内の判定基準がわからない。

「静香ちゃんは関係がないのだ。これは『七つの大罪《セブンスシン》』メンバーの会合なのだ」

また謎のパワーワードが出てきた。

「それは学園の公的な組織なのでしょうか？」

「そういうオフィシャルな集まりじゃないわ。プライベートの、そうね、ちょっとしたお茶会みたいな感じの集まりなの。ちなみに発起人は彩日羅ちゃんよ」

「駄目です。そんな妖しげな会合に叶馬さんをひとりで向かわせるなんて」

「妖しくなんてないのだ〜。心配なら静香ちゃんも一緒に来ればいいし」

「別に妖しい集まりじゃないわ。ちょっと特殊なクラスになってしまった人の、情報交換を兼ねた交流会みたいなものね。私も彩日羅ちゃんと一緒に出るし、あそこの……うちの栗暮《くりぼ》くんも、そのひとり、よ」

テーブルのみんなが振り返った先には、す巻きで蠢《うごめ》いている蓑虫のような男子さんが転がされていた。

「ほどけぇ……俺を開放しろぉ……」

「いい加減に諦めなよ〜。たまには倶楽部の団体行動に参加しなきゃ〜」

「んだんだ」

黒蜜のメンバーが拾った枝でツンツンと突いている。

「知るかバカ！　そんなことよりオナニーだ！」

ぐねぐねと身悶えする栗暮さんがシャウトしていた。

なんだろう。

ちょっと言葉にできないくらい妖しい。

「くウッ、緊急事態だ。この荒縄の感触がッ、俺を新たな地平のアビスゲートへと誘《いざな》うッッ」

「……妖しい人の集まりじゃないわ」

「こっちを見て同じ台詞を言ってみてください」

静香さんの容赦ない追撃。

まあ、それはさておき。

確かに栗暮先輩は『七つの大罪《セブンスシン》』とやらのクラスホルダーのようだ。

『色欲の大罪《シンラスト》』

どのような特性のあるクラスなのだろうか。

とってもパフォーマーな先輩であるのは見てわかるが。

「手遅れになる前に俺を開放しろーッ。間に合わなくなってもしらんぞーっ!! ゥオオオぉぉ、ォ!! ……ふぅ。どうやらお馬鹿さんなのは俺だったようですね。ですが君たちも悪いのですよ。そろそろ、この縄を解いてくれませんか。俺は新たな可能性に目覚めたのですよ。早々に新しい可能性の探究を始めねばならんのだっ。俺を解き放てーッ! この惨事どもー!」

狂的なテンションのアップダウンが、なかなかインスタ映えしそうなパフォーマンスである。

誠一と趣味が合うのではなかろうか。

「準備ができたわよ!」

「お待たせしました～」

久留美先輩たちがどっさりと肉を山盛りにした大皿を手に登場した。

複数用意してあるバーベキューグリルに、赤く熱した炭が入れられていく。

寮の中からも、ワイワイと寮生のみんなが出てきてエンジョイ感が高まってきた。

各自が差し入れというか、シュワシュワするドライなやつやら、苦痛に耐えられぬ時に呑む万能薬を持参していた。

難しい話は置いておいて、今はおいしいＢＢＱを堪能しよう。

第七十五章　暴飲暴食

期末テストは二日間にわたって実施される。

一日目が一般科目、二日目が専門科目になっているのは中間テストと同じだ。

一般科目のテストについては、可能な限り問題のレベルが落とされている。

真面目に授業を聞いてさえいれば、八割以上の解答を埋めるのも楽勝だろう。

もっとも、たとえ赤点評価だったとしても、補習やペナルティーが課せられるわけではない。

この学園において、生徒に求められているのは学力の向上ではないのだ。

その代わり専門科目ではより厳格に、一定人数の脱落者を確保していた。

言ってしまえば、クラスから何名というノルマが言い渡されている。

一学期末テストの補習内容は『林間学校の強制参加』となる。

専門科目のテストは、迷宮概論などのペーパーテストの他にも、各自の学生手帳からダウンロードしたデータを元に採点される。

その採点項目はシークレットデータであり、補習該当者へ直接告げられるまでは、誰が該当するかわからない。

「えー、俺も赤点扱いになってんの？　面倒臭い〜」

特別教室棟にある迷宮資料室。

そこの管理責任者になっているのは一年丙組担当教師の翠だ。

デスクの上に広げられた書類は、担当生徒たちの専門科目評価だった。

仕事の最中だった翠の下半身には、丙組の男子がひとりへばりついていた。

タイトなスカートを腰までズリ上げて、尻に食い込むコーラルピンクのセクシーランジェリーに頬ずりしていた顔を上げる。

クラスメートの女子とは違う、肉の張った餅肌を軽く揉めば、すぐに甘酸っぱい牝の匂いが醸しだされた。

彼ら『無貌《ネイムレス》』のメンバーは、毎日のように味わっている女体だ。

それでも飽きるには、まだまだ経験が足りていない。

ショーツを下ろして、内側から膨らんでいる花弁へとペニスを射し込んだ。

柔らかく絡みついてくる柔肉の淫窟は、何度味わっても満足できない甘美な刺激を与えてくれる。

「ねーねー、翠ちゃん。俺の点数、なんとかしてくれない？」

「…ぅ…ぁ」

ねっとりとした腰の動きに、翠の中も簡単にねっとりと潤んだ状態に進行していた。

デスクに上体をのせて突っ伏して、A字に開いた下半身を突き捏ね回される。

既に一年丙組クラスメートの大半は、翠がお願いを断れない、甘い性格だと知っていた。

年頃の男子が増長してしまうのも当然だ。

これは彼にとって命令ではなく、寝室でのピロートークのようなものだった。

尻肉を掴んで腰をグリグリと押し込みながら、吸いつく肉穴を堪能している。

わざわざ授業時間に抜け出して遊びに来たのだ。

焦る必要などない。

順番を待つこともなく、ゆっくりと翠を独占して味わえる。

「補習に参加することになったら、こうやって翠ちゃんを可愛がってあげることもできないしさー」

尻から手を離して、デスクとサンドイッチされて潰れている巨乳へと手を伸ばす。

ブラウスのボタンを外して、ブラジャーからまろび出た桃肉を揉みしだく。

左右にはみ出している乳房を弄びながら、指先で固くなった乳首を爪弾いた。

「あっ、おマンマンきゅきゅって締まってスイッチオンした……軽く一発出しとくかんね」

「んっ…あっ…ア、ッ」

両方の乳首を抓んだまま、腰をパンパンパンと小刻みに振るい、根元まで填め込んだペニスから精液を注ぎ込んだ。

乳首をクリクリと弄くりながら翠の尻に股間を密着させる。

ねっとりと絡みつく膣ヒダが吸いついていた。

しゃくり上げるペニスから、より多くの精子を搾り取ろうとしている。

奥まで潜り込んだペニスは排泄を終えても、翠の女性器を雄々しく貫いたままだった。

舌を出して蕩けている翠に顔を寄せて、舌先をねろっと絡み合わせる。

いつもは真っ先に誰かのモノを咥えさせられるので、マウストゥマウスのキスをする機会は少なかった。

「んじゃ、机に腰かけてよ。やっぱ翠ちゃんと犯るときはデカパイをブルンブルンさせたいからさ」

スイッチを入れられた翠は、命令のままデスクに尻を載せて足を開く。

その股間に腰を割り込ませて、グッと下から突き上げられれば、望みどおりにブルンッと乳房がたわんだ。

デスク上に両手をついた翠は、股の正面からリズミカルに突き込んでくる生徒の腰に両脚を絡ませる。

ブラジャーのカップからはみ出した乳房の肉が、ヌポヌポと抉り抜かれる振動に合わせて上下に揺れていた。

「あ〜、チンポ蕩けそう。翠ちゃんのアヘ顔、スンゲーエロいよ」

太股を抱えた男子が余裕の表情で翠を視姦する。

一度リビドーを放出したことが、彼に余裕を与えていた。

購買部のドリンクに頼らずとも、肉体に漲る精力がペニスを勃起させ続けている。

それもダンジョンでレベルアップした恩恵だ。

「そうそう。翠ちゃん、俺の点数加算しておいてね」

だらしなくたわむ片方の乳房を揉みながら、適当なピロートークが再開される。

それは『肉便姫《オルギニアン》』の呪縛に囚われている翠にとって、絶対的な強制力があった。

性交相手がどう思っていようと関係はない。

パンパンと脳裏に散っている快楽の火花に、アヘりながら頷いていた。

実際その程度の裏交渉なら、担任教師の裁量の範疇であり問題にすらならない。

そうでなければ、翠たちのような教師を採用できるはずがなかった。

「――それは困りますね」

背後から告げられたネガティブワードに、ビクッと震えた男子が硬直した。

「だっ、誰だ……？」

「誰がどんな成績であろうと興味はないのですが、それによって他の誰かが落第するのは困ります」

振り向いた顔の前に差し出された掌。

彼が見えたのは、それだけだった。

ドサリと床にくずおれた音は、扉が開かれた音よりもハッキリと響いた。

いや、それは本当に音として響いたのだろうか。

「これが、暴食《グラ》の権能《スキル》ですか……便利ですね」

「あ、あなたは……」

胸元で腕をクロスして、脱力した脚を開いたままの翠が目をみはる。

「少し、お話をしましょう。――先生？」

＊＊＊

無事に期末テストを終えた教室の空気が賑やかだ。

うちの学園はいわゆる、三学期制になっている。

四月から七月を一学期、九月から十二月を二学期、一月から三月を三学期という風に区切られているわけだ。

それぞれに夏休み、冬休み、春休みの長期休暇が挟まれている。

中でも一番長いのは、夏休みだ。

週末の終業式が終われば、八月いっぱいまでの長期休暇が待っている。

浮《うわ》ついた空気になるのも宜《むべ》なるかな。

まあ、だが休みに入ってものんびりとはしていられない。

ワンコ先輩からお誘いを受けているセブンスシンのお茶会や、専門科目の補習である『林間学校』への強制参加などがスケジュールに詰め込まれていた。

「……なんで俺らが補習なんだ」

「納得いかないんですけど。叶馬くんならまだしも、どうしてあたしたちが赤点なわけぇ？」

俺をディスる麻衣だが、同じパーティーなので当然ではなかろうか。

先ほど何やら顔を青ざめさせた翠先生から、俺たち四人の補習参加が言い渡されていた。

今回は及第点に達していたかな、という見通しは甘すぎたようだ。

クラスメートたちは仲間であり、ライバルでもある。

俺たちよりも先に進んでいるということなのだろう。

情報閲覧《インターフェース》で見る限り、何故か俺たちよりずっとレベルが低いのが謎ではある。

いや、リアルから目を背けてはならない。

現に赤点判定を食らったのは俺たちだ。

つまり、劣っているのはこちらである。

「問題ありません」

爽やかで満足そうな笑顔を浮かべている静香を見習おう。

それに、こういうのは考え方次第だ。

前向きな姿勢でイベントを楽しむべき。

林間学校などという青春イベントは初めてだ。

「絶対、字が違うわ……この学園のことだから輪姦イベントにきまってるじゃない」

「俺もちっと調べとくわ。ぶっちゃけ嫌な予感しかしねえ」

ずいぶんとネガティブなことだ。

告知と一緒に手渡された林間学校のパンプレットに目を通す。

開催期間については、八月の上旬から中旬にかけて二週間ほどの日程だった。

場所はダンジョンの中ではなく、『磐戸樹海《いわとじゅかい》』という場所だ。

学園を囲んでいる山を越えた先にあるらしいが、その場所も学園の管理地になっているそうだ。

樹海にはバンガローが設置してあり、参加生徒は泊まり込みで林間学校的ノルマを熟《こな》さなければならない。

きっとオリエンテーリングやサバイバル訓練、夜になればキャンプファイヤーや天体観測などの青春イベントが待っているのだろう。

段々テンションが上がってきた。

「え、えーっ!? 叶馬くんたち『林間学校』に出なきゃいけないの?」

蜜柑先輩たちのお部屋に行ったら、悲鳴みたいなお言葉を頂いた。

ベッドでクッションに座っていた蜜柑先輩が身を乗り出して、◇みたいなお口をしている。

「もしかしなくても、叶馬くんたちが赤点取っちゃったのかな?」

鏡台の前に座って髪を梳いていた凛子先輩が、ドライヤーのスイッチを切って振り返る。

お風呂上がりな感じがお姉さんテイスト。

「ええ、不甲斐ないかぎりです」

「どうして叶馬くんたちが赤点なんて取っちゃったんだろ……」

「私たちのほうはみんな補習を免れたのにね。これで、あのセクハライベントに参加しなくて済むって安堵してたかな」

どうやら倶楽部の先輩たちは赤点を取らずに済んだ模様。

そして、ちょっと気になるお言葉を耳にした。

「うん？　セクハラってところが気になるのかな……？」

「少々」

パジャマ姿の蜜柑先輩は、クッションを抱いて赤い顔を逸らした。

ネグリジェ姿の凛子先輩は、悪戯《いたずら》っぽい笑みでベッドに腰かけた。

「わかってるくせに、言わせたいのかな。私たちのご主人様は」

「叶馬くんの……エッチ」

「はて、何のことでしょう」

少しばかり高度な判断を要するバトルフィールドが展開された。

攻め込みすぎるとトラウマを抉ってしまう危険もあるが、それは時としてお互いの情動を揺り動かすスパイスになる。

耐性がなさそうなのは蜜柑先輩だろう。

そちらのベッドにお邪魔して、ストーリーから注意を逸らすためにボディタッチなコミュニケーション。

「ぁう……ん」

俺も下半身のスウェットをズルッと失敬して、身を乗り出すような格好の蜜柑先輩からにぎにぎしていただく。

目論見どおり、ポーっとした感じでシコシコし始めた蜜柑先輩のお尻を撫でながら試合再開だ。

「それじゃあ……何から聞きたいのかな？」

これ見よがしに脚を組んだ凛子先輩が、濡れた瞳で小首をかしげた。

捲れ上がった裾から覗くショーツがオシャンティ。

「それでは、まず寝泊まりする場所なのですが……」

「うん。それについては古いけど全員宿泊できるバンガローがあるかな。テントを張る必要はないけど、普段は管理されていない空き家だし寝袋《シュラフ》を持っていかなきゃだね」

なるほど、ただ寝泊まりするだけの建屋らしい。

炊事場やトイレ、風呂などもバンガローにはないようだ。

「二段ベッドが並べられてるカプセルホテルみたいな感じかな？　そんなに大きくないバンガローがいくつもあって、そこに適当な十二人ずつのグループを組ませられて押し込められるの。男女混合で、ね」

蜜柑先輩のお尻を撫でていた手を、パンツの中に滑り込ませた。

「基本的にね。スキルとかクラスとかあっても、やっぱり男子と女子じゃあ強いのは男の子なんだ。ダンジョンの外なら尚更ね。だから、やっぱりそういうふうになっちゃうの。同調圧力っていうのかな。それが当たり前で、逆らうことは許されないんだ。初日は真っ先に女の子たちが下段のベッドに連れ込まれてね。男の子たちが入れ替わり立ち替わりで女の子をローテーション、誰もベッドから下ろしてもらえないの」

「……んぅ…うぅん」

直立した先っちょを咥える蜜柑先輩が、下のほうをシコシコしながらチロチロと舐めてくだされる。

「オッパイの大きさとかアソコの具合とかで品定めされちゃったりするかな。男の子の間でも格付けで上下関係が生まれるんだけど、結局は男女全員が番《つが》いにされちゃうんだ。まー、要領のいい女子は男子に取り入ったりして、男女ともにドロドロのカーストができちゃったり。林間学校の期間中は、ずっとそのグループで行動させられるからね」

「なるほど」

組んだ脚を降ろした凛子先輩が、蜜柑先輩の手に握られている反り返った物を見て唇を舐める。

すり合わせている太腿が艶《なまめ》かしい。

「林間学校では各グループにいくつかの課題《クエスト》が出されるかな。『磐戸樹海』はね、天然ダンジョンって言われている場所なの。常に瘴気が充満しててモンスターも湧いてるかな。野生動物が変化したみたいな弱いモンスターだから、アクティブには襲ってこないし危険度は少ないかも。そういうヌルモブみたいなのを駆除するのも目的」

思っていた青春イベントとはちょっと違うようだ。

「気をつけなきゃいけないのはね。『死に戻り』なんて便利な保険はないんだ。その代わり樹海の中には『癒やしの池』っていうのがいくつもあるの。そこに浸かれば傷や体力なんかも回復するかな。効果はゆっくりだけどね」

ずいぶんとファンタジーな回復地点だ。

「当然、全裸で浸からなきゃいけないんだけど、そうなると男の子が我慢できるわけないんだよね。体力も回復しちゃったりするから、見つけたらその日の探索はお仕舞い。日が暮れるまで池の中で水遊びみたいな」

蜜柑先輩がお口を開け、ねろっとキャンディーを舐め回すように舌を這わせている。

「難易度的にはレイドクエストに放り込まれるよりずっと楽かな。グループで組まされるメンバー次第だけどね。ただ、やっぱり二週間も同じグループだと遠慮もなくなってきちゃうんだ。女の子が壁に向かって整列させられて、おチンポ当てクイズとかやらされたりしてね。課題も簡単に終わっちゃうから期間のほとんどはバンガローの中に引き籠もりっぱなしだし」

「それで」

「炊事洗濯はローテで女子がやらされるんだけど、服なんて着させてもらえないんだ。料理してる間も後ろに立った男の子がパンパン腰振ってるし、洗い物してるときも後ろにしゃがみ込んでパンパンしてるし。することもないから、ず〜っとセックスセックス。『癒やしの水』も汲んでからしばらくは効果があるらしくて、それをガブガブ呑みながら朝から晩まで猿みたいにセックスセックス。汲みに行かされる女子にも男子が付き添って、後ろからセックスしながら歩かせられるの。面白いのはね、他のバンガローからの調達班も同じ格好してるんだよ。ホント、どんだけ交尾が好きなのって感じかな」

蜜柑先輩のお股をクチクチしていた指を抜き、トロンと惚《ほう》けたお顔を撫でる。

「林間学校が終わる頃には、もうモラルも何も消えちゃってるの。近くのバンガロー同士で男子が入れ替わったりして、女の子たちは誰のかすらわかんないおチンポ挿れられて変な声を漏らすだけになっちゃうんだよ」

凛子先輩を四つん這いにさせてショーツを引き下ろした。

「男の子の性欲ってホントモンスターかな。正直、あっ…きないのかな…って」

「それで」

「あっ、んっ……だから、静香ちゃんたちだけは、守ってあげて。あんなふうにされたら人生観どころか、人格だって変えられちゃうっ…から。きっと、集団意識っていうのだけじゃ、ないと思うっ……の」

激しくベッドが軋む勢いで凛子先輩を貪る。

「帰るときの記憶は曖昧になってて…あっ、確か、あの時は…女の子も、男の子もセックスのことしか考えられなくなってて。集合場所にも、みんなセックスしながら、合体してパンパンしながらっ…集まって。みんな、お腹を……せて…禊《みそ》ぎの、洞窟、に……」

ビクビクッと腰を痙攣させた凛子先輩がオルガズムに突っ伏した。

だが容赦せず、引き寄せた臀部へとペニスを突き立てる。

寝取られ感からくる、凶悪なリビドーが宿っているのを自覚した。

「あっ、あアッ！」

シーツをギュウッと握り締める凛子先輩へ、のしかかるように激しく責め立てた。

背後から蜜柑先輩の悲鳴みたいな嬌声が聞こえた気がした。

激しく濃厚な交尾に相応《ふさわ》しい、大量の精液が凛子先輩へと注入されていく。

「……ちょっと、昂奮しすぎ……じゃないかな」

「多少」

ぐったりと力尽きた凛子先輩が、恨みがましい目で可愛く睨んでくる。

そんなお顔をされても申し訳ないが、ピクピクしているお尻に埋め込んでいる愚息はビンビンだ。

「え、えと……ちょっと待つかな」

「凛子先輩は俺の女なので」

「な、何を急に言ってるのかな、かな」

背後から乳房を掴み、慌てたように視線を彷徨《さまよ》わせている凛子先輩の頬に手を当てた。

「どうやら、俺は嫉妬深いようです」

「んんぅ！　あっ、ひぃ！」

頭を真っ白に染め直して差し上げよう。


翌日、凛子先輩から怒られてしまった。

プンプンと頬を膨らませながら濃厚スキンシップで絡んでくる凛子先輩可愛い。

昨夜は蜜柑先輩含めて、他の先輩方のお部屋に行っても全員がお休みなされていた。

仕方ないので蜜柑&凛子部屋に戻り、まだベッドでぐったりしていた凛子先輩とひと晩中ニャンニャンワンワンさせていただいた。

何度も失神した凛子先輩に対して、問答無用でペニスを突き込んでしまった俺ケダモノ。

蜜柑先輩もずっと寝ていたから仕方ないと思われる。

新しい性癖に目覚めたらどうしよう。

「イイ感じですね。少しずつ解き放っていきましょう」

嬉しそうな静香さんは俺をどこに連れていこうとしているのか。

「明日から夏休み〜。ていうか、今ここからが夏休み〜」

一学期の終業式を終えた俺たちは、麻鷺寮に戻ってゴロゴロしていた。

テストという天敵を乗り越えた麻衣は既にホリデーモードだ。

放置しておくと、ご飯とトイレ以外はずっとベッドでゴロゴロしていそう。

「んじゃ、ま。林間学校についての情報共有しとこうか」

「ああ」

タブレットを手にした誠一がソファーに座る。

改装が終わった麻鷺荘の宿直室に集まっているのは、俺たち丙組のメンバーのみだ。

先輩たちは全員赤点を免れており、沙姫や海春と夏海も補習を受けずに済んでいる。

何故、俺たちだけ赤点だったのだろう。

普段の授業態度が悪かったのか。

まったく身に覚えがない。

ポテチ袋を手にした麻衣と、みんなの麦茶を用意した静香もソファーに座る。

蜜柑先輩たちがリフォームした宿直室は、なんというか普通にシックで落ち着いた感じのお部屋に仕上がっている。

和モダンというべきか、フローリングと畳がハーフに交じっており、ダウンライトの照明などがアダルティックな感じ。

アミューズメントラブホになると思ったのに、いい意味で期待を裏切られてしまった。

ちなみに、このソファーは倒せばベッドになる。

壁もパタンと倒れてサイドベッドになったり、床からベッドが迫り上がってきたり、天井からベッドが降りてくるギミックが仕込まれていたりする。

回転したり振動したり合体したりもするらしいが、ベッドに必要な機能なのか疑問。

というか、こんなにベッド要らないかな、と思う。

他にもいろいろと変なギミックが用意されているらしく、マンネリ対策とか言っていたような気もする。

「とりあえず日程は来週、八月に入ってからになるんだが」

「二週間だっけ？　ハァ、夏休みが半分潰れちゃうじゃない……」

麻衣は嘆くが、夏休みだからといって普段と違うバカンスが待っているわけではない。

基本的に行動範囲は変わらないのだ。

生徒が利用できる唯一の交通手段である駅には、貨物列車くらいしか走っていない。

学園に必要な物資は、この鉄道輸送に頼っているのだ。

入学卒業のシーズンでもなければ、人を乗せる定期便は存在していない。

学園が発行した外出許可証がないと駅を利用できないし、そもそも許可が下りないそうだ。

俺も帰省しようとは思わない。

ああ、中学の担任を殴りに行こうとは思っているが、もう少しレベルを上げてからでもいいだろう。

隣に座った静香の尻に、こっそり手を伸ばして痴漢する。

何となく痴漢電車の気分。

「だいたいさぁ。林間学校って何をしに行くの？」

「わかってるとは思うが、ただ山を歩いたり、自炊したりって普通のカリキュラムじゃねえ」

「では、どのような……あっ」

制服が夏服になってから、薄手のブラウスに透ける下着のラインが目の毒だ。

本日の静香は、薄いブルーのブラジャーに、同色のローレグショーツだった。

半分はみ出したお尻の肉が卑猥。

「ダンジョン仕様の装備持参ってことで察してると思うが、天然ダンジョンって呼ばれてる『磐戸樹海』にいるモンスターとは違うの？」

「それって、地下にあるダンジョンの間引きだな」

「ああ、別物だ。こっから山をひとつ越えた先にある、瘴気の吹き溜まり地帯って話だな。風水で言うところの竜脈ってヤツが澱《よど》んで、擬似的なダンジョン空間になってるそうだ」

俺のジッパーを下ろしてブツを取り出し、自分もショーツも下ろした静香が、正面に立って腰を下ろした。

お淑やかな仕草で尻を揺する静香の中は、最初からヌルリとした泥濘《ぬかるみ》になっている。

スカートの中に手を入れて尻に触れると、腰の動きがギアチェンジした。

「ふ～ん、そんなのいつもと変わんないじゃん？　要するに害獣駆除をあたしたちにやらせようってこと？」

「建前は、な。出てくるモンスターは雑魚ってことで、怪我はしてもおっ死ぬようなことはねえらしい。狩猟のノルマが与えられて、それが課題になってる。例年どおりの設定ならノルマは余裕でクリアできんだろ」

だいたい、凛子先輩から聞いた情報と同じだ。

ギッギッとソファーを軋ませる静香の尻を撫で回す。

淑女モードの静香は目を瞑《つむ》り、火照らせた顔に汗を浮かべて腰を振り続ける。

誠一の解説には出てこなかったが、グループ分けについては完全なランダムっぽいのがネックだ。

俺からも聞き取りした情報を伝えておく。

「あー、そういうふうに組まされんのか。実際の経験者から聞いた情報は助かるぜ」

「えぇー。ってゆーか、そんなのマジで輪姦学校じゃん」

「……そういう意図もありそうだ。教室って枠組みを取っ払って、無理矢理カップリングさせてんだろうな……」

「ちょっと止めてよね。なんで学園がそんなお節介すんの？」

「あっ」

凛子先輩たちの体験談を思い出して、静香がたぷんたぷん弾ませていた尻の動きが止まる。

反り返った物が、静香の中でギリギリと膨張してしまった。

静香を余所にやって、同じ目に遭わせるわけにはいかない。

俺は独占欲の強いエゴイストなのだ。

「こっそり合流するしかねえな。参加人数は五百名近いらしいし、全部のグループを見張ってる訳じゃねえだろ」

豊葦原学園は五年制に二十四クラスとして、ざっと五千人ほどの在校生がいるわけで、更に特級科も存在している。

遠足イベントで一人ひとりを管理するのは、ほぼ無理だろう。

「そんなにいるならサボってもわかんなそうだけどなぁ。まー、いっか。スキル使っていいんなら何とでもなりそうだし」

ハァ……と吐息を漏らした静香が尻振りを再開させる。

先ほどよりもねちっこい腰使い。

「要するにさ。バカンスで別荘に行くような感じでしょ？」

「何が起こるかわからんからな。油断はしないでいこうぜ」

「ちなみに、禊ぎの洞窟とやらは何ぞや？」

たしか、そんな言葉を凛子先輩がおっしゃっていた。

今朝方に聞き直しても、そんなこと言ったっけ、と小首をかしげておられたが。

「……それ、誰から聞いた？　って、ウチの先輩たちか」

頭を掻いた誠一がため息を吐く。

「調べてる最中だが、『みそぎの儀』ってのを林間学校の締め括りにやるらしい。もしかしたら、それをヤルために林間学校をやってんのかもしらん。ハッキリしたことがわかるまで口には出すなよ」

「ああ」

「は～い」

「ハァ…ハァ…ハ、ァ……」

汗だくで振られている静香の尻を撫でた。

林間学校が始まるまで間がある。

キャンプに必要なアイテムを蜜柑先輩たちから作ってもらうことにしよう。

それに、ワンコ先輩からお誘いを受けているお茶会が先だ。

手土産でも持っていったほうがいいのだろうか。

あっ、と仰け反る静香を抱きかかえる。

なんというか、ナチュラルに俺の麦茶へ一服盛るのは勘弁していただきたい。

情報閲覧の表示に気づかなかった俺も間抜けなのだが、全然治まらない効果が抜群すぎる。

流石《さすが》、超級ボスの素材で作られたドラッグというべきか。

第七十六章　嫉妬の若芽

夏休みに突入したからといって生活パターンを崩すのは不健全である。

常に油断せず、己を鍛え上げるべき。

朝は日の出とともに目覚めて鍛錬だ。

沙姫と乙葉先輩も、この早朝トレーニングに参加している。

熱いシャワーで汗を流した後は、麻鷺荘の食堂で朝ご飯を頂く。

寮で提供されるご飯は休暇中でも朝と晩のみだ。

学食も営業しているし、もしくは学生通りまで出かけて昼食を取る生徒も多いようだ。

食堂のキッチンを借りて自炊するという手もある。

無論、ダンジョンも通常どおりに開放されており、購買部などの施設も平常運転だ。

専門科目の課題として、夏休み中に一定回数のダンジョンダイブを熟さなければならない。

林間学校の参加者については日程分がダイブ扱いになる。

心配なのは非補習組のパーティーメンバーだ。

俺などはいてもいなくても構わないのだが、斥候を担当する誠一や、対多数戦闘の要である麻衣が抜けると万が一が怖い。

過保護だと言われるかもしれないが、やはりダンジョンには万全の体制で挑んでいきたい。

俺たちが林間学校に行っている間は、ダンジョンダイブを自重する方向でスケジュールを組んでもらった。

まあ、それなりにヘビーなローテーションだ。

きちんと休息を取りつつ暴れていきたい。

「それはいいんだけどよ。なんで俺まで付き合わされなきゃなんねえんだ？」

かったるそうに欠伸をする誠一がぼやいた。

まだ休みボケするには早かろうに。

徹夜で新作の投稿動画でも撮っていたのだろう。

「何が起こるかわかりませんので同行をお願いします」

ノースリーブなワンピース姿の静香が新鮮だ。

カンカン帽が夏っぽくってお洒落さん。

学園の制服は基本的に防御力を重視した戦闘服なので、たとえ夏服でも通気性はあまりよくないのだ。

休み中のプライベートな外出くらいでしか、私服を拝める機会はない。

対して、俺や誠一のような男子は、プライベートでもジャージがほとんどだ。

「いや、静香がいれば充分だろ。決闘に行くわけじゃあるまいし。つうか、なんで俺を誘ったんだよ」

俺たちが向かっているのは学園の外、と言っていいのかわからないが学生街だ。

校門から駅まで続く商店街には、生活に必要な日常品から家電雑貨まで何でも揃っている。

ファミレスやラーメン屋などの飲食店も多く、休日のみならず平日の放課後も生徒たちで賑わっていた。

「お前も知っているだろう」

今日はワンコ先輩から勧誘された『七つの大罪』グループの会合だ。

この間の焼肉祭りでは言いそびれてしまったので、俺たちがそのセブンスシンというクラスとは無関係だと弁明するいい機会だろう。

前もってワンコ先輩へ連絡を取ろうにも、期末テストやら終業式やらで忙しかったのだ。

「だったら、尚更俺は要らねえだろ」

「いや、ワンコ先輩たちが誤解しているのは、おそらく俺たちのクラスに関係がある」

具体的にはGPバーのあるGR系クラス。

俺たちのパーティーでは現状『俺』と『誠一』と『静香』で、本日のお出かけメンバーが該当している。

誠一はともかく、静香はいつの間にか自力でGRクラスを獲得していたから驚いた。

かなりイレギュラーなクラス構成になっており、種族の『眷属《けんぞく》』が影響してるのだと思う。

まあ、ワンコ先輩主催の会合については、この正体不明《アンノウン》なクラスについての情報が聞けるかもしれないので、出向く価値はあるはずだ。

「……俺、関係ないだろ？」

怪訝《けげん》な顔で振り返る誠一を、俺と静香が顔を見合わせて首をかしげる。

こやつは何を言っているのか。

静香にもインターフェース情報が覗けるので、誠一の頭上に表示されたGPバーも見えているはず。

念のため、誠一のステータスを確認してみる。

名称、『小野寺《おのでら》 誠一《せいいち》』

種族、神人
属性、空
階位、10e＋10e＋1e＋20＋30＋9
能力、『神人《ディバイン》』『＊＊神見習い』『＊＊神』『盗賊《シーフ》』『忍者《ニンジャ》』『御庭番《オニワバン》』
存在強度、★★★☆☆☆
「豊葦原学園壱年丙組男子生徒」

やはりまだ読めない部分がある。

そして通常クラスとGRクラスのデュアル仕様なので、レアリティーが子鵺より高くなっていた。

ただ、沙姫や麻衣と比べると、『御庭番』のレベルの上がりがあきらかに遅い。

おそらくGRクラスにもEXPが吸われている。

ハイブリッドなサマル感。

「何ソレ。いやいやいや、ちょっと待てや。俺、いつの間にそんなクラスになってんの!?」

「いえ。誠一さんの場合は新しいクラスになったのではなく、サブクラスを得たようなものかと」

誠一の場合だけでなく、本来クラスチェンジという言い方は、あまり正しくないような気がする。

クラスをチェンジするのではなく、追加取得したクラスが累積していく感じ。

『戦士《ファイター》』や『術士《マギ》』などのクラスも、システム的には『職人《クラフター》』や『文官《オフィサー》』系がサブクラスを獲得していくのと同じなのだろう。

顔を両手で押さえて空を仰いだ誠一が、何やらショックを受けている。

まさかとは思うが、自分が獲得したクラスを忘れていたのではあるまいか。

「いやいや、ちょっと待て、待ってくれ、待ってください、お願いします。あの……俺、真面目にクラスチェンジした記憶がないんですけど？」

何を馬鹿なことを言っているのか。

いくら俺でも、パーティーメンバーのステータスを勝手に弄ったりはしない。

確か、アレはレイドクエスト『海淵の悪魔』をクリアした後だったはず。

ちょうど第十階層に挑み始めた頃だろう――。

＊　＊　＊

「もう今日は寝ちまおうぜ――」

「……いや、やはり忘れぬうちに話しておこう。お前のステータスを見る限り、どうやら新しいクラスを取得できるようだ」

「……」

「おそらくは何らかの『見習い』だろうが解読できん」

「……」

「いや、お前の強さを求める気持ちもわかる。だが、よく考えてほしい。俺のようにアーキタイプのクラスを失うかもしれん」

「もー…うるしゃ〜い」

「んぁ……」

「現にインターフェースで見れば、このような表記にへっぷし」

「……」

「……お前の覚悟はわかった。よい夢を、友よ」

「……zzz」

＊＊＊

「――と、このように」

「俺、寝てるよね」

「……録画しておくべきでした」

静香さんは寝ていたような気もする。

そんなに証拠能力も求めていない。

「いや、お前の回想に出てくる俺も寝てたよね。つうか返事してないよね！」

「お前の覚悟を茶化すようなマネはしない」

「途中であきらかにやらかしてるよね、決定的なところで！」

「邪推はよくないな」

大切なのは過去の過ちではなく未来だ。

ちなみに、セカンドGRの獲得については、オーバーフローするEXPがもったいないので
アフターフォローしておいた。

「イヤちゃんと俺に言えよ！　変な気を使うんじゃねえっ」

「セレクトできる選択肢がなかっただけだ。気にするな」

「気になるから。わかってるから何も言うなみたいな空気で誤魔化《ごまか》そうとすんじゃねえ」

摑みかかってくる誠一を宥《なだ》める。

何分、夏休みが始まったばかりで、多くの浮かれた生徒たちが学生街に来ているのだ。

結構人目を集めている。

遠巻きに囲んでいる、何故か鼻息の荒い女子生徒さんたちがちょっと怖い。

あと、それ以上に鼻息の荒い静香さんがタブレットを立ち上げて、鬼タイピングしているの
がちょっと気になる。

「ハァ……。もう、やっちまったもんはどうしようもねえか」

「そう気を落とすな」

「お前がそれを言っちゃ駄目だよね」

俺の肩に手を置いた誠一が、深いため息を吐く。

「オーケー、切り替えろ。叶馬がそういうヤツだってことはわかってたはずだろ、俺」

しみじみと自己催眠されると、流石の俺でも少しばかり反省する。

改めて考えれてみれば、確かに若干やらかしてしまったような気がしないでもない。

男らしく非を認めるべき。

「すまない。悪気はなかったのだが」

「……いや、よく考えれば問題はねえ。ちょっと過程に納得がいかなかっただけだ」

「それよりも今まで本当に、自分の変化に気づいていなかったのですか？」

満足そうにタブレットをしまった静香があきれたように問いかけた。

「『海淵の悪魔』の直後ってことは、『御庭番《オニワバン》』にクラスチェンジしたのと同時期だからな。第三段階クラスはスゲーってしか思わなかったぜ」

気まずそうに頭を掻いた誠一だが、実際そんな感じなのだろうと思う。

自覚と意志がなければスキルは使えない。

スキルを発動させるには、何よりもイメージが大事なのだ。

先達《せんだつ》による検証結果があってこそ、今の生徒はスキルという未知の力を扱えるようになった。

偶然、火事場の馬鹿力的なパワーを発揮することはあっても、それではアクティブにスキルを使い熟すことはできない。

それが正体不明《アンノウン》クラスの最大のネックになる。

だが、ＧＰによるバリア機能や、身体強化的な補正は働いているはずだ。

「つうか、ひょっとして今の俺って、叶馬並みに頑丈になってたりすんのか？」

「当然、そのとおりかと」

自然と腕を組んでくる静香が、誠一にジト目を送る。

「それは呪いではなく、恩恵なのですから」

「そう、だな……」

「ワンコ先輩のお誘いは、未登録《アンノウン》な規格外《イリーガル》クラスの情報を教えてもらうチャンスではなかろうか」

こちらからも対価として情報を提供する必要があるかもしれない。

それでも、ひとり手探りで検証するより利があるはずだ。

「話はわかった。もうちょっと前もっていろいろ話しとけや、という気持ちもあるが……」

学生街のメインストリートから少し入り込んだ場所に、そのお店があった。

小さな店舗に小さな看板。

扉の前に出されたメッセージボードには、本日貸し切りのメモが張り出されている。

個人経営の小さな喫茶店のようだ。

扉に手をかけると、チリン、と小さなベルが鳴った。

＊　＊　＊

カフェ『GETAWAY』。

クラシカルなインテリアで統一された店内は、名前のとおりに『隠れ処』といったイメージだった。

カウンターテーブルの奥では、デロンギのエスプレッソマシンが小さな唸りを上げている。

初老の店主は学生街で働いている他の住人と同様に、豊葦原学園のＯＢだ。

帰る場所も、行き場もない卒業生は多い。

運良く学園の職員として雇用される者もいるが、そうでない者にとっては学生街での居住権を買い取るのが次善の選択肢だった。

学園にとっては有事に備えた予備兵力にもなっている。

何も知らぬまま、何も気づけぬまま卒業して、『外』に出た者たちの行く末が公になることはない。

そんな店内の奥に、テーブルを合体させた一角が作られていた。

「ここのハンバーガーうまー」

テーブルに並べられているのは、お茶会というには豪勢でガッツリ系の料理だった。

主催が彩日羅、幹事を香瑠《かおる》が務めている時点で方向性は決まっている。

着ぐるみの爪で器用にバンズを抓んだ彩日羅が、あ〜んっと大きな口を開けて齧りついていた。

「彩日羅ちゃん、ソースが零れてるわ」

「揃い始まる前から、声かけした本人が暴飲暴食」

ナプキンを手にして世話を焼く香瑠を尻目に、文庫本を開いた女子生徒がため息を吐いていた。

「必要なのはホストの自覚」

「恋瑚愛《ここあ》ちゃんは頭が固いのだ」

「その頭悪そうなスイーツネームで呼ばないで……」

トラウマを思い出したのか、恋瑚愛の顔が歪んだ。

「まあまあ、元々プライベートな集まりなのだし、あまり形式張っても肩が凝るだけでしょう？」

「香瑠は相変わらず。甘やかしすぎるは彩日羅のために成らず」

言いながらバスケットに手を伸ばし、ハンバーガーの付け合わせポテトを抓んだ。

学園新聞にも料理がおいしいカフェとして紹介されたことがあり、スパイシーでホクホクのフライドポテトだった。

「それで。彩日羅が呼んだ待ち人来たらず？」

「叶馬くん遅いのだ。もぐもぐ」

「ふぅん。その子が『欠番』のひとり？　さては憤怒か強欲か。怠惰の豚がロストして代替わりでもしたか」

『七つの大罪《セブンスシン》』と呼ばれる特殊なクラスには、同時代に一種ひとりしか出現しないという特性があった。

『強欲《グリード》』

『嫉妬《エンヴィ》』

『憤怒《ラース》』

『傲慢《プライド》』

『怠惰《スロウス》』

『色欲《ラスト》』

『暴食《グラトニー》』


その強力でトリッキー、ルールブレイカブルな『力』は、『勇者《ブレイバー》』と並んで超越《オーバーイリーガル》クラスの代名詞とされている。

だが、与えられる大きな『力』の代償《ペナルティー》も、また大きい。

『力』に溺れて、暴走《オーバーロード》して廃人となり、能力を喪失《ロスト》するのはまだいいほうだ。

ダンジョンの中で宿業《カルマ》に呑まれて自我《エゴ》を失えば、文字どおりに消滅《ロスト》する可能性もあった。

階位《レベル》が上昇して、肉体と精神の支配力が逆転していくほど、その危険性は高まっていく。

「でも意外だったわ。恋瑚愛ちゃんが新しいメンバーを連れてきてくれるなんて」

「あ、あのっ、えっと……その、俺は」

最初から所在なさげに縮こまっていたのは、一年寅組の男子生徒だった。

香瑠から向けられた微笑みにも、顔を引き攣らせながら怯えている。

穏やかな微笑みを浮かべた好青年に見える香瑠だが、高身長で鍛え上げられた肉体のプレッシャーは重厚だ。

そして物腰のジェンダー臭を隠そうともしていない。

オマケに同席しているもうひとりの男子生徒は、椅子の上で縛られている状態だ。

暴れていたと思えば恍惚の表情で陶酔し始めていたりしてすごく怖かった。

「アナタは……『嫉妬《エンヴィ》』だったかしら？」

「そうね。たまさか見つけて拉致。名前も知らないのだけど」

恋瑚愛が得ているクラスは『傲慢《プライド》』だ。

その特性は、自分よりもレベルが劣る存在に対して、圧倒的な干渉力を発揮する。

言わば究極の弱い者イジメに特化したクラス。

それはモンスターだけでなく、人間が相手でも変わらない。

加えて彼らが自覚していない特性を上げるならば、『傲慢《プライド》』『暴食《グラトニー》』『怠惰《スロウス》』のクラスを得た者たちは、とにかく死ににくい。

強敵を避けて雑魚を大量に潰すスタイルだったり、常軌を逸した再生能力を有していたり、そも戦いの舞台にすら昇らないのがデフォルトだったりと理由はいろいろだ。

こめかみを押さえた香瑠が苦笑する。

彼女が『観察』したのであれば、間違いはないだろう。

「そう……災難だったわね。事情を説明してあげたいのだけれど、二度手間になってしまうから。もう少し待ってもらえるかしら？」
「えっと、その、帰らせてもらえたら、それで……なんて、いえ何でもないです」
彼、竜也《たつや》にとって、会合に参加しているメンバーは先輩になる。
先輩後輩の上下関係は、生徒にとって大きな価値観だ。
実力やレベルが、そうした力関係よりも優先される学園の気風には慣れていなかった。
竜也と恋瑚愛が遭遇したのは偶然だが、恋瑚愛が竜也に気づいたのは偶然ではない。
アーキタイプから逸脱した同類は、やはり学園の中では異質な『異物』なのだ。
嫌でも気がついてしまうし、目にも鼻にもつく。

『暴食《グラトニー》』の彩日羅。
『傲慢《プライド》』の恋瑚愛。
『色欲《ラスト》』の栗暮。
『嫉妬《エンヴィ》』の竜也。
『怠惰《スロウス》』の名無しの豚。

彼らが今代の『七つの大罪』メンバーだった。
現状の欠番となっている『強欲』と『憤怒』。
彼らが待つ者は、その欠番を埋める者なのだろうか。

チリン、と澄んだドアベルの音が聞こえた。

第七十七章　小さな強欲

「こんちゃーっす。今日はお世話になります」

フレンドリーな余所行きモードになった誠一が、軽い感じでお店のマスターに頭を下げていた。

この社交性は見習うべき。

「叶馬さんには絶対無理かと」

静香さんはそうおっしゃるが、諦めたらそこで試合終了なのだ。

店内は狭くとも、小洒落《こじゃれ》てインスタ映えしそうなお店だった。

バイキングスタイルのレストランでワンコ先輩が店側を泣かす、みたいなイメージがあったのだが誤解していたようだ。

「叶馬くん。やっときたー」

奥のスペースでちっちゃいワンコさんが手を振っていた。

どうやら少し出遅れてしまったらしい。

とりあえず俺たちも奥のスペースへと移動する。

待っていたメンバーは、男子に女子にワンコさんにレディガイさんに蓑虫さんだ。

濃いメンバーである。

もしかして、『セブンスシン』というのはコメディアンによるお笑いグループの暗喩《あんゆ》なのだろうか。

「お待たせしました」

「いらっしゃい。叶馬くん。そして誠一くんと静香ちゃんも」

香瑠先輩に勧められるままテーブルについた。

ブラックハニーの三人については焼肉祭りでも見た顔だ。

そして、オドオドと落ち着きのない男子生徒に見覚えはないが、こちらを胡乱《うろん》な目で見据えている女子さんはどっかで見た気がする。

「彩日羅……。コレ、違う」

「どうしたのだ。恋瑚愛ちゃん？」

「物好き《エキセントリック》なモロガミがたまさか降臨したのかと思ってたけど、本当に生徒として紛れ込んでるとは怪奇千万」

パタンと手にした本を畳んで席を立つ。

「これにて失敬」

「まあまあ、落ち着いて。……コッチにもいろいろと事情があるんすよ。先輩にはぜひとも、お話を聞かせてほしいっすね」

「申し上げ奉り候。縁を結びたくないので其処《そこ》をどいて」

「ああ、やっぱ俺より俺たちをわかってるみたいじゃないっすか。お願いしますよ、恋瑚愛先輩」

誠一が何やら熱烈に口説いている。

額に汗を浮かべた女子さんが圧され気味だ。

これは麻衣に告げ口して差し上げねばならないだろう。

「これは……なるほど。ふふ、そういうコトですか……」

席に座って腕を組んだままの静香は、男子のほうを見て目を細めていた。

いや、本人じゃなくて肩、もしくは右腕に視線が向いている。

キョロキョロと視線を泳がせて落ち着かない男子くんにシンパシーを感じる。

思春期の男子は、静香のような可愛い子に見られると挙動不審になるものだ。

「それじゃあ全員揃ったようだし、お茶会を始めましょうか」

テーブルの上で手を合わせた香瑠先輩がいい笑顔をしていた。


ハンバーガーにサンドイッチ。

フライドチキンにフライドポテト。

ピッツァにミートパイにアップルパイ。

大人数のパーティー料理はお茶会というより、お食事会だ。

まあ、確かにおいしいご飯があれば気持ちも優しくなれるというものだ。

「アナタも、もう少しみんなに合わせるようにしましょうよ」

「それどころじゃない。ティッシュを頼む」

参加メンバー全員、なかなかのフリーダム。

ただし公序良俗《パブリックポリシー》は守ったほうがいい。

油断するとすぐに通報されたりするので。

「叶馬くん。これがおいしいのだ」

「なるほど、いただきます」

ワンコ先輩おすすめのチーズバーガーおいしい。

ドロリと蕩けたチーズに、しゃきしゃきのタマネギがいいアクセント。

「アレは気にならないのか、と質問」

「はい。兄と妹のじゃれ合いなので」

「香瑠以外に彩日羅が懐いているのは初見」

静香と恋瑚愛さんが、何故か仲良く意気投合していた。

誠一からの猛プッシュに引き気味だった恋瑚愛さんは、『傲慢の大罪《シンプライド》』というクラスを持っていた。

ワンコ先輩と同世代になる古株のセブンスシンメンバーらしく、いろいろと参考になる話を聞かせていただいた。

「実のところセブンスシンなんて呼ばれていても、無敵でも無双でもないのは常考」

ただ、『七つの大罪』のクラスホルダーは、大概が派手に自爆して散るので目立つらしい。

嫌な芸風である。

「実際、他にも同じような唯一《ユニーク》系のクラスがある。私たちと対になる『七つの救済《セブンスレクス》』シリーズも有名」

それぞれ、『救恤《チャリティ》』『謙譲《ヒューミリティ》』『慈悲《カインドネス》』『忍耐《ペイシェンス》』『勤勉《ディリジェンス》』『節制《テンパランス》』『純潔《チャスティ》』というクラスがあるそうだ。

有名だが目立たない理由は、そのセブンスレクスのスキル全てを使える『勇者《ブレイバー》』という規格外の存在があるから、らしい。

「シンもレクスも大概、頭のネジが飛んでるヤツがなるけど、勇者ほどキチガイじゃないと自負」

何人か代替わりした勇者を見たことがあるそうだ。

頻繁に代替わりしているということは、つまりそう云うことなのだろう。

思考も行動も、かなりぶっ飛んでいるらしい。

俺たちの教室にもいたような気がするが、まあどうでもいい。

「他にも『八部衆《レギオン》』とか『六歌仙《バッカズ》』とか『五大老《クイーンデッド》』とか『十二星将《ゾディアック》』とかいろいろ。実際、唯一《ユニーク》なのか稀少《レア》なのか、判別してないのも多々」

パッと出てきてパッと消えるのは、胡散臭《うさんくさ》いアイドルグループっぽい。

「意外といっぱいありますね……」

「そいつらがオーバーイリーガルのクラスってわけか」

「ピースメンバーが揃ってるなんてまずない。ほとんどが欠番。……それに、君たちほど人外に非《あら》ず」

誠一はともかく、静香も規格外扱いされている。

恋瑚愛先輩も、俺の情報閲覧《インターフェース》に類似したスキルを持っていそう。

「香瑠。知ってて巻き込んだなら非道」

「あらあら、睨まれると怖いわ。安心してちょうだい、悪い子たちじゃあないわ。私の命にかけて保証しましょう」

もりもり料理を頬張るワンコ先輩の世話を焼きながら、香瑠先輩がニッコリと頬笑む。

ワンコ先輩も難しい話を理解できなくて聞き流している。

とってもシンパシー。

何だかんだ言っても、恋瑚愛先輩は説明話が好きなのかもしれない。

塾の講師とかに多そうなタイプだ。

他にもいろいろな話を聞かせてくれた。

たとえば、超越クラスを獲得するには、特殊なアイテムを入手する必要があるそうだ。

それが『ギア』と呼ばれる銘の入ったアイテム。

『固有武装《オリジンギア》』の中でも、実際に『鍵《ギア》』の銘がついているアイテムは別格なのだと。

そして、それは宿業《カルマ》に引き寄せられ、相応しい相手の元に現れるのだと。

ずいぶんと運命論的な考えだ。

ちなみに、俺も持っている。

それも『強欲《グリード》』の銘がついていたりする。

蜜柑先輩により魔改造されて、名称も『餓鬼王棍棒』から『餓鬼王戦枢』に変わってしまったが、『オーバーグリードギア』の銘に変化はない。

よくわからん謎アイテムに変わりはなかった。

肝心のスキルの発動方法についてもご教授いただいた。

最初からずっと帰りたそうな顔をしていた新顔の男子くんも、身を乗り出して聞き耳を立てていた。

「まず、最初にスキル化をイメージすることが間違い、むしろ害悪」

「授業で習ったのと正反対なんすが？」

「アレは情弱仕様。本来の『力』を型に填めて劣化コピーを量産する仕組み《システム》」

なんというか真逆のアプローチだった。

「元々ある力を使いやすいように引き出す手段が『スキル』。わざわざ使いづらい凡人向けをマネする必要なし。汎用に使えるベターなやり方は、誰が使ってもベストじゃない道理」

それはそれで有用なシステムだと思う。

マニュアル本のような感じ。

「スキルを使うためにイメージするのではなく、やりたいことをイメージしてスキルに昇華させる。スキルは覚えるものではなく、作るもの」

「……つまり、イメージに落とし込むんじゃなくて、イメージを延長した先にあるってことですか？」

「Exactly《そのとおり》。スキルなんて大層なものじゃなく、インスタントに使い捨てるタダの技術《テクニック》」

禅問答のようだ。

だが、問い返した男子くんも、誠一も何かを摑んだように頷いている。

「なるほど、な。考えすぎんのが落とし穴、ってか」

「Precisely《そういうこと》。コツは格好イイ決め台詞を叫ぶこと。言霊《トリガーワード》は必須」

「もしかしたら、今までも気づかずにスキルを使っていたってことですかね？」

「だな。使い熟すってのとは違うんだろうが」

何やら意気投合し始めている男ふたりがいやらしい。

静香さんの目が妖しく光り始めているので注意したほうがいい。

「当然、訓練は必然。普通の人間は物理的な限界を超えるイメージを持てない。スキルの訓練とは即ちイメージトレーニング。何が可能か、どこまで可能か、自分の得手不得手は何か、試行錯誤《トライアンドエラー》」

「マジで助かるっすね。これが聞きたかった」

「はい。これならアイツらを……」

「まあ、彩日羅のような天然は、ソレをナチュラルでヤルのだけど……」

急に素に戻ったらしい恋瑚愛さんが遠い目をしていた。

ワンコ先輩とは長い付き合いらしいし、いい友達なのだろう。

とてもためになるお話を聞いたのだろうが、正直俺には理解できていない。

あとで静香に教えてもらおう。

店のマスターが運んできたハンバーグを、いい笑顔で切り分けているワンコ先輩も俺と同類。

「ひとつ、忠告」

それは俺たちではなく、『嫉妬の大罪《シンエンヴィ》』の男子くんに対する言葉に聞こえた。

「私たちはイージーモード、簡単に強くなれる。宿業《カルマ》を燃料に暴走する超越者《オーバーイリーガル》。宿業《カルマ》に溺れて自滅するか、飼い慣らして制御するか、選ぶのは君。――忘れないで」

なかなか楽しいお茶会だったと思う。

お食事会というか親睦会というか、コンパというべきかわからないが、こういう集まりに参加したのは初めてだ。

『七つの大罪』のクラスメンバーでないのが残念なくらいに。

なんやかんやでワイワイと盛り上がり、店を出たときには夕暮れの帳《とばり》が下りていた。

「えっと、じゃあ俺はこれで。……その、今日はありがとうございました」

「おう。機会があったらパーティーでも組もうぜ」

誠一と嫉妬くんが仲良くなっていた。

きっと男に飢えていたのだろう。

女子寮住まいの俺たちは、クラスメート以外の男子と話す機会がなかったりする。

いや、クラスメートと会話しているかと問われれば少し切なくなるのだが。

「では先輩。今度、ぜひゲスト原稿を」

「委細承知。すぐにメールで送信」

静香も物知り先輩と仲良くなっている。

既にメール交換も済ませたようだ。

少し腐臭がするのは気のせいだろう。

「あら？　足下がおぼつかないようだけれど」

「急かすな。縄が食い込む」

タイプ的には真逆に見えるのだが、香瑠先輩と栗暮先輩は似たもの同士なのかもしれない。

自分のスタイル、大事にしているモノは絶対に譲らない。

『七つの大罪』とは別に、『黒蜜』としてなら会う機会もあるだろう。

「は〜。おいしかったのだー」

「ええ。とても」

流石は食いしん坊のワンコ先輩だ。

他にもいろいろなおいしいお店を知っているに違いない。

「今度は別のお店で集まるのだ。叶馬くんは何が食べたいのだ？」

「いえ、やはり俺たちはセブンスシンでは……」

「関係ないのだ。元々、この集まりは友達同士で情報交換をする会合だったのだ。だから、叶馬くんたちが参加しても問題ないのだ」

「……なるほど」

ならば、その言葉に甘えてもいいのだろうか。

学園の正門を潜った俺たちは、各自が住んでいる寮へと解散していった。

学生街に出ていた夏休みの生徒たちも、同じように寮へと帰っていく。

周囲を山に囲まれた豊葦原学園の夕暮れは早い。

その代わりに都会のような蒸し暑さはなく、日が落ちれば風が涼を運んでくる。

ジィジィと鳴く蝉《せみ》の声が木霊《こだま》のようだ。

誠一は調べることがあるからと、背を向け手を振りながら袂《たもと》を分かってしまった。

迷子にならないように祈る。

何しろ麻鷺荘は他の寮と比べても、断トツで僻地《へきち》に建っている。

門前道も寂れて薄暗かった。

「よかったですね」

手を繋いだ静香が距離を縮めてきた。

「ああ」

何が、と惚《とぼ》けるのは無粋だろう。

休みに友達と会って一緒に遊ぶ。

それが、こんなに楽しいとは思っていなかった。

「楽しかった」

「はい」

足を止めて、夕から夜へのグラデーションに染まる空を仰いだ。

きっと明日もいい天気になるだろう。

「静香」

「はい。ばっちこいです」

なんか違う。

いや、違わないのだが、もう少し、こう青春っぽく。

いい笑顔の静香さんが、スカートを靡《なび》かせてフワリと回る。

制服とは違う、白いワンピースが新鮮だ。

俺の顔色を窺《うかが》うような眼差しを向けて、フワリと後ろを向いて足を止めた。

こちらの以心が伝心だ。

後ろからヒラヒラを摑んで腰まで捲り上げると、スラリとした下半身が艶かしく映える。

前垂れのようになったスカートを静香に持たせて、純白だがアダルティックなレースのショーツをズリ下げる。

括《くび》れた腰に、柔らかな臀部は、少しずつ牝としての成熟を続けていた。

いつも側にいてくれる静香だが、幾度身体を重ねても飽きることはない。

股間にあてがった掌で軽く揉めば、熟れた果実を搾るような潤いがあった。

誰が通りかかるかわからない場所だ。

長々と付き合わせるつもりはない。

抱えた腰を引き寄せて、尻を突き出させる。

自分でジャージのパンツを下ろせば、バネ仕掛けのようにペニスが起立した。

「んっ……！」

尻を左右から掴んで固定すると、グッと遠慮なく押し入った。

誰よりも俺の物に馴染んでいる静香の胎内は、おざなりな下ごしらえでもスムーズに受け入れてくれる。

ゆっくり捏ねるように腰を押しつけて刺激を与えていく。

背後から貫かれている静香の尻が揺れていた。

肩から背中に流れている黒髪も、ふわりゆらりと艶かしく揺れている。

「は、ぁ、んっ……はぁ、んぅ」

しっとりと柔らかい静香の肌は、俺にしっかりと馴染んでいた。

足下や茂みの中から、さまざまな夏の生き物の合唱が響いている。

パン、パン、パン、と静香の尻が鳴る音にも、合唱が途切れることはない。

破廉恥《はれんち》な行為をしているという思いよりも、俺たちもただ生き物の番《つが》いなのだと体感していた。

ケダモノではなく昆虫の交尾に近いのかもしれない。

シンプルに性器を結合させるだけのセックス。

その分、濃厚で激しくパンパンパンッと静香の尻を貪り続けた。

きっと月が昇っても、終わりに至ることはないのだろう。

第七十八章　林間学校

ジィジジィミンミンと本格的に喧しい季節の訪れだ。

学園の立地は高原リゾートのような場所なので、脱水されるような蒸し暑さではないのが救いだった。

薮蚊《やぶか》も都会とは違うビッグサイズ。

それも結構湧くので防虫対策は必須だ。

すっかりマイホームとして認識するようになってしまった麻鷺荘も、夏休みの空気に染まっていた。

提げられた風鈴が、チリンリンと涼しげな音を奏でている。

網戸から寮の中に吹き込む風は充分に涼しい。

ランクが高い学生寮、中級のミドルクラスにもなればクーラーが標準装備になっているらしい。

無論、底辺ランクの我ら麻鷺荘に、そのような文明の利器はない。

いや、なかった、というべきか。

『神匠騎士団《アデプトオーダーズ》』の部室（仮）に隣接したリラクゼーションエリア。

壁際にずらっとマッサージチェアーが並んだ、和洋折衷の不思議空間になっている場所だ。

部室（仮）の入口には『氷』の暖簾《のれん》が掲げられ、手回し式のレトロな自作かき氷機が開放されていた。

メロン、イチゴ、ブルーハワイなどの毒々しい色をしたシロップも準備されており、セルフサービスで氷を削ってかき氷を食べることができる。

遊びに来たワンコ先輩がバケツかき氷を毒々しい色に染め上げたり、キーンッとなった頭を抱えてコロコロしていたのは記憶に新しい。

ベロがサイケデリックなカラーリングになっておられた。

まあ、かき氷機で剥き出しになっている氷塊。

この氷塊は機械に設置されっぱなしになっているのだが、室温の中でも溶け出すことがない。

不思議な氷は、ダンジョン第十二階層の永久氷河から切り出してきた物だ。

そこは第十一階層のサバンナ風味から一転した極寒のフィールド。

一度撤退する羽目になったが、蜜柑先輩たちによるヌクヌク装備の完成で一気にラクラクになった。

まったく先輩たちには頭が上がらない。

氷点下のブリザードの中、ギガントマンモスや氷虎などが襲ってくるフロアだった。

他の生徒たちはどうやって攻略しているのだろう。

ちなみにマンモスの輪切り肉は、とっても固くてギャートルズな感じ。

本来ダンジョンの中に存在する構成物質は、羅城門から持ち帰ることができないらしい。

モンスターのドロップ品との差がわからないのだが、それについては一応理論的な考察がなされていた。

EXP的な所有権の所在についてとか権限がなんとかやら、まあどうでもいい。

空間収納《アイテムボックス》にポイして持ち帰ればいいだけの話なので。

そんな感じで永久氷河から切り出してきた巨大な氷塊は、一部はかき氷の材料に、そして一部は原始的な氷冷クーラーとして活躍している。

大きなブロック状に切り出された氷柱を、木のタライの中でオベリスクのように鎮座させてある。

そんな冷や冷やオベリスクを、リラクゼーションエリア全体を囲むように配置すれば、快適な冷や冷やエリアが完成だ。

永久氷河の氷塊も、周囲の瘴気濃度が薄ければ段々と融解していく。

だが、麻鷺荘の敷地内は謎の瘴気濃度を保っているので、ざっと一週間くらいは余裕で保つようだ。

要望で拡張されていた和室畳エリアには、シャツとパンツのあられもない格好をした女子さんたちがゴロゴロと寝転がり、まるで芋洗いのように混雑している。

問題はそんなリラクゼーションスペースにほぼ全寮生が集まってきて、第二次マッサージ器大戦が発生しそうになったことだ。

マッサージチェアーでウィンウィンしながらかき氷を食べて、風鈴の音を聞きながら涼を取るというのがトレンドになったらしく、順番待ちを巡って仁義なき抗争が再発したのだ。

急遽、麻鷺ソロリティーの緊急会議が招集され、健全な夏休み生活のためのガバナンスが制定された。

各部屋にタライオベリスクのミニ版が欲しいという要望が出て却下されたり、代案として露天風呂の脱衣所などにタライオベリスクの設置が採決されたり、かき氷の食べ過ぎによる体調不良が報告されたりといろいろだ。

最終的には、梅香先輩が地下に増築した倉庫へ氷塊を保存して、寮生が自由に切り出して利用してもいい、ということになった。

他の下級寮に住んでいる生徒たちの場合、涼を取るために学食へ行ってダラダラと時間を潰したり、学生街まで出向いてクーラーの効いた店舗でダラダラ涼んだりするそうだ。

そんな連中を尻目に、今年の麻鷺寮生はヒエヒエ空間でダラダラと引き籠もっておられる。

生活環境とは無関係に、寮生が目的でやって来る男子もたまにいた。

ぶっちゃけると、女の子と遊びたい男の子が押しかけてくるのだ。

建前として女子寮は男子禁制だ。

だが、寮生をパートナーにしている男子の泊まり込みは黙認されていた。

俺や誠一も最初はそういう名目だった。

今はソロリティーのメンバーとして顧問登録されており、遊びにくる男子連中が羽目を外さないよう見張る立場になっている。

とはいえ、用心棒をする機会はめっきり減っていた。

寮生のみんなが、男子の連れ込みを自粛するようになった模様。

たまに勘違いしてキャバクラに遊びに来たみたいなヤツもいるが、俺たちが出張るまでもなく寮生からボッコボコにされている。

麻鷺寮生の武闘派度がアップしてきた感じ。

その代わりの代償行為というか、溜まってしまうのか、俺たちに向けられる視線が艶かしくなってきてデンジャラス。

いきなり部屋に引きずり込まれてお姉さんたちから囲まれる、というのは実際に経験すると半端なく怖かった。

誠一のほうは上手くヤッているようで、ケツにお団子弾道ミサイルをぶち込まれないように祈っておく。

そんな感じで夏休み中の俺たちは、それなりに賑やかな日々を営んでいた。

少し前の☆麻鷺荘焼肉祭り☆が好評で第二回が開催されたり、黒蜜《ブラックハニー》が当然のようにやってきたりと、まあ端から見ればリア充っぽいイベントも楽しんでいた。

もちろん、合間にはダンジョンダイブでも攻略を進めて、第十五階層へと到達している。

そしてあっという間に、林間学校のXデーが始まろうとしていた。


「みんな気をつけてね！」

見送りに来てくれた蜜柑先輩から、励ましのお言葉を頂戴する。

麻鷺荘の玄関前には、神匠騎士団《アデプトオーダーズ》のメンバーが集結していた。

俺たち四人だけが赤点で林間学校に行かねばならないというのは、部長として情けないところもある。

「まー、無理だけはしないようにかな。無人島に行ってもサバイバルできるくらいのアイテムを預けてるし、ちゃんと生きて帰ってきてね？」

「……変なフラグを立てんのは勘弁してくださいよ」

ニヤリと笑った凛子先輩に、誠一が顔を引き攣らせていた。

今回は気を使ってくれた先輩たちから、いろいろな便利アイテムを預かっている。

多少かさばる物やプロトタイプ機動兵器もあったが、すべて空間収納《アイテムボックス》が解決してくれました。

「う～、旦那様。やっぱり私も一緒にいきます」

「いけません。沙姫はお留守番です。ね？」

「う～う～、でも静姉様……」

可愛く唸っている沙姫を静香が宥める。

ふと、何か足りないと思っていたら、双子の姿が見えなかった。

一緒に朝ご飯を食べたので寝坊しているはずもなく、何となく嫌な予感がしたのでアイテムボックスに手を伸ばしてみた。

「あっ」

「あっ」

ニョロッと取り出せてしまったのは、膨らんだバックパックを背負った海春と夏海だ。

どうやって入り込んだのだろう。

雪ちゃんか人形くんにでも頼んだのか。

見つけられた家出少女みたいに顔を逸らしたふたりにため息が漏れる。

大人しそうに見えて、結構向こう見ずな子たちなのだ。

「春ちゃんも夏っちゃんも仕方ないわねー。こういう時は大人しく待ってるのがイイ女ってヤツなのよ」

男前な乙葉先輩がふたりを引き取ってくれた。

「乙ちゃん先輩は、そうやって騙されてそう、です」

「乙ちゃん先輩は、浮気の建前を本気で信じてそう、です」

「そっ、そんなことはないわ、よ？」

身に覚えがあるのか挙動不審になっておられる。

「今更心配なんてしてあげないんだから。さっさと行ってさっさと帰ってきなさいよね！」

寮の中から出てきた久留美先輩が、ドンッと大きな包みを押しつけてくる。

それは風呂敷に包まれたお弁当だった。

出発に合わせて準備してくれたのだろう。

「ちゃんと今日中に食べなさいよ？」

「はい。ありがたく」

「すっごくおいしそうな匂い。ていうかお腹空いてきた」

早弁しそうな麻衣が嬉しそうにお弁当を抱えていた。

「それでは、後のことはお願いします」

「あいあい。無理はしないし、させないかな」

「忘れ物はない？　ハンカチとちり紙は持った？　バナナはオヤツだからねっ」

蜜柑先輩とってもオカン。

そんな感じで賑やかな見送りを受けた俺たちは、バックパックを背負って林間学校の集合場所へと向かったのだった。

＊　＊　＊

『磐戸樹海』

それは地球上に点在する、『天然ダンジョン』と呼ばれている領域のひとつだった。

自然地理学の観点では瘴気が沈殿して、回流せずに澱み続ける特異点とされていた。

風水学においては、地球上を対流する『気《プラーナ》』の流れたる竜脈、その滞留地点である『竜穴』を指す。

北は青森の地底空洞『裏恐山《シンオソレザン》』、南は沖縄の海底神殿『儀来河内《ニライカナイ》』、他の日本各地に点在する天然ダンジョンは国の管理下に置かれている。

それらは学園の卒業生が送り込まれる就職先でもあった。

日本における天然ダンジョンの数は、海外に比べても異常に多いといわれていた。

地球を地殻的視点から考察したプレートテクトニクスによれば、日本は四枚のプレートが重合してせめぎ合っている国だ。

それらは活発な火山活動をもたらし、古代より地震を多発させてきた。

これほど異常な場所は日本以外に存在しない。

風水的な知見を絡めたプレート理論は考察されていない。

それでも地球を一個の生命体として捉えれば、血流のごとき『気』の流れである『竜脈』と無関係ではあり得ない。

竜脈の重合地点である『竜穴』が多発するのも道理であった。

さらに特異地域である日本列島の『ヘソ』と呼ばれる地には、日本の『黄泉比良坂《ダンジョン》』が存在している。

それ故に『磐戸樹海』は純粋な竜穴地点ではなく、『黄泉比良坂』からオーバーフローする瘴気の吹き溜まりであると考えられていた。

＊　＊　＊

第一陣の先発グループが、『磐戸樹海』にあるキャンプ場エリアに到着していた。

参加者が五百名を超える林間学校イベントだ。

移動に利用されるローカル線の列車も、ピストン輸送で生徒を運ぶことになる。

駅から山道を踏破してキャンプ場に到達した彼らは、自然にあふれた景色に目を向けることもなく山小屋《バンガロー》へ直行した。

思春期真っ只中の彼らにとって、興味の対象となるのはバカンスよりもセックスだ。

「さってと。ここが俺らのヤリ部屋だな」

「ヤリ部屋って……まあ、そう、なのかな？」

彼らのグループにあてがわれたバンガローは、蔦に覆われて自然と一体化していた。

それは彼らが特別にハズレを引いたわけではなく、どの山小屋も同型だ。

鋭角な三角形をしたログハウス。

電気、ガス、水道もない原始的なバンガローだ。

深い木々に囲まれた窪地には、いくつものバンガローが点在していた。

入口を封じていた札を千切るように扉を開けば、長く放置されていたとは思えないほど荒れていなかった。

その経年劣化していないという現象自体が、周囲領域のダンジョン化を示している。

ドヤドヤと荷物を担いで上がり込んだ居住予定者は十二名。

男子が六名に女子が六名という構成はどこも同じだ。

窓の板戸を開いても、電気の通っていないバンガローは薄暗かった。

内部の調度品はベッドとテーブルセットくらいだ。

彼らは支給されたカンテラに火を灯して、バンガローの中に腰を落ち着けた。

林間学校で強制的に組まされるグループのメンバーは、同じ教室のクラスメート同士がダブらないように配慮されている。

ほとんどは初見の他人同士。

見知らぬ相手に遠慮する気持ちもあったが、それはこの場限りで後腐れのない関係ともいえた。

「さて、まあ、なんだよな」

「ああ、よろしく頼む」

「だよな。二週間は一緒に行動する訳だし」

彼らは林間学校に初めて参加する一年生のグループだ。

照れの入った白々しい会話が初々しい。

壁際に各自の荷物を置いてから、ワンルームしかない部屋の中央で円座する。

まだ誰も音頭を取ろうとはしない。

自然とお互いを牽制するような、微妙な緊張感が生じていた。

名乗るだけの自己紹介が終われば、ようやく行動を起こす者が出始めた。

「まー、つまり、アレだろ、アレ。時間がもったいねーし、さっさと始めようぜ？」

最初にひとりが主張すれば、流れに便乗する者が続いていく。

「だよな。こんな場所で男女が共同生活させられるんだ。ナニもないってありえないっしょ」

「そーそー。んじゃ、えーっと。ほら……お前らも脱げよな」

一年生のグループとはいえ、既に学園の流儀には染まっている。

ただし、彼らの交友関係はまだクラスメート同士までだ。

教室という枠組みの外、学年という境界を越えるまでには至っていない。

その取っ掛かりを作るための『合同実習』だ。

ジャケットを脱ぎ、ズボンを脱ぎ、シャツとパンツになった男子が隣の女子生徒に手を伸ばす。

その俯いていた女子は肩をビクッと震わせたが、抵抗らしい抵抗はしなかった。

学園の流儀で洗礼を受けたのは、男子だけでなく女子も同じだ。

ましてや補習に落とされて、林間学校へと送り込まれるような女子生徒に、コミュニティで上手に立ち回れるだけのメンタルはない。

おぼつかない手つきで服を脱がされても抵抗できなかった。

もはや彼ら、彼女らにとって、男女が密室で寝泊まりする環境で、セックスしないという選択肢は考えられなかった。

それが当然の成り行きで、自然な行為だと思い込んでいる。

あっという間に全員ペアとなった男女は、その場で最初の性行為を開始した。

最初からセックスの期待に胸と股間を膨らませていた男子たちは、みんな女子の名前すら聞いていない。

それでもペニスは勃起するし、セックスもできる。

キスから始めるペアは少数で、服を脱がせるという段取りを踏んだ男子は更に少ない。

彼らにとって、校舎内やダンジョンでの着衣セックスは習慣になり始めている。

ブラウスを開けさせて乳房を弄くり、スカートの中に手を突っ込んで股間を弄り回す。

会話らしい声もなく、ただ男子のハァハァと乱れた息遣いがバンガローの中に籠もっている。

挿入のタイミングも、また牽制しながら許されていた。

そして同じように、ひとりの男子がパンツを脱げば、全員が便乗して尻を出す。

一度挿入がなされてしまえば、後はこれから二週間続くグループの方針は定まったも同じだ。

「あっ、うっ……スゲぇ」

学園の教室ではカーストの底辺にいる男子も、ここぞとばかりに自分を開放していた。

新しく用意された舞台《シチュエーション》で、今度こそは遠慮しないと張り切っている。

M字に開いた女子の股間で振られている腰は、早々に一度射精してからも勢いが衰えなかった。

「やっぱ新しい女は滾《たぎ》るねぇ」

ベロリと唇を舐めた男子は、四つん這いにさせた女子の尻を、パンパンと慣れた腰つきで犯していた。

自分の教室でヤレていた相手は、パーティーで共有している肉便器扱いの女子だけ。

ランクの高い女子はまとめて、クラスカースト上位の男子が独占している。

肉便器とは毎日セックスしていたが、いい加減に飽きが来ていたのだ。

今頃はその肉便器彼女も他のバンガローで同じ目に遭っているのだろうが、興味はない。

むしろ、このグループの女子メンバーから新しい肉便器彼女を調達しようと意気込んでいた。

そんなことを考えているのは彼だけではない。

女子に跨がって腰を振っている男子は全員、同じようなことを考えている。

最初の相手はただのお試し。

むしろさっさと種付けマーキングを済ませて、残り五人の女子も味わってみたいとすら思っていた。

「ツハー。スッキリしたわ。溜まってたんだよな」

必要のない言い訳をするのは、最初にフィニッシュしてしまった彼の見栄だ。

それでも当然のようにペニスは萎えていない。

ペニスをおっ立たせたまま、うつ伏せで突き出されたヤリたての尻に手を伸ばす。

精子を注ぎ込んでやったという、オスとしての征服感が堪らない。

ピストン中に潤み始めていた女陰の割れ目を撫でて、ペニスを挿れていた穴を指先で穿り回す。

順応した男子が無駄に冗舌になっていくのとは逆に、無駄話も諦めていくのが女子の傾向だった。

注意を引けば目をつけられる、一度孤立すれば周囲から見捨てられたまま、黙って耐えているのが一番被害が少ないと気づくのは、全てが手遅れになった後になる。

「おう。じゃあ交換しようぜ」

「待ってました」

円座の向かいになっていたペアと女子を交換して、味見セックスが連鎖していく。

どこのバンガローでも行われる初日のイベントだ。

「ア〜、スッゲェ出た」

「オッ。って、わは、マジマンスジから溢れてんじゃん」

一般的な少年少女のセックスと違うのは、学園生徒が生挿れ中出しを躊躇《ためら》わないことだ。

避妊行為は校則違反なのだから。

「おっ、コイツのマンコちょっちいいかも」

「だろだろ？」

林間学校で支給される支援物資には、当座の糧食《レーション》と特性ポーションドラッグセットが含まれている。

自分たちで持ち込んだレトルトやインスタント食品もあり、粗食に耐えられるならば自炊する必要すらなかった。

実際に初日から数日間、バンガローにお籠もりするグループは多い。

最初にたっぷりとレクリエーションをこなして、グループの結束を高める作戦を選ぶのだ。

「やっぱここダンジョンなんだな。スンゲー勃起すんもん」

「んあ〜、段々出なくなってきたぜ……。コイツで腰据えてファックすっかな」

「誰か交換しねぇ？」

「あっ、出そう……イクイク、イクッ」

「メディカルポーチに購買印の精力剤あんじゃん。やっぱコレ飲んでヤリ捲れってことだよな〜」

胡坐《あぐら》にのせた女子を抱えている男子が、尻を揉みながら支給品を漁っていた。

「使い切ったら回復ポイント探しゃいいんだろ？　マジ淫行実習じゃん」

「つーか補習に参加できてラッキーだったぜ。輪姦学校マジ最高」

うつ伏せになった女子の腰の裏へ、クッション代わりにバッグを押し込んで台座にする。

ちょうどいい具合に固定された臀部は、扱いやすい肉のオナホールだった。

「晩飯は全員を輪姦してからにしようぜ」

宣言したとおりに、初日からバンガローは立派なヤリ部屋になっていた。

照れや初々しさなど既に存在しない。

「賛成〜っと。おっ、おっ、キタキタ」

「オッケー」

背後からスカートを手綱代わりに腰を振る男子が同意する。

並んで腰を振っている男子も同様だ。

「アレだよね。味見が済んで飯食ったら、本格的に愉しもうよ」

「へへっ、だよな。やっぱみんな準備は万全だよな」

ゴブリンからドロップする『ゴブリンの媚薬《レイプドラッグ》』は、一年生でも容易にダンジョンから入手可能だ。

日常生活では使い切れないほどドロップ率が高いのだ。

諦めたように身体を開いている女子メンバーにも会話は聞こえている。

彼女たちにとって、それはむしろお助けアイテムだ。

発情する効果以外に副作用はなく、無駄に何瓶も過剰投与《オーバードーズ》されない限りは依存性もない。

どうせ輪姦され続けるのなら、気乗りしない状態で犯されるより、発情していたほうが心にも身体にも負担は少ない。

恋人やパートナー同士のセックスでも『媚薬《ラブポーション》』として使われているくらいだ。

「先輩から教えてもらったとおりだな。マジで二週間の耐久セックス祭り」

「二十四時間チンポおっ立つからさ。回復の泉でヒーリングしなきゃチンポ鬱血ヤベェらしいぜ。……って、ホラ。やっぱな、ラブポなんか使わなくても余裕で濡れてくるんだって。マジキチ乱交キャンプ場、最高すぎんだろ」

「あ、ァ、ンッ……イクッ」

「具合エエと思ったら感じてやがんのか。マジウケる」

「ハァ…ハァ…ァ、ン！」

羽交い締めにしながらペニスを挿入していた男子は、これ見よがしにパァンパァンと尻を打ち鳴らしてみせる。

スカートも剥ぎ取られて下半身が丸出しになっている女子は、毛深い陰部をさらけ出されていた。

既に男子三人から、三発分の精子を注入された割れ目の奥から、ねっとり泡立つ粘液が滲んでいる。

「俺、仮性卒業できっかも」

「俺も俺も。コレマジケツ穴填めっぱなしで過ごすわ」

「おっおっ、出る出る」

「マジスッゲーよな。出してもビンビンだし、精液もビュービュー出るぜ」

「アンッ、アン…いッ…ィィ」

「実際のダンジョンファックもそんな感じだぜ？　癖になってヤベェレベル。ヤルためだけにダンジョンダイブしてる」

「あー堪んねー、スッゲーイイ」

「アッ、アッ、アッ！」

女子も最初のひとりが喘ぎ、最初のひとりがアクメを迎えれば、自分だけじゃないという免罪符が発行される。

稚拙だが逞しい性器へのピストンにオルガズムを我慢しなくなっていく。

まだ夜も迎えていない初日。

まだまだ性の宴は始まったばかりだった。

第七十九章　磐戸樹海

グラウンドに集合した俺たち補習参加組は、最初に引率教師からの訓辞を聞かされた。

どうでもいい話だったたし、真面目に聞いているヤツもいない。

やはり人数が多いな、というのが感想だ。

流石に一括管理はできず、いくつかの集団に分けてキャンプ場へと出発するようだ。

というか、先行隊はもう出発済みらしい。

人混みに交じったままグラウンドを見渡す。

配布されたプリント用紙には、最初からグループ分けされた名簿が記載されていた。

やはり俺たち全員が別々のグループになってしまったようだ。

意図的に分散させているらしく、学級という枠を越えた交流の推進が目的、とか何やらスピーチで宣べていた。

これについては予想どおり。

合流の段取りは打ち合わせ済みだったが、静香と麻衣が少し心配だ。

グループ分けはランダムに見えて、いくつかの条件付けがされているようだ。

男子六名、女子六名の配分。

クラスメート同士はグループから除外されて、同年代の生徒のみで結成されていた。

学年が交じっていると先輩に頼ってしまうとか、そういう理由だと思う。

プリントを見るかぎり、補習に参加している割合は一年生が多いようだ。

「――」

訓辞はすぐに終わり、点呼が終わったグループから駅へと向かっていく。

駅には林間学校のために準備された特別列車が待っており、満員になり次第、山奥のほうへと走り出していた。

中野駅で電車を利用するのは、学園に来たとき以来だ。

それは他の生徒も同様だろう。

俺たちのグループは第二陣として車両に搭乗した。

待ち時間も、電車の中でも、終始無言だったグループは俺たちくらいではなかろうか。

他のグループは多少なりとも打ち解けようとしていた。

俺も照れくさそうに挨拶とかしてみたかった。

親交を深める予定はないのだが、ちょっと寂しい。

山の斜面を走り、谷を越え、トンネルを抜けた先に終着駅があった。

『磐戸駅《いわとのえき》』と書かれた看板があるだけで、改札も駅舎もない無人駅だ。

ここからはグループ行動となり、目的地の『磐戸樹海』まで歩いていくことになる。

舗装もされていない山道のハイキングは、ちょっとしたオリエンテーリングというところか。

俺たちを降ろした列車は、また学園のほうへと走り去っていった。

真っ白な時刻表が、普段使われていない駅であることを示している。

イベントがある時にのみ特別便が出されるのだろう。

第二陣に搭乗していたグループに静香たちの姿はなかった。

再度グループの点呼が行われてから各班が出発していく。

ベースポイントになるキャンプ場は三か所に別れているようだ。

それほど距離は離れていないが、到達するまでのルートは各グループが選択しなければならない。

スケジュール表を見ても初日はすべて移動時間だ。

踏破ペースは自由に決めることができる。

急ぐ必要はない。

まずは磐戸樹海のキャンプ地に到着してからだ。

＊　＊　＊

磐戸樹海のキャンプ場付近には、いくつもの山道が整備されていた。

車が通れる道幅はないが、定期的に手入れがされている。

「ハァ……山歩き、クッソしんどい」

倒木に腰かけた男子が、ミネラルウォーターのペットボトルに口をつける。

「これくらいで疲れるとか、流石に怠けすぎだろ？」

「んっ、んっ、あっ」

道端の木に手をついて腰を突き出した女子の背後では、同じ班の男子が腰を振っていた。

キャンプ地までの道程は、まだ半分にも到達していない。

休憩には早すぎるタイミングだった。

同じ木の反対側にも、別の女子が手をついていた。

そして同じように、別の男子が尻を抱えている。

二年生のグループである彼らは、去年の林間学校にも参加したメンバーだ。

これからの段取りがわかっている彼らに自制する必要はなかった。

フリーセックスの輪姦合宿でしんどいのは、キャンプ場までの移動のみ。

急いで無駄に体力を消耗するよりは、のんびり進んで道中のセックスに消費するほうがマシだ。

「おう。虫除けスプレー忘れんなよ？」

「サンキュー。虫刺され痕ばっかだと萎えるしな」

正面に跪《ひざまず》き、股間に顔を埋めている女子のスカートの中にプッシュしたスプレー缶を、隣に腰かけている男子に放り投げた。

受け取った男子は、自分のペニスを摑んで下から舐め上げている女子に吹きつける。

「ちっとソイツの具合試させて」

「んじゃ、交換な」

「あっ……」

「んッ……」

道端で立ったままスカートを摑んで腰を振っていたふたりの男子が、互いの女子を入れ替えて腰を振り始める。

林間学校のグループ分けが学年別になっている理由は、上級生が手慣れすぎているからだ。

純粋で初々しいリビドーを育てるには、怠惰な惰性セックスでは物足りない。

もっと劇的なシチュエーションで理性を揺さぶり、道徳を逸脱させたほうが効果的だった。

そして摩耗し始めている彼らの場合、新鮮なシチュエーションを提供してリビドーをリフレッシュさせるのが目的だ。

「おっ、おっ、おっ！」

「ふぁ、んッ、んんぅ……」

摑んだ尻を引き寄せ、グッグッと腰をねじ込んだ男子が痙攣していた。

既に空気中の瘴気濃度が高まっているエリアだ。

全開で精液を放出しても、玉袋の中ではこんこんと精子が作り出されている。

女子もダンジョンプレイスタイルなどいつものことだ。

突っ立ったままの男子に振り返って足下にしゃがみ込み、ペニスを咥えてお掃除フェラをする。

スカートからはみ出した尻の下に、ポタポタと精子が垂れ落ちていた。

グループの女子は全員、最初に下着を没収されていた。

そして捲り上げられたスカートは、腰の後ろに巻き込んで固定されている。

女子メンバー六人は、ノーパン状態で尻を丸出しにしながら、ずっと男子の前を歩かせられていた。

生尻の揺れや、精液が垂れていく様子をニヤニヤと猥談のネタにされながらの道中、少しでも男子が発情すれば即ハメのご休憩タイムが始まる。

そんなペース配分でも、夕方までにはキャンプ地に到着できるとわかっていた。

「んじゃ、そろそろ行くか？」

勃起したままのペニスを跪いた女子の顔に擦りつけていた男子が腰を上げる。

「あいよん。って、お前まだイッてねーじゃん？」

「ああ、コイツちょっと疲れてるみたいだし、抱っこして運んでやろうか、ってな」

「ぁ……んッ、ぅ！」

立たせた女子を正面から掬い上げるように、腰を押し込んで抱え込む。

片手で尻を持ち上げたまま、ベルト同士をカラビナで繋ぎ合わせた。

女子の体重の他、背負ったバックパックの加重もかかるが、ダンジョン侵食度が増しているエリアでは負担にもならない。

逆に自分が背負ったバックパックの重さと釣り合って歩きやすいほどだ。

何も知らない一年生とは違い、彼らは大量の食糧を持ち込んでいる。

面倒な食糧の調達をしなければ、林間学校はただのまったり乱交バカンスになる。

「おら、手足とマンコでしっかりしがみついてろよ」

「あ、ンん……」

「俺も抱っこしてやろっかなー」

「んっじゃ俺も、っと」

ふたりの男子が同調する。

背後から尻をパンパンを犯しながら、ベルト同士をカラビナで繋いだ。

男子のベルトも女子のベルトも、カラビナなどの固定器具も、そのために準備してきた小道具だ。

カチリ、カチリ、と物理的に保持された女子たちは、たとえ失神してもズレ落ちることはない。

軽く尻を揺すって位置を調整すれば、山歩きのお供になる肉オナホのセッティングは完了だ。

「お前ら三匹はケツ振り先導役な。餌もなくて山歩きできっかよ」

馬の目の前にぶら下げた人参と同じ。

オルガズムが入ってぽーっとしている女子の尻を、掌でパァンパァンを引っぱたき、また山道を歩かせ始める。

ねっとりと精液に塗れた尻がムチムチと揺れていた。

「すぐに交替してヤルからよ。それまで色っぽくケツ振ってみせろや」

「はァん！」

パァン、と高く尻打ちの音が木霊した。

＊　＊　＊

さて、山道ハイキングは順調だ。

天気もいいし、何も問題はない。

「はぁ…はぁ…はぁ…」

岩場になった斜面を女子メンバーが登っていく。

かなりダンジョン領域っぽい匂いがしてきたが、非戦闘系クラスの女の子たちだ。

レベルが上がればたとえ非戦闘クラスでも、それなりに身体補正値は増加していく。

だが、補正の元となるレベルが低ければどうしようもない。

グループの最後尾から付いていく俺の視界には、スカートの下からチラチラ覗く可愛いパンツが見えていた。

言い訳をするつもりはないが、決して覗き目的で殿《しんがり》にいる訳じゃない。

キャンプ地に到着した段階で抜け出して、静香たちと合流する予定なのだ。

下手に親睦を深めて、名前と顔を覚えられないようにしなければならない。

彼らには少し迷惑をかけてしまうだろう。

せめて好色な視線を向けないように自重するべき。

そう、心に決めながら視姦する。

これはあくまで滑落した時に救助するためだ。

然様な致し方ない理由があるのだ。

というか、スカートで山登りはあまりお勧めできない。

制服が一番頑丈な装甲服なのはわかるが、山登りに適したスタイルではなかった。

特に、このような急斜面を踏破するには、もっと本格的な登山装備が必要だ。

「……ひャアぁッ!?」

小さな落石と崩れる音に、悲鳴が重なった。

案の定、真っ逆さまに落ちてきた女の子をキャッチ成功。

こんなこともあろうかと、既に召喚済みのもやっと雲を足場にしている。

一度召喚してしまえばビリビリを出さない限り消えず、自動追尾してくる便利アイテムである。

唖然とした顔で振り返っているグループメンバーが連鎖滑落しそうなので、地上へと着陸して何げない風を装う。

クラスチェンジが進めば誰でも空くらい飛べるだろうし、君たちも気にしないほうがいい。

そう目で訴えると、ビクッと震えたグループのメンバーたちは無言でペースを上げていった。

ショックで気絶してしまったらしいこの子は、俺が抱っこして運んでいくことにしよう。

＊　＊　＊

グループから抜け出した誠一が周囲を見渡した。

仰ぎ見た巨木の檻は、さながら緑の迷宮だった。

まだ日の高い時間帯でも、天幕のように生い茂った木々の枝葉に遮られて薄暗い。

濃厚に粘りつく緑の匂いが滞留していた。

「……ここが『磐戸樹海』か」

「こんだけプレッシャーの重いエリアで、ダンジョンの第一階層より安全、ねぇ？」

樹海に埋もれるように、ポツポツと点在するバンガローを見下ろす。

第一陣のグループに交じって磐戸樹海に来ていた誠一は、身を潜めながらキャンプ場を調査していた。

誠一が立っている場所は、小高い丘になった大樹の根元だ。

抱えきれない太さの木の根元には、苔むした緑の絨毯が出来上がっている。

あきらかに自然と成長した樹木ではない。

何らかの超自然的な影響を受けて変異している樹木だ。

奇妙な姿の昆虫、ゆらゆらと歩行している植物、形すら成していないクラゲのようなヌルモブ。

木々だけでなく、周囲の植生すべてが自然界を逸脱している。

たとえるならダンジョン第十階層のネイチャーフィールドゾーンに酷似していた。

「ま。もう少し様子を見るか」

懐に納めた三つの紙人形を確認した誠一は、自分たちのグループに与えられたバンガローへと戻っていった。

＊　＊　＊

「ハンッ！」

顎を反らし、鼻を鳴らした麻衣が、男子の上にドカッと尻を落とした。

バンガローの床で這いつくばった男子たちは、グエッと潰された蛙のような声で呻く。

見せびらかすように脚を組み、尻で男子の背中をグリグリと押し潰す。

「ま・さ・か、あんたたち程度が、このあたしを犯すつもりだったんじゃないでしょうねぇ？」

下半身を丸出しにして頭からベッドに突っ込んでいる男子。

頭髪をチリチリに焦がして失神している男子。

床の上で折り重なるように積まれ、麻衣の椅子にされている男子たち。

そして、部屋の隅に寄り集まって、ガタガタ震えている女子たち。

「え〜、な〜に〜。聞こえなかったかも〜。あたしを肉便器にしたいとか、ヒィヒィ鳴かせてやるとか言ってたっけ〜？」

突っ伏している男子のケツに足をのせて、電気アンマのようにガガガガッと踏んだ。

ビクビクビクっと痙攣する男子が妙に艶っぽい呻き声を上げていた。

「ゴメンねぇ。ちっちゃくて見えなかったの。皮かぶりの粗チンを笑っちゃってマジゴメンねぇ」

「あああォ、ォ、ォ！」

「でもさぁ。こんなのをずらっと整列させて、女の子にパンツ脱いでケツを突き出せって笑っちゃうと思うのよ」

ガガガガガッとしながら、しみじみと頷いて腕を組む。

「いや〜、夜まで大人しくしてろって言われてもさぁ。やっぱあたしに我慢とか忍耐は向いてないのよね。うんうん」

ニィ、と三日月の笑みを浮かべた麻衣が振り返った。

「ケドまぁ、あんたたちが黙ってれば最初からなかったことになるわけよ。わかるよね？　ていうか、わからせるケドね！」

＊　＊　＊

そのバンガローの中では、性の宴が繰り広げられていた。

「オラッ、俺のチンポは気持ちイイかよ！」

「んっ、ひっ、ひっ」

「イクゼ……おぅ、イク！」

「んぁああッ！」

フロアの左右に並んでいる二段ベッド。

その下段のベッドに、上半身を預けた女子がセットされている。

全員がスカートとショーツを剥ぎ取られて、丸出しの下半身をフロアに向けて突き出していた。

当然、全ての尻には同じグループの男子がくっついて、飽きることなく腰を振り続けている。

「ハア、ハア、ハァ」

初顔合わせをした初日の乱交とはいえ、男子たちの昂奮具合は異常なほどだった。

呼吸も荒く、自分でペニスを扱きながら、空いた尻を狙い続ける。

「オラオラオラッ」

仰向けで万歳した女子の脚を担ぎ、ガクガクと揺すっていた腰を押しつける。

ビュッビュと弾ける射精の快感に臀部が痙攣していた。

最初から『媚薬《ラブポーション》』を投与された女子たちは、必要以上に痛い思いをすることなく原始的なセックスを受け入れている。

素面《しらふ》で襲われるよりずっとマシ、心にも身体にも負担はない。

「なあ、さっさと変われって」

「うっせぇな。まだ勃起してんだよ」

常にあぶれる男子のひとりが、射精したばかりのペアに詰め寄っていた。

「あン、あン！」

「コイツもまだ俺のチンポが欲しい、つってんだろ？」

「わかった。もうイイよ……俺とヤろうぜ！」

「ハァ？　あ、おオォッ」

ペアの後ろに並んだ男子がまたひとり、限界を超えたリビドーに新しい扉を開いた。

通常の精神状態であれば、いくら溜まっているとはいえ選ぶはずもない選択肢だ。

この空間において、嗜好のバイアスを支配しているのは彼らではない。

ぺらり、と本のページが開かれる。

窓際の椅子に腰かけている静香は、ゆるゆると異常な空間と化していくバンガローの中で、最も異様だった。

誰からも興味を持たれず、認識されず。

静香も興味を持たず、認識する必要性を感じていない。

お気に入りの文庫を開いて時間を潰していた。

だが、ふと窓の外へ視線を向けて首をかしげる。

「何故、そんな場所に……？」

しばし悩み、小さくため息を吐いて文庫本に視線を戻した。

叶馬のパートナーでいるには、いろいろな寛容さとスルー能力が必要になるのだ。

第八十章　ただいま遭難中

とりあえず、熊が襲ってきたので返り討ちにしてみた。

林間学校だと思って舐めていたが、なかなかにエキサイティングなイベントが用意されているようだ。

もはや道なき道を突き進む俺たちのグループは、簡単に言ってしまえば迷子になっている。

どうやら、誰も地図を見ていなかったらしい。

女の子たちは全員が疲労とショックで気を失ってしまった。

野郎どもも腰を抜かしているのが情けない。

サイズがミニバスくらいの大きさで、ちょっと前足が四本あっただけの熊さんだ。

程よい強敵感がダンジョン表層の界門守護者《ゲートキーパー》っぽい手応え。

まあ、ちょうどいいタイミングだったのかもしれない。

何しろ山の夕暮れは早い。

周囲は薄暗くなっており、これ以上のハイキングは危険だろう。

休憩ではなく、本格的な野営地にするべき。

そんな訳で、今はドロップした熊を木に吊して解体中だ。

文字どおりに半分の熊さんである。

通常空間とダンジョン空間が、ハーフアンドハーフなピザ状態になっているのだろう。

奇麗に上半身だけがドロップした。

素材の確保という面ではいいのかもしれないが、解体する必要があるので面倒だ。

前脚を縛って吊した熊っぽい奴は、頭部から肩部までベロンと剥けている。

この皮を剥ぐのが一番手間なのだ。

失神したり、腰を抜かして失禁したりしているグループメンバーにも手伝ってほしい。

絵面はちょっとゴアな感じに見えるが、これも食育だ。

普段食べているお肉は、こうやって捌かれているのである。

幸い内臓も半分残っていたので、痛みやすい肝臓と心臓は晩ご飯に食べよう。

剥いだ皮は鞣《なめ》すのが面倒なので、切り分けた熊肉と一緒にこっそり空間収納《アイテムボックス》へ入れておくことにする。

熊肉は雪ちゃんや子鵺が食べてしまいそうな気もするが、まあ、お裾分けである。

一応、俺たちが食べる分は軽く燻《いぶ》して持ち歩くことにする。

アイテムボックスを見せびらかすわけにはいかないし、サバイバルでは食糧の確保が第一だ。

熊の肉はぶっちゃけかなり獣臭があるのだが、肉自体の味はうまいと思う。

こうして熊の解体をしていると、子どもの頃に山籠もりしていた記憶が蘇ってきて懐かしい。

当時の俺は、食うか食われるかの食物連鎖の中にいた。

懐かしくはあるが、あまり楽しい思い出ではないような気もする。

理科室にある人体筋肉解剖模型のようになった熊を前に、脂と血塗《ちまみ》れになったナイフを棒シャープナーでシャッシャッと磨いでいく。

こういう時に職人《クラフター》スキルのありがたさがわかる。

切るための鋭い刃は、すぐに潰れてしまうのだ。

ダンジョンで使う剣などは、あえて鈍《なまくら》に仕上げて耐久性を上げている。

ノコギリは持ってこなかったので、ナイフを駄目にする覚悟で背割りしてしまおう。

背割り、とは背骨に沿ってまっぷたつに切り分ける解体方法だ。

そこまでいくと大分食材っぽい見た目になってくる。

とりあえず首を引き千切り、背骨ごとメキメキとまっぷたつに引き裂いていく。

ヒィ、っという女の子たちの声に振り返るが、気絶したように熟睡したままなので気のせいだったらしい。

疲れているのだろう。

熊の解体が終わるまで休んでいてほしい。

＊　＊　＊

「……なあ。叶馬に渡した『憑代《よりしろ》』に反応がないんだが、アイツどこ行った？」

夜の帳が降りた『磐戸樹海』には虫の声が響いていた。

とろり、と絡みつくように濃厚な霧が、キャンプ地を白い帳に沈めている。

林間学校の栞に書かれている夜間の外出禁止は、遭難のリスクを警戒してのことだ。

キャンプ地はまるで、白い湖面に沈んだ水辺のようだった。

「あたしは見てないけど？」

誠一が持っている折り紙人形と、同じような折り紙を手にした麻衣が頭を振った。

『憑代人形《スパイボット》』は忍者系スキルの中でも、習得難易度が高いといわれていた。

触媒となる憑代に五感をリンクさせたアイテムを作り出すという、一風変わったスキルになる。

麻衣が手にした紙人形の中には、誠一の頭髪が数本封入されている。

逆に誠一が持っている三つの紙人形には、麻衣たちの髪の毛が封入されていた。

今回は誠一をターミナルにして、擬似的な携帯電話のように利用されている。

『憑代人形』は周囲の瘴気濃度に影響を受けやすく、距離が離れすぎてもリンクを維持できない。

だが、電波が減衰して消滅する高濃度瘴気領域においては、貴重な連絡ネットワークになりえた。

「叶馬さんは……その、迷子中です」

困ったような顔をした静香に、深いため息を吐いた誠一が頭を抱えた。

「何をやってるんだ、アイツは」

「迷子って、迷うような分かれ道なかったよね？」

磐戸駅から磐戸樹海キャンプ地までの道程は、舗装されていない山道とはいえファミリー向けのハイキングコースのようなものだ。

地図やコンパスを使わずとも、道なりに歩くだけで目的地に到着する。

「俺は悪くない、と主張しています」

静香は視線を宙に彷徨わせていた。

「問題ない、そうなので、まあなんとかなるだろうから適当に誤魔化していてくれ、と」

「問題しかねえよ」

「ええーっ。漫画とかお菓子とか、叶馬くんのアイテムボックスに預けっぱなしなんですけど！」

漫画はともかく、お菓子は早々に食べられていそうであった。

「ハァ……しゃあねえ。静香は叶馬の居場所がわかるんだったよな？　ちゃんと来れるようにナビゲートしてやってくれ」

「ええ。それは無論です」

腰かけていたバックパックから立ち上がった誠一が周囲を見回した。

濃厚な霧の迷宮であろうと、空間を認識する『御庭番』スキルの前には無意味だ。

「まあ、叶馬たちのグループが遭難してるってことは、だ。そのグループが使う予定のバンガローが空き家になってるはずだ。そいつを俺たちの拠点にするぞ」

「はーい」

「わかりました」

＊＊＊

さて、割と切実なピンチに陥っている。

「どうか、この卑しい牝豚にお情けを、です」

パチリ、と爆《は》ぜた焚き火の灯りで、初々しい裸身が照らし出されていた。

事情はよくわからないが、ひとまず落ち着いてほしい。

俺たちのグループは、うっそうと生い茂った密林に囲まれながら野営をしている。

できれば雨露をしのげる場所を探したかったのだが、急に立ち籠めてきた霧に視界を奪われてしまった。

少し、よくない気配がする濃霧だ。

なんとか乾いた枝葉を見つけ、焚き火を起こすことはできた。

現在、焚き火を囲んでいるメンバーは、俺を除けば女子が四人だけだ。

残り七名のメンバーは、はぐれてしまったらしい。

熊の解体が終わって後始末をしているときに、腰を抜かしていた男子たちと、ひっくり返っていた女子数名が消えているのに気づいた。

すわモンスターの襲撃か、と警戒したのだが何もなかった。

おそらく、野営を推奨する惰弱な連中には付き合いきれぬ、俺たちは夜間行軍を敢行する、っとばかりに袂を分かったのだろう。

ひと声かけてくれれば餞別《せんべつ》に熊肉を分けてあげたのだが、致し方あるまい。

そんな感じで、熟睡している残された女の子たちを尻目に、熊肉の串焼きなどを炙っていたのだ。

熊串をクルクル回して炙りながら、『無線くん』で誠一に連絡しようとしたら圏外になっていた。

決して忘れていたわけではない。

静香石無線は感度良好だったので、ざっとこちらの現状を伝えておいた。

ただこの連絡手段については、ほぼ俺から静香への一方通行になってしまうのがネック。

まあ、静香石リンクが確立されていれば静香の精神状態をモニタリングできるので、いざという時にはもやっと雲で飛んで行けばいい。

熊串をクルクルしながら、薄切りにしたベアレバーをフライパンでソテー。

味付けは一欠片《ひとかけら》のバターと塩胡椒のみ。

なかなかのジビエ感。

程よく焼けてきたので、女の子たちを順番に起こすことにした。

最初に滑落した子を揺すると、ハッと目を開き、全てを悟ったような顔になって牝豚発言である。

胸の谷間を見せながら、自分からスカートをたくし上げて痴女アピール。

意識が混濁しているようなので冷静に対応するべき。

「……とーま様には、心に決めた最愛の男性《ひと》がいることは知ってるです。だけど、その常軌を逸したセックス依存症を牝豚《わたし》で解消しようと」

「よし。落ち着こうか」

混乱のあまり俺を誰かと勘違いしている模様。

発言がいろいろと不穏すぎる。

「わ、わかってるです。牝豚で持て余した性欲を解消するのが不本意なのは」

「とりあえず、落ち着いてこの熊を食べるといい」

「は、はいです。代わりにお前を食わせろとおっしゃるのですね。わかるです」

もっちもっちと熊串を齧りながら、ピンクのパンツに包まれたお尻を預けてくる。

なんというか、石器時代のような価値観を持った子だ。

いくら俺でも脈絡なく、どうぞ、と差し出されたお尻は、いただきます。

＊　＊　＊

「ハア、ハア、ハァ……はぁ」

膝に手をついて乱れた呼吸を整える男子が、一緒に逃げ出してきたメンバーを振り返る。

自分を含めた男子五人、そして気絶から回復していた女子ふたりが同行者だ。

「はぁはぁ、追って、来てないよな？」

「あっ、ああ、大丈夫、だと思う」

周囲をキョロキョロと見回す仕草は、逃亡者のソレだ。

「待って……もう、走れないよ」

「もうダメ限界。足が動かない～」

体力的にも男子以上にバテている女子が、その場にへたり込んでいた。

整地もされていない森の中だ。

走るどころか、ただ歩くだけでも体力を消費する。

落ち葉が重なった柔らかい腐葉土は足を取られてしまう。

何よりモンスターが出没するとわかった領域で、警戒もせずに森を突っ切るのは自殺行為だろう。

それだけ、彼らは恐怖に急《せ》かされていた。

「何なんだよ、あの怪物は……。なんであんなのが俺たちのグループに交じってんだよ……」

「スッゲー怖かった……。後ろからずっと殺気放ってくるとか意味わかんねぇ」

「絶対ヤる気だったよ。あの熊が襲ってこなきゃ、俺たちが代わりにヤられてた」

素手で化け熊の足をもぎ取り、眼球に貫手《ぬきて》を突き込んで脳を破壊していた。

熊のモンスターよりも遥かに、そのモンスターを蹂躙していた姿は恐ろしかった。

遭難状態で方向を確認する間もなく逃げ出すほどに。

「つーか、ここはどこなんだよ……」

遭難したときの鉄則は、その場から動かずに救助を待つことだ。

目印もなく、ただ歩き回っても状況が改善することはない。

そもそも彼らが道に迷った原因は、背後から放出される無言のプレッシャーに急かされ、何も考えられなくなって直進し続けていたからだ。

道中の目印や道順を覚えているはずがない。

それでも、今のようにダラダラと森の中を歩き回るのは悪手《あくしゅ》だ。

山の峰に日が沈み、日暮れがすぎても道は見つからなかった。

やがて木々の合間から、下草を這うように。

じわり、じわりと白いミルクのような霧が広がっていく。

「もう、無理ぃ。休憩しようよ……」

「疲れたよ～」

真っ先に弱音を吐いたのは、ふたりの女子だ。

「ハァ？　キャンプ地まで行かねーと野宿することになんじゃん。責任取れんの、お前ら？」

「つっても、もう無理でしょ。日も暮れてきちゃったしさ。霧も出てきたし、どっちに歩いてんのかもわかんないよ」

「山ん中で野宿とか、マジ勘弁なんですけど」

とはいえ、彼らにも他に選択肢がないことはわかっていた。

周囲から掻き集めた枝葉は湿気っていたが、手持ちの紙を着火剤にして火が灯される。

「や、めッ……乱暴なのは」

焚き火を囲んだだけのサークルが、彼らの野営地だった。

それでも天候が急変しないかぎり、各自が持参している寝袋《シュラフ》で用は足りる。

「へへっ、イイじゃねぇか。アッチはもうノリノリだぜ？」

シュラフをクッションに座り込んでいる女子を挟み込むように、ふたりの男子が陣取っていた。

男子たちは左右から手を伸ばし、服の上からポニーテール女子の身体をまさぐっている。

誰から咎められることもない状態で、ヤりたい盛りの男子が我慢できるはずもない。

遭難中だろうとお構いなしに股間をおっ立たせていた。

「今更カマトトぶるなよ。わかってんだろ」

片方の乳房を揉みながら、後ろに回した手で尻を撫でる。

「バッカお前、乱暴なのがダメってことだよ。もうちょっと優しくしてほしいってさ」

もう片方の乳房を揉みながら、スカートの中に入れた手で太腿を撫でる男子が笑った。

「んっ、あんっ、あんっ」

焚き火の反対側では、もうひとりの女子に一番目の男子が跨がっていた。

ブラブラと空を蹴るように生足が揺れている。

仰向けに押し倒されている女子は、三人がかりで全裸に剥かれていた。

「せめて、もうひとりくらい連れ出せればよかったんだけど」

「だよねー」

チャックを全開にしている男子たちは、反り返ったペニスを晒しながら焚き火にあたっている。

準備は万全だった。

「は、ンッ……ぅ」

「おっおっ、おっ！」

オットセイのように呻いた男子が、貫いた尻を抱え込んでグイグイと腰を揺すり立てた。

「……あ、んっ」

「お、ふぅ。たっぷり出たわ。んじゃ、次ね」

ヌルッと産毛しかない恥丘から抜かれた陰茎は、まだまだ元気に反り返っている。

だが、一発交替のローテーションが最初に決めた紳士協定だ。

顔と胸に手をのせて息を乱している全裸の女子は、間を置かずに二本目のペニスを挿れられていた。

「青姦も乙だよねぇ。星は見えないけどさぁ」

「たまにはいいよね」

焚き火を囲んだ順番待ちの男子は、変わらずペニスを勃起させていた。

全員の勃起が萎えるまで宴は終わらない。

入れ替わる男子とは違い、女子は絶え間なくピストン刺激を受けている状態だ。

焚き火に照らされている身体は火照ったまま、艶かしい声も途切れなかった。

「おっし、ケツ下ろせ。……よーしよし」

「ん……あっ、あッあッ！」

「アッハ。可愛い顔してスッゲー腰使いじゃん」

胡坐をかいた男子に跨がったポニーテール女子が、顔を逸らしながら尻を揺すっていた。

ブラウスの前ボタンは外され、ブラジャーからはみ出した乳房がたわんでいる。

彼らは人目のない森の中、誰はばかることなく性欲を開放していた。

「あー…スッゲー出る」

「すっきりしたなら交替。はりーはりー」

「いや、まあ。全然ガッチガチに勃起したままなんだけど」

「や、ん」

抱え込んでいた尻からペニスを抜き出し、谷間に挟み込む。

それがどういう意味を持つのか、少し考えればわかるはずだった。

「しゃあないなー。俺も堪んないからペロペロしてくれ。手は汚れてるから、口と舌でおしゃぶりするように」

ポニーテールをつかんで、挿入射精のワンセットを済ませたペニスを突きつける。

彼女は顔の前に突き出されたソレを、言われるままにチロチロと舌先で舐め始めた。

「わりぃな。コイツ具合よくってさぁ」

一度抜いたペニスを尻の谷間でしごいていた男子が、ねっとり潤んだ肉壺に再挿入していく。

粘膜の隙間を掻き分けていくペニスは簡単に奥まで到達した。

「次は俺が三発くらいハメ出しさせてもらうから」

「あっ…んっ…んっ」

ポニーテール女子におしゃぶりさせていた男子が、揺れる乳房の谷間にペニスを挟んだ。

尻を突かれている彼女の振動が、自然とパイズリの刺激になっていた。

「コイツ、俺と相性バッチリだな。なあ、帰ったらパートナーにしてやってもいいぜ？」

「あっ、アッ！」

「俺はパートナー要らない派だなぁ。トラブルがあったら連帯責任とか、ちょっかい出されたら面子のために学生決闘《メンズーア》とか、いろいろと面倒臭そうだし」

「その代わり何やっても許されるし、男子寮にも堂々と連れ込めるんだぜ」

パートナー契約は男子にとって都合のいいシステムになっている。

仮に飽きても一方的に解約できた。

「うし、決まりな。帰ったら事務所で手続きするぞ。俺も専用のペット彼女が欲しかったんだよ」

「アッ、あンッ、あン……ッ！」

「んじゃあ、そろそろ俺がヤッてもいいよね。もう、いい加減チンポはち切れそうなんだ」

配置を入れ替えて、ズヌッと挿入したモノが奥に届いた瞬間に射精する。

「ッはー…やっぱ出すんならおマンコじゃないとね」

出しながらヌポヌポと尻穴を貪る男子が顔を弛ませていた。

だらりと萎えたペニスを垂らして、自分のバックパックからカロリーバーを取り出した男子が周囲を見回す。

焚き火が微かに爆ぜる音、下草から聞こえてくる虫の声。

他に、誰もいない。

「……なあ。アイツら、どこ行ったんだ？」

「えっ、なにさ」

宣言どおり抜かず三発を目指している男子が、パンパンパンッと尻を鳴らしていた。

「ションベンにでも行ったんじゃない？　荷物だって置きっぱなしだし……ああ、イク。焦らされてたから簡単にイク」

「そりゃそうか。俺もションベンしてくるわ」

「ウッ……はぁ。ゆっくりしてきていいよ。最後の一発はじっくり味わってヤルから」

「うんぅ……チュ」

繋がったまま起こして抱き寄せ、卑猥なキスを重ねる。

「オッパイ揉んでやるから、自分でケツ振りなよ」

「あっ、あん、あんっ」

股間から粘っこい音を響かせ、蕩けた顔になったポニーテール女子が腰を揺すり始めていた。

「へっ……とんだ淫売だぜ」

自分よりもよさそうな反応を見せる女子に舌打ちすると、木の陰に回って小便を済ませる。

学園の闇市から入手した手巻きタバコを咥えて、火をつけて一服して、元の場所へと戻った。

「……おい。お前ら、ふざけんのもイイ加減にしとけよ？」

パチリと焚き火が爆ぜ、虫の鳴き声が響いている。

他に、誰もいない。

ただ、ドロリと濃厚な白い霧が、周囲に漂っていた。

「マジ笑えねーんだよ。隠れてねーでさっさと出てこい。今なら勘弁してや」

パチッと爆ぜた焚き火の音、周囲に満ちた虫の声。

他に、誰もいない。

第八十一章　必殺カルマエンド

「ひぃぃイイ…っ！」

「はい。お疲れ様ですです」

最初に相手をした石器時代の子が、絶叫して失神してしまった子を回収する。

手際がいいというか、とてもシステマチック。

「はい。次の人どうぞです」

「ほ、ホントに私もしなきゃダメかな？　っていうか、何でみんな悲鳴を上げて失神しちゃうのっ？」

「……はぁ。とーま様にお情けを頂くとわかります。だいじょうぶ……」

「……ぁ……すごかった、はぁ…だいじょうぶぅ」

「です。大丈夫です」

「大丈夫そうに見えないよっ？」

状況を説明するのならば、謎のベルトコンベアー。

「うっ、ううぅ……わかりました。よ、よろしくお願いします」

覚悟を決めた表情でパンツを脱ぎ、後ろを向いて四つん這いになる。

これで四人目ラストの子になるが、状況に流されすぎなんじゃないかと今更ながらに反省してみたりもする。

最初の三人は、ほわわんっとしたお顔で熊串をもっちもっち齧っていた。

「やっ……やっぱしおっきいぃ……き、キツぅ…」

「大丈夫です。みんながヤラれてるのを見てヌレヌレです。ズボッとイクです」

「ひぃ、他人事だと思ってぇ……ひっ！」

入口の抵抗を抜けると、一気に奥までずるりっと入り込んでしまった。

ぱしゃり、と原始人子さんが学生手帳で記念撮影。

はい、と見せてくれた女の子の顔は、白目を剥きそうなアへ顔さんでした。

「あとでとーま様のアドレスに転送しておくです。初貫通ＳＳコレクションに加えてくださいです」

そんなコレクションはない。

ないが、ありがたく頂戴しておきます。

「私も自撮りしてるので安心してくださいです」

妥協をしない姿勢は評価できる。

だが、その行動原理がわからないのが問題。

いやもしかして、熊肉の串焼きが悪かったのだろうか。

ふたり目が目覚めてパニック症状を起こしてしまったときに、この子に状況説明を任せたのが失敗だった予感。

牝豚、性処理、ご飯が、とか断片的な単語しか聞き取れなかった。

絶望と諦めの表情でパンツを脱いだふたり目の子は、現在ほわわん組のひとりとして熊串をもっちもっちしている。

「ひっ、ひっ、ひ…ぁ…あ…あっ……ぁ」

「あっという間に牝豚が馴染んだです。舌を出してアへ顔を晒してるです」

「い、いちいち言わな……あっ、ひぃ、ッ」

「後は絶対貫通男根《オーバーグリードギア》で必殺技《カルマエンド》です」

何を言っているのかまったくわからないので、逆に清々しい気持ちになれる。

「リアル必殺技《カルマエンド》すごかったですわ……」

「すごかったね……」

ほわわん組みは黙ってもっちもっちしていてほしい。

「ふああアアァァッ！　カルマエンドしゅごいぃイイ」


ようやく話ができる状態になったと思う。

ぶっちゃけ手遅れ感がものすごいが。

「です。これでわかったと思うです」

石器時代からやって来た子が、『職人《クラフター》』の美鈴《みりん》。

「うん。わかった……とーま様のカルマエンドしゅごかった」

魂が抜けたような顔で突っ伏しているのが、『文官《オフィサー》』の詩乃舞《しのぶ》。

「まだ穴が開いてる感じですわ……」

お腹に手を当ててほわわんとしているのが、『遊び人《ニート》』の芹恵《せりえ》。

「とーま様、牝豚の私をまたお使いくださいい」

と四つん這いになってお尻を向けているのが、『なし《ノービス》』の和香《のどか》。

この時期にまだクラスチェンジしていないのは逆にレア。

名前のとおりに、のどかな子だ。

「あぁっ……とーま様の性処理に使われる牝豚気持ちいいっ」

「何故お尻をフリフリしてくるのか」

あと、牝豚への熱い謎のこだわり。

「大丈夫です。とーま様の事情は知ってるのです。女は全員牝豚、セックス依存症の解消に仕方なく使ってる肉便器です」

「とてつもない風評被害が」

「大丈夫です。わかってるです。みんなには秘密なのです」

視線を交わして、うんうん頷く子たちだが、どこらへんが秘密になっているのだろう。

何故、俺がこんな間違った評価を受けているのか。

そもそも、この子たちとは面識もなく初対面のはずだ。

いきなり様付けで敬われ始めるとか、意味がわからない。

呼ばれる名前のイントネーションにも微妙な違和感があったりする。

秘匿しているわけではないが、見せびらかしているわけでもない『餓鬼王戦枢《オーバーグリードギア》』の存在を知っているのも謎だ。

「しゅごぃ……絶対貫通男根《オーバーグリードギア》しゅごすぎるぅ……」

お尻を掲げた和香がクネクネ身悶える。

どうでもいいが、全員のインターフェース操作ロックが開放されていたりする。

この四人の女の子たちがパーティーメンバーとして認識されて、俺がリーダー扱いになってる証拠だ。

俺の足下でクネクネしている和香を除いた三人は、焚き火を囲んで追加の熊肉を炙り始めていた。

熊のジビエは結構ワイルドな癖があるのだが気に入ったらしい。

まあ、野生のジビエ肉に比べると、モンスター肉は不思議とおいしいのだ。

それもレベルが高いモンスターほどおいしい傾向がある。

彼女たちはジュウジュウと炙られる肉塊の焼けた部分を削ぎ切り、ケバブみたいな感じで食べていた。

急に逞しくなったというか、一周回って吹っ切れてしまった感じ。

「イクぅ…イクぅ…もぉダメぇ……」

「では私が……はい。どうか、ごゆるりと。とーま様のおチンポケースにしてくださいませ」

ヒクヒクと脱力してしまった和香に代わり、芹恵がお尻を差し出してくる。

熊の脂に塗れた指先を舐め取り、その指先を股間から潜らせて自分の秘所を開いて見せる。

どこか浮き世離れしたほわほわ感のある子だ。

そしてこの子に限らず、みんな熊肉をモリモリ食べてお腹がぽっこり膨らんでいるのが健康的だ。

「んっ、んぅ……申し訳ありません。とーま様のお肉がおいしくて」

自分で腰を押しつけ、ずるりっと呑み込んだ芹恵が唇を舐める。

はっ、はっ、とマイペースなリズムのままお尻を振り始めていた。

ヒクヒクしていた和香も手を伸ばして、顔をトロンと蕩けさせながらもっちもっちと熊ケバブを頬張り始めていた。

ちょっと異常ではなかろうか。

変な成分でも交じっているのかもしれない。

「大丈夫です。すごく元気になる気がするです」

「うん。おいしいね。いくらでも食べられそう。……はぁ。でもなんでかな、身体がスゴク熱くなってて」

最後まで渋っていた詩乃舞が太腿を捩《よじ》り合わせ、潤んだ瞳で俺と芹恵を見詰めてくる。

「……次の牝豚役は私だよね」

「物欲しそうな目をしなくても、参考聖典《ロズスク》によればひと晩中取っかえ引っかえなのはずなのです」

「ち、違うもん。そんな風に見てないもん。で、でもひと晩中なんて壊されちゃうっ」

「もう手遅れなのです。一度とーま様に魅入られた牝豚は、想い人に絶対敵わないと思い知らされながらもセックス依存症の解消に使われる肉便器に過ぎず、離れられないまま従順に奉仕するオナペットになるです」

「そんなの酷《ひど》すぎるよぉ」

なんか謎の話で盛り上がっていた。


「うん……。私、とーま様の牝豚オナペット」

「詩乃舞ちゃんはチョロ子さんなのです」

「あんなスッゴイの何回も味わわされちゃったら仕方ないですわぁ。ん、美鈴ちゃんはお料理上手ねぇ」

「熊汁おいしい……。あ、芹恵ちゃん、お塩取って」

ひと晩でずいぶんと仲良くなった四人組さんである。

早朝の森は、頭上の重なり合った枝葉から光が射し込んでいた。

確か『天使の階段』とかいうオシャンティな名前がつけられている現象だ。

立ち籠めていた霧も晴れて、山歩きにも支障はないだろう。

早いところキャンプ地に向かって合流しないと、変な騒ぎになっても困る。

「とーま様……牝豚オナペットにお情けをください」

一緒の寝袋から出てきた姿のまま、シャツ一枚だけの詩乃舞がしなだれてくる。

購買部印の寝袋《シュラフ》はジッパーで繋ぎ合わせることにより、多人数用のビッグシュラフとして利用できるのだ。

昨夜は五人分の寝袋を合体させて寝ました。

お互いの体温を利用して、体力を消耗しないようにするプラン。

ただ、寝惚けて抱きついてきた詩乃舞は、明け方になると完全に仕上がったアヘ状態になってしまった。

「詩乃舞ちゃん戻ってこないね……」

「とーま様の抱き枕にされていたので仕方ないのです」

「詩乃舞ちゃんの寝顔がずっとヘブン状態でしたわ」

「はぁ……この絶対貫通男根《オーバーグリードギア》、ホントにしゅごいぃ」

向かい合わせで跨がってきた詩乃舞が抱っこちゃん人形。

まあ、そういった朝のグルーミングコミュニケーションはさておき。

野営地の後片づけをした俺たちはキャンプ地に向けて進行を開始した。

方向に関しては、定期的に静香ネットにアクセスして修正する。

距離的には山ひとつも離れていない、はずなのだが、どうにもまっすぐ進むことができない。

迷路というか、空間が歪んでいるというか、そんな感じだ。

「詩乃舞ちゃん、どうして距離を取ろうするのかしら？」

「べ、別にそうじゃなくって。お風呂入ってないから汗臭いし、他にもいろいろ……」

「そんなのみんな一緒なのです。それに牝豚臭い体臭も、染み込ませたオス汁の匂いも、とーま様の昂奮要因なのです」

石器時代の価値観を持つ美鈴がファンタジートーク。

頬に人差し指を当てた芹恵が、はぁ、と無闇に色っぽい吐息を漏らす。

「とーま様のお情けでお股がヌルヌルなのは致し方ないですわ。道中、こうして幾度も性処理する必要があるのですし……」

「アン、あんっ、あんっ……イク、イクぅ！」

滑走するスキージャンパーのような格好の和香が、ビクビクッと尻を震わせる。

「……確かに、エッチで濃い臭いがすごいですわ。頭がクラクラしてしまいます」

ぺろっと唇を舐めた芹恵が太腿を捩り合わせていた。

皆さんノーパン状態だったりする。

「私たちはとーま様親衛隊として牝豚オナペット役を熟さないとダメなのです」

「わ、わかってるもん。……次は私の番だよね？」

「詩乃舞ちゃんはわかりやすいわぁ」

ヘブン状態でぐったり脱力した和香をお姫様抱っこする。

復活するまでは俺が輸送することになっている。

いつの間に決まったのか。

人ひとりくらい大した重さではないが。

「では、出発ですです」

＊　＊　＊

二日目のキャンプ地ではポツポツと生徒たちの姿を見ることができた。

多くの参加者は自然の中で早起きして、早朝から外に出るような健全さはなかった。

与えられたモンスターハンティングの課題《ノルマ》は弛く、二週間という期間は長い。

レーションやインスタント食品、カップラーメンなどに飽き始めれば、自然と外へ出るようになる。

引率するインストラクターもその程度は承知していた。

元より、規律や生活態度を矯正するための『林間学校』イベントではない。

自堕落で退廃的なバカンスイベント。

参加者の管理についても、いちいち点呼を取るような手間はかけない。

日に一度、各バンガローを回って代表者を呼び出し、緊急事態の有無と、進捗状況を聞き取りして終わりだ。

「適当にも程があんだろ……。ま、俺らには都合がいいけどな」

半分開けた扉から顔を覗かせるように対応した誠一は、苦笑してあきれていた。

巡回員が持っていたバインダーには名簿らしきものが挟んであった。

だが、点呼どころかグループメンバーの確認すらしなかった。

それはバンガロー同士でメンバーの入れ替わりが頻繁に行われて、管理しきれないという事情による。

実際に誠一たちのバンガローにも、既にお隣からスワッピングの打診が来ていたりする。

「放置されていた割りには汚れていませんね」

バンガローの中にキッチンはない。

静香は持ち込んだ携帯用ガスコンロでお茶を沸かしていた。

基本的な煮炊きについては、キャンプ場に共用の竈場《かまどば》が設置されている。

側には小川が流れており、煮沸せずとも飲料できる奇麗な水が確保できた。

同じように共用のトイレも設置してあったが、近場の藪で済ませる者が多い。

衛生面に関しては、それがダンジョン化している高濃度瘴気領域の影響なのか、あっという間に微生物が分解してしまう。

「思ったより快適だし、涼しいし、もう夏休み中はずっとここでバカンスしててもいいかも」

クッション代わりに床にシュラフを引いて寝そべっている麻衣が、手持ちのお菓子を齧りながら漫画を読んでいた。

もうすっかり自分の部屋気分になっている。

「あー、でも叶馬くんが来ないと、お菓子の補充と漫画の続きが読めないんだよねぇ」

「つうか、どこで何をやってんだ。アイツは」

「新しいハーレムメンバーを調教しつつ、こちらに向かっていますす」

鬼灯からもらった特製ブレンド茶葉を蒸らした静香が、マグカップにポットを傾けていく。

甘い紅茶の香りがバンガローの中に漂った。

「予想どおりすぎるな……」

「さっそくやらかしちゃってるのね」

「俺は悪くない、そうですが、まあいつものことなので」

天窓から通り抜ける風は、濃い緑の涼やかさを運んでいた。

＊＊＊

「ツケエェッ！」

唸りを上げて振り下ろされる角をかい潜り、前脚の脛《すね》にローキックを叩き込む。

ベキリ、とへし折れる乾いた音に、ヴォオオッと低い唸り声が重なる。

スリムな四肢を持つ巨獣は、張り出した木枝のような角を持つ鹿さんだ。

ちょっと体長が三メートルほどあったり、角が妖しく光っていたりするが、所詮は草食動物。

「カアッ！」

もう片方の前脚の膝関節を砕いてやれば、簡単に無害化できる。

背中に跨がり、キャメルクラッチで首をロックすればＥＸＰ袋の完成だ。

「レッツゴーアタック」

武器を構えたまま、あきらかに腰が引けている四人組を促した。

同行者のレベルを上げておけば、より安全なハイキングになるのが道理。

何となく懐かしいパワレベ感。

「えっ、えっとぉ……」

「ジプリアニメに出てきそうなボスキャラです」

「か、顔を叩けばいいの？」

「い、イキますですわ」

四人組が使用している武器は、購買部で売っている初心者用のノーマル品だった。

予想どおり、あまり戦闘が得意な子たちではなさそう。

それでもチクチクポコポコとダメージを与えていき、やがてロックしていた巨鹿の手応えが消滅する。

残ったのは変な勾玉《まがたま》と、ベロを出している生首だけだった。

桶にでも入れて運ぶべきか。

どうやら昨日の野営地よりも、よりダンジョン化しているエリアになっているようだ。

既に何度も巨大生物との遭遇戦が起きている。

もう少しスムーズにトドメを刺せれば、効率よく戦闘を熟していけるだろう。

「新しい武器を授けよう」

神匠騎士団《うちのクラン》の先輩たちが趣味全開で作った、プロトタイプウェポンを取り出した。

「ふえっ？」

「どこから出てきたです？」

細かいことを気にしてはいけない。

『職人《クラフター》』の美鈴には、『火竜の頭骨鎚』を。

『文官《オフィサー》』の詩乃舞には、『巨象の肋骨鎌』を。

『遊び人《ニート》』の芹恵には、『鯨の髭扇子《フワワ》』を。

『なし《ノービス》』の和香には、『謎の神像から取り出した腕の骨』を、それぞれ手渡した。

「なっ、なんか私のだけ、そのっ、なんて言うか、あのっ、アレなんですけどぉ」

細かいことを気にしてはいけない。

これらは蜜柑先輩作ではなく、他の先輩たちが『こういう武器があっても面白いよね～』っというコンセプトで作成された原始武装《ネイチャーウェポン》だ。

残念ながら『銘《ネーム》』や特殊能力が付かずお蔵入りになった武具だが、品質《クオリティー》が高く破棄するのももったいないということで預かっていた死蔵品になる。

だが、原始武装《ネイチャーウェポン》は使い続けているうちに、瘴気を吸収して進化することがあるらしい。

大器晩成型の武具といえる。

「これはすごいです。格好いいです」

ブンブンと頭骨鎚を素振りする美鈴のオッパイが揺れる。

ロリ巨乳な子なのでミスマッチ感がすごい。

「これは……細工もお洒落で、繊細な芸術品のようですわ」

「えーっと、こういうデスサイズって、実際にはどうやって使えばいいのかな？」

「詩乃舞ちゃんはまだいいです。私のなんて梶棒ですよぉ」

神匠騎士団メイドの武器なので、安心して使っていってほしい。

「……これはもしかして、匠工房《アデプトワーカーズ》のハンドメイド品です？」

「知っているのか？　美鈴」

どうやら柄の部分に『adept《アデプト》』をもじったサインが刻んであったようだ。

さりげない先輩たちの自己主張可愛い。

「です。うちの教室でも噂になったことがあるです。フリマで初心者向けの装備を、良心的な値段で出してくれてた倶楽部です。もう解散しちゃったらしいですけど、同じクラフターとして尊敬してたです……」

なるほど、それは本人たちに聞かせてあげてほしい。

「またフリーマーケットに出店するそうだ。お小遣いを貯めて待っているがいい」

「本当なのです？」

ビックリしたような美鈴が嬉しそうだった。

では、装備もバージョンアップしたところで、次の獲物を求めて進軍を開始しよう。

なかなか手応えのありそうな気配が近づいてきている。

第八十二章　謎のお助けキャラ

「ガッハアアアアアッッ！」

クロスアームブロックで受けた突進を止めきれず、そのまま空中へと吹き飛ばされた。

枝葉を突き抜けて宙を舞う。

口元に笑みが浮かぶのを抑えきれない。

「武装変《クロスアムド》ォ！」

もはや手加減は抜きだ。

『重圧の甲冑《ストレッサーアーマー》』を身に纏い、もやっと雲を足場に宙を駆け抜ける。

「クッ、ハハッ、ハッハーッ！」

重力落下にプラスして幾度も空を蹴り、巨大な猪のモンスターへと蹴りを叩き込む。

鼻先をひしゃげさせた猪の真上から踵落とし。

振りかぶった拳を左右からぶち込む。

頭部を鐘のように揺さぶられながらも、その巨体で俺を押し潰そうとのし掛かってくる。

両脚で大地を踏み締め、正面から迎撃の構えを取る。

素晴らしい闘争心。

賞賛に値するタフネス。

闘争とは、こうでなくてはならない。

ネックハンギングツリーでドラム缶ほどもある首を締め上げて、そのまま意識を刈り取った。

ダンジョン第十階層以降で遭遇する、巨大タイプのボスモンスターに勝るとも劣らない手応え。

いや、ＧＰバー障壁がある分、あきらかな強敵といえるだろう。

よく考えたら、レイド領域でしか見たことがない珍しいタイプ。

名称も『狛猪《コマジシ》』と、何やら御利益がありそう。

「さあ、レッツゴーアタック」

だが、闘争の約束《ゲッシュ》は非情である。

敗者は贄となり、勝者の糧となる。

それこそが闘争の根幹。

何人にも覆すことができない、全ての世界に共通する絶対のルールだ。

ポカンと口を開けて呆然としていた子たちが再起動する。

「……格ゲーのキャラみたいだったたです」

「もう、動きが見えなかったたっていうか……」

「人間って……空を飛べるのですね」

「びゅんびゅん、ギュギュィーンって効果音が聞こえました……」

ハイレベルの戦いにおいては、対空中戦闘のスキルを磨かなければお話にならない。

以前、黒蜜との共同訓練に参加させてもらったが、クラスによっては地上にいるより滞空している時間が長いタイプもおられた。

だが基本、戦士のようなパワータイプは、やはり地上に足をつけて戦うのが常道だ。

大地を足場にした反作用がなければパワーは生かせない。

ちなみに、効果音を出す方法は知らないです。

ボコボコザクザクベシベシとダメージを蓄積された狛猪が還元する。

翡翠《ジェイド》の勾玉を残して奇麗に消えてしまった。

もはや完全なダンジョン空間になっている。

「はぁはぁ……ちょっと、休憩をお願いなのです」

「申し訳ありません。とーま様」

「うん。目眩《めまい》がする……」

四人組がへたり込んでしまった。

おそらくＥＸＰの過剰流入によるオーバーヒート状態だ。

中でも酷いのは和香だった。

ハァハァと呼吸を乱れさせながら、苦しそうに眉根を寄せている。

「ごめんなさい。とーま様ぁ……」

その場で横にさせて、ペットボトルから水を飲ませた。

これはあきらかに俺の見通しが甘かったと言わざるを得ない。

曲がりなりにも第一段階クラスチェンジをしている他の三人とは違い、『なし《ノービス》』の和香は一般人に毛が生えたようなものだ。

ＥＸＰを受け入れる容量《キャパシティー》の上限が低いのだろう。

おそらく『人間《ヒューマン》』というクラスの、レベル上限に引っかかってしまったのだ。

最初に見たときから、『人間』レベルはクラスチェンジが可能な10を超えていた。

「……才能が、ないんです。『聖堂《カテドラル》』に行ってもクラスチェンジができなくって……」

縛りプレイでもしているのかと思ったら違うようだ。

情報閲覧《インターフェース》で和香のステータスを確認すると、確かにアーキタイプクラスへの適性はなかった。

だが、『人間《ヒューマン》』レベルが限界まで上昇した結果なのか、選択肢がなくもなかったりする。

いやしかし、流石に今ここで俺がこの子のクラスをチェンジさせるわけにはいかないだろう。

人間離れした特殊能力を見せびらかしても、決してよい結果にはならない。

それは静香たちからも念を押されている。

「先生に聞いたら、たまにいるって言われました。クラスチェンジができない落ちこぼれが」

「和香ちゃん……」

芹恵が跪いて和香の手を握った。

美鈴と詩乃舞も自分の体調不良を顧みず、和香を心配していた。

ああ、この子たちは正しい。

正しい心を持っている。

他人を気遣える、優しい子たちだ。

ならば、俺も誠意を見せねばならない。

「少し離れる……待っているがいい」

＊＊＊

「和香ちゃん、しっかりするです」

「そうだよ、和香ちゃん。きっと『聖堂《カテドラル》』の調子が悪かったのよ。だって、あそこって古いし」

美鈴と詩乃舞の励ましにも首を振った和香が、堪えきれない涙を零した。

「無理だよ。だって、もう何回も行ったんだもん……。教室でクラスチェンジしてないのも私だけになっちゃったし。とーま様だって、こんな落ちこぼれの子なんて見捨てて行っちゃったもん」

「そ、そんなことはないのです」

「ええ、そう、よ……？」

和香の手を握ったままの芹恵が、ポカンと口を開けて硬直する。

天空から射し込む天使の階段《エンジェルズラダー》。

そこから水墨画に描かれた仙人が乗るような雲に直立した、謎のヒゲメガネ紳士が降臨しようとしていた。

謎のマッシブポージングが若干の神聖さと、大いなる不審者感の演出に一役買っている。

いろいろな要素が和洋折衷で交じり合い、筆舌に尽くしがたい多国籍料理感を醸し出していた。

「……人の子よ。唐突だが汝に力を授けよう」

「なっ、何者なのです!?」

和香を庇うように身構えた美鈴の隣で、我に返った詩乃舞が突っ込みを入れかける。

「何者ってどう見ても、とーまさ……むぐ」

「まあ、一体何者なのでしょう？」

詩乃舞の口を塞いだ芹恵が、棒読みの台詞で小首をかしげる。

「カアアアッッ！」

謎のヒゲメガネ紳士はどこからともなく取り出した太鼓を撥《ばち》で叩き、ドォーンドォーンと意味のない奇跡感の演出を始めていた。

意味はなくても晴天の霹靂《へきれき》が鳴り響き、本人がビックリして太鼓をしまい込んだりしていた。

「摑みはさておき、クラスチェンジの時間です」

「えっ……？」

「『超初心者《マルチノービス》』という俺も初めて見るクラスが候補にあるので、ソレで」

「はい……？」

「さらばだ……心優しき人の子らよ」

すーっと上昇したもやっと雲が森の天蓋《てんがい》を抜けると、天使の階段《エンジェルズラダー》の光も消え去ってしまう。

事態に対応できていない和香だったが、身体を炙るように苛んでいた熱は嘘のように治まっていた。

せめてもう少し待てばよいものを、ガサリと茂みを掻き分けた叶馬が戻ってくる。

「待たせたな。……何かあったのか？」

「とーま様、大変なのです！　なんかすごい変なのが空から降臨してきたです！」

「えっ、ええー……美鈴ちゃん、もしかしてガチ？」

もやっとした顔の詩乃舞を、背中から抱き締めた芹恵が、ふふっと笑った。

「どなたかは存じませんが、とても素敵な神様がご降臨なされてましたわ」

「そうか。まあ、そういうこともあるのだろう」

「……とーま様」

ぼーっと惚けた顔で見上げる和香の元に叶馬が膝をついた。

「体調は十全か？」

「……は、はい。だいじょうぶ、です」

「ならばよし」

「はい。……一生付いていきます。叶馬様」

目を閉じて、手を組んだ和香が小さく呟いていた。

＊　＊　＊

「……とりあえず合格、ですね」

「どしたの？　静香」

窓際に座ってぼーっとしていた静香が、何でもないと頭を振った。

他のバンガローに比べて、彼らのバンガローにはのんびりとした時間が流れていた。

紅茶と文庫本が、あるいはお菓子と漫画があれば、ゴロゴロと引き籠もっていても苦にならないふたりだった。

「おう。戻ったぜ。なんか晴れてるのに雷が鳴ってビビッたわ」

「お帰り～、誠一」

天窓を抜けて帰ってきた誠一が靴を脱ぐ。

余計なトラブルを避けるため、バンガローの出入り口は施錠してあった。

「お土産は？」

「土産はあるが食い物じゃねえぞ」

苦笑した誠一が、ウェストポートから折り畳まれた紙を取り出して床に広げた。

それは『磐戸樹海』を上空から斜めに見下ろす視点で描かれた鳥瞰図《ちょうかんず》だった。

地図というよりは絵画に近い。

学園の資料保管庫からコピーしてきた絵図は、磐戸樹海を把握できる唯一の地形図だ。

「とはいえ、古い地図だからな……。いろいろと地形が変わってる部分もあったが」

木の頂辺まで昇り、自分の目で地図と照らし合わせてきた誠一がメモを書き込んでいく。

「そんな面倒なコトしなくても、ググるマップとか見れば一発なんじゃない？」

「ソレには別の山岳地をコピペした臭いダミーマップが張られてた。一応、モノホンの衛星写真も見てみるか？」

Ａ３サイズのカラー写真を見た麻衣が、うわぁ、とドン引きする。

禍々《まがまが》しく渦巻いた緑の螺旋《らせん》が、山岳写真の一部を歪めていた。

「天然ダンジョンがある場所は、こういうふうにしか撮影できねえらしい。実際に人の目で見て描き出すしかねえんだ」

それですら見える地形が全てであるとは限らない。

「今、俺たちがいんのがココ、『磐戸樹海』の入口だな。三か所のキャンプ場も見える範囲にあるし、同じく樹海の辺境になってる」

地図の手前をトントンと指先で示す。

「そして、林間学校のガイドブックに記載されている、課題のハンティングエリアが……この範囲」

「領域の五分の一くらいしかありませんね……」

「林間学校の目的って、あたしたちに『磐戸樹海』を攻略させることなんじゃないの？」

「そもそも俺たちに提示されてるマップ自体が一部分でしかねえ。逆にダンジョン領域の奥には近づけさせないって意図すらありそうだ。モンスターの間引きって理由も嘘臭え」

ペンを咥えた誠一が腕を組んだ。

「引率の教師もインストラクター連中も、俺らに何かをやらせる気すらねえ」

「それは別にいいじゃん。引き籠もってればいいわけだし？」

「バンガローの中で子作りでもしてろ、ということでしょうか」

「……ああ、此処《ここ》の場合はどうなんだろうな。二週間あれば、いや、まさかな」

何げない静香の言葉は、実際に他のバンガローで行われている行為だ。

学園生活以上に娯楽も何もなく、他にやることがない状態で隔離される。

そこに年頃の男女を押し込めれば、おっぱじめるに決まっていた。

「そんなことよりさ。あたしたちもダンジョンの攻略とか考えなくていいんだよね？」

「ま。わざわざ危険な場所に突っ込んでく必要はねえさ。君子危うきに近寄らず、ってな」

ペンを手にした誠一が、樹海マップに印を書き込んでいく。

「過去の資料によれば、樹海の特定領域を守護する界門守護者《ゲートキーパー》みたいなのがいるらしい。まあ、何を守ってるのかは知らんけどな。ここら辺は要注意だ」

「へぇ、そういうのはダンジョンっぽいわねぇ」

「界門守護者《ゲートキーパー》……ですか」

ポツリと呟いた静香が、複雑な表情を浮かべていた。

「ああ、『神獣《ガーディアン》』って呼ばれてるボス級モンスターだ。猪とか熊に、でっかい鹿なんかも記録に残ってたな」

「……」

「叶馬くんじゃあるまいし、そんなの相手にしたくないわねぇ」

「……ええ。そうですね……」

遠い目をした静香がため息を吐いていた。

＊　＊　＊

「ガアアアッッ！」

巨大な狸をブレーンバスターで叩き落とすと、地響きと供に落ち葉が舞った。

木の葉で姿を眩ますとか、なかなかのトリッキースタイルだった。

だが、巨体故に垂直落下式の衝撃には耐えられず、ビクビクと四肢を痙攣させている。

「ババババ、『強打《バッシュ》』ですぅ！」

メタリックな腕骨を振り下ろした和香が、狸の金玉を潰していた。

押さえ込んでいる狸も、流石にビクッと痙攣して泡を吹く。

完成度としては微妙だが、ちゃんとバッシュスキルが発動している模様。

和香の『超初心者《マルチノービス》』というSRクラスは、どうやら第一段階クラス全ての初級スキルを使えるようだ。

究極の器用貧乏というか、広く浅くな万能型らしい。

「『加熱《ヒート》』です！」

「そぉ〜れ、『蜻蛉《シャドウ》』舞い」

「えっと、えっと……『位置《ロケーション》』！」

ボコボコベシベシザクザクとボコる三人組にも積極的にスキルを使わせている。

余剰分のＥＸＰを消費させて過負荷を抑えるというスタンス。

戦闘の役に立たなくても問題はない。

かなりシュールなスキルを使っている子もいたが。

武器の恩恵や手慣れてきたのもあり、あっという間に大狸が瘴気へと還元する。

残されたのは蛍石《フローライト》の勾玉だった。

どうやら『磐戸樹海』のモンスターはクリスタルにならず、変な勾玉を残すようだ。

熊の体内にあった勾玉を含めると、既に四つほど集まっている。

これはなかなか素敵なコレクションアイテム。

「とーま様、とーま様、私やりました。やりましたよ！」

抱きついてきた和香が見えない尻尾を振っている。

クラスチェンジできたのが嬉しかったのだろう。

何故か一気に懐《なつ》かれてしまった感じ。

「わ、私も頑張ったです」

「わっ、私だって……」

「ご褒美はみんなに欲しいですわ」

最初に背中を向けた芹恵が、ペロンとスカートを捲ってお尻を突き出す。

他の三人も並んで後ろを向き、立ったままペロンとお尻を見せてくる。

なんというストレートな誘惑。

だがちょっと待ってほしい。

俺を簡単に手玉に取れるような愚物と一緒にされては困る。

「あんっ！　すっごくおっきいですわぁ。もう、とーま様専用のおマンコにされてしまいましたわぁ」

「あっ、あっ……か、完堕ち記念ＳＳを撮らなきゃなのですっ」

「やっ、あぁ、撮っちゃダメぇ」

「とーま様ぁ、とーま様ぁ」

順番にバックスタンディングオベーション。

腰砕けになった四人組のお尻が並んでいるのを見ると、とっても大それた行いをしている気がしてきた。

「もう、完璧ですわ……。完璧にハイってますわ」

お尻をビクッビクッと痙攣させる芹恵が、逆流してきた物を足下に垂らしている。

他の三人も同じような状態。

「もうダメぇ……とーま様以外考えられないよぉ」

「牝豚がいっぱい必要な意味がわかったです……」

「へにゃぁ……」

どうやら、これ以上の連戦は無理な模様。

日も暮れてきたことだし野営の準備をするべき。

数が少なかったとはいえ、なかなかに歯応えのある戦いを堪能できた。

四人組の育成も順調に進んでいるし、問題があるとすればキャンプ地に向かうのを忘れて索敵していたことくらいだろうか。

いや、ちょっとだけ遠回りなルートを選んでいるだけだ。

現に少しずつ近づいているような気がしないでもない。

ただ、静香さんとのリンクを繋ぐと怒りの波動が迸りそうなので、先に野営の準備を終わらせてから覚悟を決めようと思う。

余韻に浸っている四人組を促して、一緒に安全地帯を探索する。

「できれば水浴びがしたいよー」

「です。流石に牝豚臭いのにも限度があるです」

「とーま様のお情けを洗い流しても、すぐに新しいお情けを頂けるでしょうし……」

「小川の冷たいお水でもいいです～」

やはり女の子なので身嗜《みだしな》みは気になるようだ。

凜子先輩の話では、確か『癒やしの池』とかいうファンタジーな回復ポイントがあるらしいのだが。

ふと、スルッと足下が冷たい悪寒に撫でられる。

木々の合間や藪草を這うように、じっとりと白い霧が漂い始めていた。

これは、不自然なモノだ。

霧そのものに害はなくても、仕掛けられた罠から悪意を感じるように、何らかの意図が霧の向こうに透けて見える。

「あっ、泉っぽいのがありましたよ！」

タイムリーにソレを発見した和香が、藪を掻き分けて奥へと進む。

「これは、すごい神秘的なのです……」

「泉の底まで見えるのね。うん、奇麗な水じゃない」

「たぶん、これが林間学校のガイドブックにあった『癒やしの池』ね。飲んでも大丈夫なくらいに澄んだ水らしいわ」

森の草木に囲まれた泉は、それほど大きな物ではなかった。

対岸まで十メートルほどで、詩乃舞の言ったように底まで見通せる透明度だ。

深さは中央でも腰まで浸かる程度だろう。

「これは水浴びするしかないよねっ」

「です。とーま様も一緒に入るです」

さっそく、服を脱ぎ始める四人組からお誘いがあった。

「とーま様。今夜のキャンプ地は、ここにしませんか？」

「そうですね。洗濯も干しておけば、明日まで乾くと思うんです」

周囲にモンスターの気配はなく、動物の気配もなく、虫の鳴き声すら、しない。

泉の水はどこまでも透き通ったまま、魚の一匹も、水草も、苔すらも生えていない。

『癒やしの池』の水面からゆっくりと、粘りつくような白い霧が湧き生まれていた。

「――動くな」

スカートに手をかけていた美鈴が動きを止める。

ゆらゆらりと、水面を漂う白い霧。

右腕を掲げて、ずるりっと『餓鬼王戦柩《オーバーグリードギア》』を引っ張り出す。

ミシリと軋む鉄塊の重さも、闘気を漲らせた肉体には羽の如きだ。

怪訝な顔をする女の子たちが、一歩、二歩と後退りした。

ソレを逃亡と捉えたのか、水面の霧がずおっと渦巻いた。

「ひゃ……ッ！」

渦巻く霧の塊が大木の如くそそり立って鎌首をもたげる。

バクンと口を開いたのは、滑るようにねっとりと、光沢すら見透かせそうな爬虫類《はちゅうるい》の頭部だった。

赤く光る、模様のように並んだ四対の目。

チロリと口の中から覗く赤い舌は幻覚だったのか。

顎を開いたまま、まるで雪崩のように真上からのし掛かってきた。

ガキィン、と餓鬼王戦柩《オーバーグリードギア》が左右に割れて、鉄杭射出兵装《パイルバンカーギミック》が剥き出しになる。

巨大な霧の化け物に鉄杭のケツを向け、トリガーを引き絞った。

ドキュン！　と突き出した鉄杭の後部から、ドバァン！　と爆炎が吹き上がった。

機関兵装《ギミックアームズ》の一部である七連装シリンダーカートリッジの反動爆撃は、それだけで並のモンスターを吹き飛ばしてしまう排気力がある。

とはいえ、本来は爆撃アタックに使う機能ではない。

「ガッアアアアアッ！」

爆炎が収まるのを待たず、餓鬼王戦柩《オーバーグリードギア》をランスのように構えて飛び込む。

だが、飛び散り四散した霧のモンスターを突き抜けて着地すれば、そこは泉があった場所の中央だった。

「い、泉が消えてなくなっちゃったのです……」

爆音に腰を抜かしてしまったらしい美鈴たちは、ぼうぜんとした表情でへたり込んでいた。

第八十三章　みそぎの洞窟

いったいどこから用意されたのか、大きな木樽にはなみなみとお湯が満たされていた。

その木樽にトポンと浸かり込んでいる芹恵が、至福の表情で目を細めている。

「はぁ……気持ちいいですわ」

「あのおっきな樽はまだしも、お湯はどっから出てきたのかな？」

「詩乃舞ちゃん、それは内緒なんだよ。とーま様がすごいスーパーレアなマジックバッグを持ってるのは秘密なの」

焚き火を使って料理をしている詩乃舞と和香が、声を潜めて内緒話をしていた。

岩場の奥にぽっかりと開いた洞窟。

巨石の割れ目となっていた隙間には、立って歩けるほどの空洞が続いていた。

焚き火で炙られているのは熊肉の串と、キャンプ用の特製ケトルだ。

叶馬がどこからともなく取り出したケトルは、底が赤みがかった《ヒヒイロカネ》金属でできており、無駄に高効率でお湯を沸かすことができる逸品だった。

お湯さえ沸かすことができれば、彼女たちが持ち込んでいる一番安価な携帯食、カップラーメンを食べることができる。

「あうっ、ですぅ」

ザパッと尻にお湯をかけられた美鈴が、洞窟の壁に手をついたまま吐息を漏らす。

「あ、洗われてるです。あッ、あッ……家畜みたいに、お尻の中を極太肉ブラシでゴシゴシって磨かれてるです……」

「……美鈴ちゃん、おっぱいおっきいよね」

「と、とーま様はおっぱいの大きさで差別しないもん」

「スッキリしましたわ……。後で残り湯を使って洗濯もしてしまいましょう」

樽風呂から上がった芹恵が、タオルで髪を拭いながら焚き火の側に腰を下ろした。

シャツを一枚羽織っただけの肢体は、四人組の中で一番女性らしく成熟している。

「あら、どうかしましたの？」

「なんでもないもん……」

自分の胸を押さえた和香の後ろから、足下をふらつかせた美鈴が合流した。

「すごいです……。なんていうか、繁殖期の生物として正しい扱いをされてる気がしてきたです……」

「そうねぇ。動物としては間違っていないのじゃないかしら？」

口元に人差し指を当てた芹恵が首をかしげる。

三大欲求といわれている『食欲』『睡眠欲』『性欲』は、人間だけでなく生命体が持つ根源的な欲求だ。

『食欲』『睡眠欲』が個体としての生命を保つための欲求だとすれば、『性欲』は種を保つための欲求だといえる。

生物である以上、そこには清濁も、正しいも間違っているもなく、ただ純然にそうなのだ。

性欲を否とする者は、もはや種の連環という枠組みから逸脱してしまった、ただの『有機物』だ。

「強いオスに惹かれるのも、メスの本能ですわ……」

ペロリと唇を舐めた芹恵が呟いた。

芹恵にとって、豊葦原学園の制度はそれほど理不尽には感じていない。

性欲を剥き出しにした男子たちが、こぞって女子に群がりセックスを求める。

妊娠という心身に負担の発生するイベントが生じないセックスであるのならば、もはやそれは挨拶と同じような男女のコミュニケーションに過ぎないと考えていた。

芹恵のような考えに至る女子生徒は少なくない。

そのような心境に至れない女子は、やはり思春期に植えつけられた貞操観念に影響されていた。

「はい。美鈴ちゃんどうぞ。熊串焼けてるよ～」

「と一ま様も熊串と、トムヤムクンヌードルをどうぞ」

独特の強烈なスパイス臭が漂う、和香おすすめのカップラーメンが手渡された。

「ああ」

「……えへへ」

素っ気ない返事にも和香は嬉しそうに頬笑む。

「と一ま様。何か気になることでも？」

ささやかな晩餐《ばんさん》を済ませた女子メンバーは、ワイワイと賑やかに洗濯を始めていた。

「ああ。念のため奥まで調べてこよう。先に休んでいるがいい」

何となく、何かを先延ばしにしたそうな叶馬が振り返った。

広い空洞となっていた洞窟の奥には、人ひとりが入り込めそうな亀裂が続いている。

吹き抜けてくる風からどこかへと繋がっていると思われた。

「でしたら私たちも」

「いや。崩落や落石の危険もある。お前たちは待っているがいい」

「それはとーま様も危険なのでは……」

言いかけた芹恵だが、想像の中でも叶馬が生き埋めになってしまうシーンが思い浮かばなかった。

高笑いしながら岩山を吹き飛ばして何事もなく帰ってきそうだ。

「では。行ってくる」

「はいです。気をつけてくださいです」

「お帰りをお待ちしていますわ」

重圧の甲冑《ストレッサーアーマー》を着込み、餓鬼王戦枢《オーバーグリードギア》を装着してフル装備となった叶馬が空洞へと足を踏み出して、そのまま足元を踏み抜いて地底へと落下していった。

「……えっと」

「……だ、大丈夫ですわ。とーま様のことですから、きっと自ら地底探索へと赴いたのですわ！」

純粋に高加重に耐えられなくなった足下が崩壊したようにも見えたが、それでもやはり叶馬がピンチに陥っているとは考えられない芹恵ではあった。

＊　＊　＊

「……なあ、叶馬《アイツ》マジで、どこで何をやってるんだ？」

「ひゃあ、どっかひぇよりみひぃしへるんひゃない？」

ズルズルとラーメンを啜《すす》った麻衣が汁を飲み干していく。

「ぷは。たまにはインスタントラーメンもおいしいわよね」

「炊事場が使えるのなら、もっとマシな料理も作れるのですが」

バンガローを一歩出れば、そこはフリーセックスが横行するモラルがハザードしたキャンプ場だ。

男子である誠一が物資の調達を担当して、女子メンバーはバンガローに引き籠もっている。

林間学校も二日目の夕暮れを迎えようとしていたが、未だに行方不明の迷子者がいた。

「一応、近づいてはいます……。移動ルートから見て、本能の赴くままにモンスターを追いかけていたのかな、と」

「いつもどおり過ぎてため息も出ねぇ」

「あと、なんか今、落ちました」

目を瞑った静香がこめかみに指を当てる。

「落ちたって、どこに？」

「よくわかりませんが、地の底へと落下中です」

「ディグダグでもやってんのかアイツは」

ずぞっとカップラーメンを啜った誠一の隣で、麻衣がヤカンからお茶を注いでいた。

自分も心配していなかったが、もう少しこう、なんというか、驚いてもいいのではないかと静香もあきれていた。

＊＊＊

気分はインディなジョーンズの昨今。

暗闇の中をガツンガツンと岩を砕きながら落下していった俺だが、受け身に成功して無傷で底にまで到達していた。

受け身の訓練をしていなければ、きっと途中で肉塊になっていたことだろう。

いかなるシチュエーションであろうと、日々の鍛錬で鍛えた肉体が裏切ることはないのだ。

まあ、重圧の甲冑《ストレッサーアーマー》丈夫すぎ。

鎧の重量がなければ足下も崩れなかった気もするが、結果オーライだ。

「ふむ」

地上から落下してきたので、ここが地底であることは間違いない。

野球のグラウンドほどの広さがある空洞は、ちょうどお椀を逆さにしたような形状になっていた。

ドームのような空洞を見上げてから、自分が飛び出してきた壁面の亀裂を振り返る。

壁のあちこちに植生しているのは、薄ボンヤリと光る苔だ。

ダンジョンの中で見かける光苔《ネオンモス》の一種だろう。

瘴気濃度が高く、湿った場所にはだいたい生えている植物だ。

足下は膝ほどまでの水が溜まっており、天井のところどころから小さな滝のように水が注がれていた。

そして、この場所に来たのは俺が最初ではないらしい。

空洞の中央を囲うように建てられているのは、朱色も鮮やかな鳥居だった。

八方に設置してある鳥居は、中央へ向かっていくつもの朱門が連なっている。

それぞれの鳥居は注連縄《しめなわ》で連結されており、まるで結界のように十重二十重と取り巻いている。

なんというか、すごく潜ってみたくなる。

とても魅力的な匂いがする。

連環鳥居の中央には、小さな磐戸《いわと》が設置してあった。

とてもとても居心地がよさそうな神籬《ひもろぎ》だ。

誘われるままに手を伸ばして、鳥居の中へと踏み込みかけた。

「ちょっとストーップ！」

唐突な制止の言葉に、ふと、我に返った。

「はぁ……あっぶな。そんな簡単にこんな神様ホイホイに引っかからないでよね！」

振り返っても誰もおらず、周囲を見回しても見つからず。

「ちょっとぉ！　助けてあげたってのに、ガンスルーってのは酷いんじゃない？」

「失敬。そちらでしたか」

プンスカと怒っていらっしゃるのは、空洞の中央で奉られている、ただの巨石だった。

いや正確には、巨石に埋まるようにして露店を開いている、たぶん精霊さんだろう。

カウンターから身を乗り出したままプンスカしておられる。

「もしや、露店精霊さんでしょうか？」

「うん。そういうこと。ヘルちゃんやスケちゃんと同じよ」

俺のことをご存じの様子。

「そりゃあね～。最近じゃ私たちの加護を受けた挑戦者なんて少ないし、加護を乱用してないのも好感度が高いよ、君ぃ」

態度は偉そうだが、スケさんやヘルさんに比べるとすごく、ちみっちゃい。

お二方とそっくりではあるのだが、ふた回りくらい小さくした幼女さんだ。

「遠くて話しづらいのですが、そちらへ行っても？」

「だから、それはダメだってば。い～い？　この周囲を囲んでるファッキンな鳥居はね。神格の高い存在を招き入れて、閉じ込めておく『牢獄』なの」

またずいぶんとファンタジーなお話だ。

精霊さん自体がファンタジーな存在ではあるが。

「格の低い子には何の害もないんだけどね。私たちみたいな存在には、逆に効果抜群って仕様なのよ。招神封鎮結界？　とでも言えばいいのかしらね。……まったく、こんなに瘴気《オド》がうっすい世界で、どうやってこんなモノを考えついたのよって話ぃ」

なるほど、何を言ってるのかまったくわからん。

とりあえず、四人組も心配しているだろうから帰ってもよいのだろうか。

「待ちなさい。何さらっと見捨てようとしてるのよ。こんな場所にず～っと監禁されてるのよ。かわいそうだと思うでしょ。助けてあげたいな～って思うでしょ。っていうか、思え！」

「自分に嘘を吐かず生きていきたい、そう思っています」

「どういう意味よっ。ヘルちゃんも助けてあげたんでしょ、私も助けなさいよ！　こんなところで死神のマネをするのはもうイヤっ。何が『身削ぎ』の儀式よ。露店精霊を何だと思ってるのっ」

「――詳しく聞かせてください」

『禊《みそ》ぎ』ではなく『身削《みそ》ぎ』。

それはとても、とてもよくない言霊《ことば》に聞こえた。

＊　＊　＊

「ん～……せーいち、チューして？」

仰向けになった誠一に跨がった麻衣が、濃厚なディープキスを施していく。

うねる腰が波打ち、ベッドがゆるらと軋んだ。

誠一の肩に額をのせて、密着させた尻を熱心に揺する麻衣の身体から汗が滴る。

濃厚に嗅ぐわうフェロモンが迸り、太腿から尻まで痙攣させた麻衣が脱力していく。

「スッゴイよかったよ、せーいち。もっとチュー……ぷぎゅ」

「いい加減にしろ」

顔面をアイアンクローで摑まれた『麻衣』が頰っぺたを膨らませる。

「扱いが雑ぅ」

「やかましい。なんでお前は毎回毎回、麻衣の姿になってやがんだ？」

「えー、それはあたしの所為《せい》じゃないし～。せーいちが投影するアニマの対象が麻衣ちゃんって訳だし～」

はぁ、と大きなため息を吐いた誠一が目を瞑った。

「ねぇ、どうしてナチュラルに寝ようとしてるのかなぁ」

「寝かせろ……お前が出てくると妙に眠いんだよ」

「可愛いシモベに冷たい態度。その利己的な一面にゾクゾクしちゃう。ってゆーか、今日はお仕事しにきたんだってば」

「はぁ？」

片目を開けた誠一の上で、麻衣っぽい何かがドヤ顔を披露する。

「お前、なんか仕事してんの？」

「もっちろん、『託宣《オラクル》』を告げるのが私のアイデンティティだし」

「そういう神様関係は叶馬んとこに行け」

さりげなく厄介者を押しつけようとする誠一に、ぷくっと頬を膨らませる麻衣っぽい何かがジタジタと暴れる。

「ヤメテよね。あんなのはただの破壊神じゃん。自分ごと、世界ごと、何もかも破壊するだけの神様なんて趣味じゃないし」

「……なんだそりゃ」

「物語の紡ぎ手《ストーリーテラー》は誠一なんだよ。まだ理解できないの？」

「はい、はい……」

くぁ、と欠伸をした誠一が両目を閉じた。

夢の中で眠るなんて奇妙なものだと思いながら、微睡《まどろ》んでいくのを感じていた。

「今の誠一なら『全知《オラクル》』権能《スキル》をちょっとは聞き取れるよね……あーあー、うん。遠くない未来に、っていうか早ければ明日にでも、誠一は選ぶことになります。どっちを選んでも後悔するんだけど、ホントに選択肢はそれだけかなぁ、って。ぶっちゃけると＊＊＊ってコトなんだけど、そこまでの確定精度はまだ聞こえないよねぇ」

＊　＊　＊

深夜の『磐戸樹海』には濃い霧が立ちこめていた。

それは自然現象とは異なる、まだ解明されていない現象だ。

ねっとりとたゆたい、樹海に溶け込んでいる。

十歩も歩けば位置を見失いそうな森の中で、茂みにしゃがみ込んだ女子が放尿していた。

「んっ……」

ダンジョンフィールドが形成された領域での寝泊まりは異世界《レイド》クエストと同じ状況だ。

肉体が活性化されたままで常態となっている。

滴が途切れた後も下半身を息《いき》ませた女子の股間から、とろりっと白濁した汁が垂れていく。

「はぁ……」

ぶびゅ、と小さな音が鳴り、泡立ち交じりの粘塊が膣孔から押し出されていく。

戯れに数度、尻穴へも射精されたが溢れるほどではない。

排泄物が白いマーブル模様になる程度だ。

「もう、いいだろ。さっさとしろよ」

自分の小便を済ませてから、真後ろに回り込んでニヤニヤと観察していた男子が急かした。

日常生活では、たとえ豊葦原学園でもなかなか拝めない痴態だ。

放尿で萎れていたペニスはあっさりと反り返っていた。

幾分髪をほつれさせ、情事の余韻で瞳を潤ませた女子の腕を引き寄せ、正面から挿入する。

「ん…ぁ」

二日目にして、もうふたりとも朝から服を着ていない。

ベッドの中でも、バンガローの中でも、外に出るときもスッポンポンの丸裸だ。

そして、どこであろうとところ構わず挿入して、セックスをし続けている。

「ほっ、ほっ、ほっ」

「あっ、あっ、あっ」

朝起きてから今の今までヤラれ続けていた女子の身体は、完全に出来上がった状態を維持していた。

月も見えない濃霧でも、腕時計の時間は日付を跨いでいる。

力尽きるまでセックスに耽って、仮眠をして起きたらセックスを再開、そんなルーティンを繰り返せば体内時計も狂う。

背後のバンガローでは、半数しか使われていないベッドで延々と喘ぎ声が響いている。

彼らと同じように、飽きることなく猿のように交尾が続けられていた。

「ほらよ、っと」

駅弁スタイルで抱き上げてガシガシと貪る。

そのままバンガローの側まで輸送して下ろすと、後ろ向きで壁に手をつかせた。

ズボッと無造作に背後から突き挿れて、音高くパンパンパンと尻を突き回していく。

「ハッ、あッ、あッ！」

「お前可愛いし、具合もイイしさぁ。学園に戻ってからも俺が可愛がってやっからさ。おっ……イクイク」

搾り出した直後に再充填された膣の奥で、じんわりとした熱が広がっていく。

どぶどぶと、尽きることのない精液に浸されていく。

「いい加減、眠ぃけどマジ萎えねっし」

「んぅ…はぁ…はぁ……」

ぬぽっと引き抜いたペニスが尻肉に押し当てられる。

寝ている間ですらも勃起していた肉棒だ。

背後から抱きついた手で、いやらしく身体をまさぐり回された。

女陰を抓まれたり、陰毛を引っ張られたり、乳首を舐られたり、肛門にも指を入れられる。

二日ほどオルガズムに溺れさせられた身体は、多少乱暴な指使いだろうと快感にしか感じられなくなっていた。

「もう、マンコにチンポ穴開きっぱなしじゃねーか。そんでも締まるんだから、お前エライよ」

にゅぽにゅぽっと掻き回されていた膣穴から指が抜かれる。

そのままペニスが再挿入されると、まだ成長途中の乳房の膨らみに手を回された。

手前から奥まで、くぽくぽっと出し入れされるペニスに腹の奥がマッサージされる。

「舌出してアヘ顔になりやがって、乳首弄られんの気持ちイイか？」

「あ、ン、ッ……んぅ」

乳房を揉まれながら、ねっとりと中を掻き回され続ける。

ベッドの中で四時間ほど。

抜かずに隅々まで捏ね回していた肉棒だ。

膣孔は専用ペニスで整形されてしまい、吸いつくように密着したまま一体感を与えてくる。

「俺のパートナーになったら、大事に可愛がってやっから」

「んッ、あッ、はうッ」

実際、林間学校の後に大量のパートナー申請が提出されるのが毎年の恒例だった。

「ずっとセックスして馴染ませてやっからな。他のチンポ挿れられても忘れんじゃねーぞ？」

オルガズムのピークが射精でリセットされる男子と違い、明確な区切りのない女子のオルガズムは持続する。

それは体質や性質にもよるが、学園生活で慣らされた女子は、そうなるように開発されて目覚めさせられていく。

股間で尻を押しながら、よちよち歩きで繋がったまま扉へと向かう。

「このままベッドに戻って朝まで填めっぱなしな。寝てる時も抜けねーように縛っといてやるぜ。またションベンしたくなったら起こせよ。俺が付き添ってやるから」

女子も一度受け入れてしまえば、それほど苦痛ではないことに気づいてしまう。

それどころか慣れれば慣れるほど、肉体が快感を覚えるようになっていく。

「ハア、んんっ……ッ！」

「おっ。ベッドまで保たなかったか」

尻を突き出す格好でビクビクと痙攣する女子からペニスが抜き取られた。

「ほぉら、よっ」

「はぁッ……ひィ！」

スパァンスパァンっと平手打ちされた尻がいい音を響かせる。

「もう一発っ」

「んひィ」

腹圧で押し出された精液が、ぶぴゅぶぴゅっと飛沫いた。

するり、と足下に白い霧が渦巻く。

まるで醸し熟された精気に引き寄せられるように。

「んじゃあ。もうちっと青姦で可愛がっ」

尻に押し当てられていた感触が消えて、蕩け顔になっていた彼女が振り返る。

「あっ」

とろりと滴るように濃厚な霧。

他に、誰もいない。

第八十四章　約束

鳥の鳴き声が木々の間で木霊している。

森の天幕から降り注ぐ、蝉の声が周囲に響いていた。

天然ダンジョン『磐戸樹海』の中心部。

林間学校のガイドブックには記載されていない、深層の深部だった。

そこは八方包囲に敷かれた結界の要《かなめ》。

神を奉りし神籬の、『磐戸の祭壇』へと続く『身削ぎの洞窟』だ。

「……見張りは、当然いるか」

藪の中に身を伏せた誠一が、伸縮式のポータブル単眼望遠鏡で入口を偵察していた。

遠隔地を観察できるスキルもあったが、相手もスキルを使えるダンジョン領域である以上、物理的な観測手段のほうが逆探知されづらい。

洞窟の入口は、巨大な自然石が門となっている。

三枚の平岩を柱と天板に見立てた構造は、あきらかに人の手によって作られた人造物だ。

入口の左右で門番のように控えているのは、生徒よりも年長のインストラクターだった。

彼らは学園の卒業生であり、学園に雇用されている非常勤職員だ。

つまり、最低でも第四段階《フォース》に到達した、その世代において最高ランクの実力者たちになる。

たとえ気を抜いて油断しきっており、暇潰しで適当にキャンプ場から拉致《らち》ってきた女子を肉オナホにしていたとしても、正面から突破するには厄介すぎる相手だ。

誠一はスニーキング状態でゆっくりとその場を離れて、仲間の元へと合流する。

「お帰り〜。誠一、そんでぷぎゅ」

「シッ……もうちっと離れるぞ。思ったより手練れが見張ってやがる」

麻衣の口元を塞いだままの誠一が、静香を促して場所を移動した。

「扱いが雑ぅ！」

「悪かった」

頬っぺたを膨らませて口を尖らせた麻衣を、苦笑した誠一が宥める。

「では、予定どおりに。このまま裏口で合流ですね？」

「それしかねえな。裏口ってか、どっかの誰かが無理矢理ぶち抜いた穴なんじゃねえかって気もするが……」

静香が先導して森を歩き、迂廻して叶馬のいる場所へと向かっていく。

「しっかしさぁ。さっきのが例の『禊ぎの洞窟』ってヤツ？」

「だな。鳥瞰図マップで見るかぎり、磐戸樹海の中心で間違いない」

「その割りにはさ。なんていうか、あんましソレっぽくないんだよね。この辺もプレッシャーを感じないってゆーか、モンスターも出てこないし。こういうパターンだと、普通ボスとかがいるんじゃやない？」

「普通のダンジョンとは違う、天然ダンジョンだからな。まあ……」

「一種のレイド領域と考えればよいかと」

迷わずまっすぐに森を抜けていく静香が呟いた。

「おそらく『伝承《レジェンド》』タイプ。伝承をなぞらえて条件を満たし、『伝承《レジェンド》』型レイド領域を意図的に『降臨《アドヴェント》』させた。そういうことなんだと思いますよ」

「えー。それじゃあ、天然ダンジョンじゃなくって、人造ダンジョンじゃない？」

「卵が先か、鶏が先か、ということかもしれませんね。最初にソレがあって伝承として広まったのか、根も葉もない噂話が広まってソレを利用したのか」

振り向いた静香が頬笑んだ。

「わかりませんけどね？」

＊　＊　＊

昨夜はボルダリングを堪能した。

重圧の甲冑《ストレッサーアーマー》を脱げばよかったと気づいたのは登りきった後だ。

程よい過負荷がウェイトトレーニングになったと思おう。

トレーニングルームで先輩方と遭遇したとき、恥ずかしい身体になっているのは頂けない。

そう思うともう一周したくなったが、上でも下でも突っ込みが待っていそうだったので自重した。

精霊さんと結構話し込んでしまったので、戻ったときには夜も更けていた。

心配させてしまった四人組を泣かせたのは反省するべき。

その後は静香に伝言を頼み、合流についての段取りをお願いした。

どうやら、俺ひとりで解決できるクエストではなさそうだった。

誠一たちと、そしてこの子たちの力が必要だ。

四人組と一緒に夜のボルダリングトレーニングをこなして、翌朝には謎のメイドさんからお湯を補充してもらった樽風呂で身を清めた。

謎のメイドさんはもう帰る場所がないということで、雪ちゃんがスカウトしていたボインちゃんだ。

どこかでボコったことのある顔だったが、雪ちゃんが申すにはごっそりと権能をロストしているので無害らしい。

意外と体育会系の雪ちゃんだから、躾《しつけ》はいろいろと厳しいに違いない。

ただ、俺の顔を見るとガクガク震えながら腰を抜かして失禁するレベルのトラウマがあるようなので、不用意には引っ張り出さないようにしている。

「あっ！　お風呂あんじゃん。あたしも使っていいよねっ」

合流した矢先。

挨拶もなしに樽風呂に突貫した麻衣が、あっさりと全裸になってドボンしていた。

もう少し空気を読んでほしいと思う。

「よっ。……つうか、お前は毎度のことながら、一体全体ナニをやらかしてんだよ」

「いろいろと事情がある」

苦い笑みを浮かべた誠一とハイタッチを交わしたら、背後でざわざわと気配が動いた。

「ほ、ホントに来たです……」

「真性の総受けビッチキャラ……」

「だ、ダメです。とーま様、騙されないで……」

「ん～、やっぱりリアルでもとーま様のほうが好み……」

湯冷めしてしまったのか、変な悪寒を感じた。

「なあ、ケツに悪寒が走るんだが」

イヤァーっと絶叫している四人組を、どうやって紹介したらいいか困る。

「叶馬さん。ここは私が」

「任せる」

まったく静香さんは頼りになる。

何となく焚き火にガソリンを注ぎ入れるようなやっちゃ駄目感がしないでもないが、ここはお任せするしかない。

「……それで、どういう状況になってやがんだ？　静香は直接聞いてくれって話だったが」

「ああ。まあ、落ち着いて話を聞くがいい」

誠一には話さないようにしてくれと、俺からお願いしていた。

お茶でも飲みながら説明しよう。

「つまり、『禊ぎの洞窟』に封印されてるのは露店精霊……ダンジョン商店の『ショップ』があるってことか！」

腰を浮かして立ち上がりかけた誠一に、枯れ枝をへし折った叶馬が頷く。

枝をくべた焚き火の中で、少し焦げたケトルがシュンシュンと湯気を噴いている。

マグカップの上にのせたドリップバッグ珈琲に、タオルを持ち手に巻いたケトルをゆっくりと傾けていく。

挽き立てではないものの、インスタント珈琲とは違う豆の香りが広がった。

差し出されたマグカップを受け取った誠一が、頭を掻いて腰を下ろした。

「悪いな。落ち着けって、こういう意味だったのか……」

「いや。多少は事情も察している」

自分のカップにも珈琲を入れた叶馬がケトルを置いた。

「こんなもんを隠してやがったのか、この学園は」

ダンジョンに出没する『ショップ』は、あらゆる物を対価と引き替えに購入することができるといわれている。

そして、それは間違った認識ではない。

それは売買の契約という概念を具現化されたダンジョンシステムの一部。

『LIBRARY《アカシックコード》』にアクセスして世界を書き換える権能を持った、舞台装置の端末だ。

おおよそ望む限り、あらゆる望みを『売り買い』できる。

その対価さえ賄《まかな》えるのならば。

「一体全体、どうやってそんなもんを封印したんだよ……」

「知らん。だが、対神結界としては怖ろしく完成度が高いと言っていた。意味はわからんが、俺が入っても中からは破壊できんそうだ」

広大なダンジョンの中を彷徨《さすら》い、遭遇することすら難しいショップを、同じ場所に留め置くことができる利点は計り知れない。

「そりゃマジでヤベエな」

それはあらゆるものを価値に変換できる、万能の両替所だ。

金やプラチナなどの貴金属をトレードできるだけでも、世界経済を破壊してしまう危険すらあった。

「確かに学園側としちゃ、こいつはS級の秘匿情報だろうぜ。いつから隠してやがったんだか」

「精霊さんも知らぬそうだ。ただ、まとまった人間が来るようになったのは百年くらい前なんじゃないかという話だ」

鉄道が整備されて、周辺の大規模な開発も計画されていたが、戦後の混乱の中で立ち消えになっている。

それに当時は封神結界が招く瘴気の影響から、ダンジョン化した一帯はモンスターが溢れる魔境となっていた。

現在は定期的に贄を送り込む地鎮の儀式が行われて、周囲の瘴気濃度も低下している。

「俺たち生徒からダンジョン産のクリスタルやアイテムを回収して、自分たちだけガッポリ稼いでたってことかよ」

「いや、少し違う」

そんな俗な使われ方はされていない。

より卑俗な目的に利用されていた。

「仙丹《エリクサー》や変若水《アムリタ》を買いに来ているそうだ」

「……長老《エルダー》、か」

ギシリ、と誠一が手にしたマグカップが軋む。

ダンジョンから産出されるポーションの中でも、最上位にカテゴリーされているのが『五大秘薬《マグナメディカ》』だ。

それぞれが神話の中で登場するような、奇跡と謳われる効能を持っている。

『仙丹《エリクサー》』はあらゆる傷を治療するといわれており、活性化した肉体は老化現象すら抑制してしまう。

『神酒《ソーマ》』はあらゆる毒や病を癒やすといわれており、得られる滋養は飲まず食わずでも餓死することがなくなるという。

『変若水《アムリタ》』は精神を活性化《レベルアップ》させ、肉体を若返らせた。

『不死甘露《ネクタル》』は効果時間に限り、不老と不死を服用者に与える。

『非時香菓《アムブロシア》』はただ死者を蘇らせるといわれていた。


どれも強力な作用を持つが故に、安易に使用するのを躊躇うほどの副作用もあった。

永続する効果であれ、瘴気濃度の薄い現世では効能も次第に還元していく。

ただし、服用によって癒えた傷や、一度作り替えられた肉体の状態は、瘴気が還元しても戻ることはない。

「俺にもショップを利用することは、可能か？」

「……ああ」

ポキリ、と枝を折った叶馬が焚き火にくべる。

「だが、今は駄目だ。おそらく、お前も精霊さんに近づくことはできまい。何より、対価を用意できんだろう」

「い、いくらだ？　いくら用意すればいい？　俺が持ってるアイテムなら全部を捧げ……」

「三十三人分の命だ」

ベキッ、と折った枝をくべられた焚き火がパチッ、と弾けた。

「…………は？」

「仙丹《エリクサー》なら、三十三人分の命が対価、だそうだ」

「言ってる、意味がわかんねえ……。いくら学園でも、そんな生徒を生贄に、する……はずが」

叶馬が視線を向けた先には、ワイワイと賑やかに揉めている女子メンバーの姿があった。

ダンジョン内で価値となるのは、モンスターが残すクリスタルだ。

それは瘴気《みあずま》の結晶であり、魔力・霊力・プラーナ・オドなどと呼ばれる根源物質の塊だ。

だがそれらは所詮、媒体に過ぎない。

本当に価値がある物は、その形をなしておらずとも、その可能性という価値こそが。

人を人たらしめている根源回路《オリジンサーキット》、『魂魄結晶《ソルデバイス》』だ。

彼女たちに宿った、あるいは自身が喪失している価値だったとしても、彼女たちが女性であるが故に。

『身を削ぎ取る』清めの場となる。

「わっ！　ビックリしたっ」

投げつけられたステンレス製のマグカップが、岩にぶち当たってカラカラと転がる。

寝袋に寝そべり、ようやく手に入った漫画本の続きを読んでいた麻衣が抗議の声をあげかけて、止まる。

「……誠一、どうしたの？」

「……悪い。何でも、ない」

叶馬から向けられた視線に頷いた静香が、硬直していた女子メンバーをまとめていた。

「クソッタレ、過ぎるだろ……」

それがいかなる相手であれ、どんな状況であれ、持ち掛けられた取り引きを断ることはできない。

それが彼女たち露店精霊の存在意義《レーゾンデートル》であり、精霊としての権能故に。

「俺はどうにも気に入らぬ」

「……ああ」

「なので精霊さんを解放することにした」

「……ああ、当然だ。俺も、手伝うよ。ぶっ壊してやろうぜ？」

肩を落として頭を垂れていた誠一が呟いた。

「代わりといってはなんだが、精霊さんとひとつ約束をした。……最後に、必ずお前と話をさせる。上手くいったらだがな」

「叶馬、お前……」

『精霊との約束《フェアリーコントラクト》』は、授業でも厳しく教え込まれる禁忌《タブー》だ。

そもそも、会話をすること自体が危険だといわれている。

モンスターとは異なる、自意識を有した高位体とのコミュニケーションは自我汚染の危険があるとされていた。

「後は誠一、お前次第だ」

「……ハッ。上等だよ。そこまでお膳立てされちゃ、ヤルしかねえだろ」

口元を笑みの形に歪ませた男たちが拳を合わせた。

「ほんじゃま、作戦を聞かせろよ。……つうか、またケツに寒気が」

いつの間にかワーキャー騒いでいる女子メンバーが誠一のケツを凝視していた。


「ねぇ、誠一。あんた、ホントに男色に走ったんじゃ」

「ねえよ！」

向かい合った誠一と麻衣が、何やら愉快な会話をしていた。

誠一の同性愛疑惑が本当なら、俺もちょっと距離を置くべきかもしれない。

性の多様性については個人の自由だと思っているが、俺自身の性癖と合っているかは別の話だ。

「ホントにぃ？　な～んか最近セックスもあっさりしているし、あたしに内緒で男を引っ張り込んで酒池肉林とかさぁ」

無事に合流した俺たちは、キャンプ場のバンガローに腰を落ち着けている。

精霊さんの件については今日明日でどうこうなる物でもなし。

最後のイベントに挑むには、まだやらなければならないこともある。

懐から取り出した四つの勾玉、マイコレクションアイテムを掌で転がす。

八門を守護する神獣の『核《コア》』。

つまり、残り四つの勾玉を神獣核《ガーディアンコア》から回収して、八門を開封する必要がある、らしい。

全て揃えなければ、ラストイベントへの扉は開かれない。

まあ、精霊さんからの受け売りなので詳しい仕組みはわからないのだが。

「私たちにも権利があるです！」

「あ、ありまぁす」

美鈴と和香がベッドを叩いて猛然と抗議中。

「認めてくれるって言ったじゃない。今更お預けってちょっと酷いと思う！」

「いくらパートナーだといっても、ねぇ？」

詩乃舞と芹恵もスクラムを組んで参戦だ。

「駄目です」

それをざっぱりと一刀両断にする静香さんは、無慈悲な夜の女王。

紅茶のカップに口をつけながら、視線すら向けることなく断言する。

「口を開いて、ただ餌を待つだけの雛鳥《ひなどり》は叶馬さんに相応しくありません」

「うっ……」

パワーレベリングのことを思い出したのか、四人組の勢いが失速した。

神獣のＥＸＰがウマウマだったらしく、彼女たちのレベルはいい感じで上昇しているのだ。

「叶馬さんに負《お》ぶさるだけの寄生虫は、パートナーの私たちが許しません。排除されたくなければ示しなさい。自分の価値を」

ブラック企業の上司のようなことを言い始めた静香さん。

とても俺が口を差し挟める空気ではない。

決して静香さんが怖いからではなく。

「じゃ、じゃあどうすればいいのです……？」

「役目を果たしてみせなさい。叶馬さんに対する忠誠心で恐怖を凌駕《りょうが》できるのなら、受け入れてあげましょう。仲間として」

「その挑戦。お受けいたしますわ」

「ま、負けません！」

一種の思考誘導に聞こえるが突っ込まない。

静香さんの笑顔が、黙っていてください、とおっしゃっているので。

「では、叶馬さんへのご奉仕を始めましょう」

「ふえっ……？」

「ベッドの上で一列に並び、こちらに向かって四つん這いでお尻を突き出してください」

とんでもない命令を下し始める静香さんに、四人組が顔を見合わせる。

彼女たちの羞恥心を凌辱するが如き命令。

なんという羞恥プレイ。

「な、なんで私たちがそんなコト……」

「ハリーハリーハリー」

「叶馬さんもこのようにおっしゃっています」

「わ、わかったです」

静香さんの非情な提案に従った彼女たちがベッドに上る。

ノーパン行脚は合流した時点でやめていたらしく、ピンク、イエロー、グリーン、ブルーといった戦隊のようなカラーリングが目に眩しい。

「あっ……な、何をするです？」

「健康診断、ですよ？」

背後に回った静香が、するり、とショーツを剥いて美鈴の可愛いお尻を露出させた。

ふにふにとお尻のお肉を撫でながら、指先を太腿の付け根に滑らせる。

「動かないでください。あら、意外と陰毛が濃いのですね」

「や、やめる、です……」

「あとで切り揃えてあげましょう。中は……ん、まだ奇麗なピンク色で、あらあら、叶馬さんのお情けが奥に」

ベッドに顔を突っ伏した美鈴が、クネクネとお尻を揺すっていた。

やはり同性からマジマジと性器を観察されるのは、また別の恥ずかしさがあるのだろう。

「叶馬さんはご自由に」

「ラジャー」

「あぅ……とーま様ぁ」

和香のショーツをずり下ろして、エクステンションなディックスティックを押し当てた。

行為の名残の他にもシチュエーションに昂奮していたのか、先端を填め込んだ場所はヌルッと火照っていた。

「はぁううぅ」

ヌルルと肉を掻き分ける感触に、和香もベッドに突っ伏してお尻をクネクネしていた。

「填めていただいた後も、もう一度確認しますからね？」

「あ…や、止めないで、です……」

「お預けです。私の指なんかより、ずっと気持ちいいものが待っていますからね」

なんというか沙姫たちを日々相手している静香さんは、そっちのテクニックも磨かれている模様。

そこはかとない寝取られ感があったり。

「さあ。まだ夜は長いですよ」

第八十五章　蠢動せし怪異

磐戸樹海を覆う濃霧のうねりが、キャンプ場を包み込んでいた。

それは封印が弛み、開放されつつある化物《ケモノ》の蠕動《ぜんどう》だった。

「は〜、ヤッたヤッた。俺ぁ今、人生で一番精子出してるわ」

「まったくだ。赤点合宿サマサマだぜ」

とあるバンガローから出てきた男子ふたりが、くだらない話をしながら連れションしていた。

咽《む》せるほど濃い性臭が籠もったバンガローの中では、現在進行形で爛《ただ》れきった性交の宴が続けられている。

それは彼らのバンガローだけでなく、どのバンガローの中でも同じような宴が続行されていた。

通常であれば射精絶頂を経て訪れる倦怠感も、ダンジョン空間でならポテンシャルが果てしなく維持される。

男子も女子も際限なく続く快楽により、脳内で分泌されつづける脳内麻薬が神経回路を炙り、焼きつかせていく。

林間学校の二週間が終わる頃には、重度のセックス依存症となったジャンキーの誕生だ。

キャンプ場で三日目の夜。

その兆候はしっかりと出始めていた。

「なんだよ、全然出てこねーな……チンポ勃起しっぱなしでションベンしづれぇわ」

「だよなぁ。やっぱつれぇわ」

草むらから迫り上がった濃霧の鎌首が顎を閉じる。

それはかつて、『磐戸樹海』に巣くっていた領域型ボスモンスターの写し身だった。

招神封鎮結界により捕らえられ、地底の底に奉られていた化物。

露と化して結界より滲み出し、沼となって獲物を呼び込む水神の譜系《ふけい》。

「あんッ、あんッ、あんッ」

「あーヤッベ、マジヤッベ」

キャンプ場に設置されている炊事場。

壁のないログハウスの中には、石積みで作られた竈場と調理台が並んでいた。

小川から水を引き込んでいる洗い場も併設されており、自炊をするには充分な施設になっている。

もっとも現状ではレトルトパックを温めたり、お湯を沸かす程度にしか利用されていない。

「あーヤッベ、チンコ溶ける」

調理台に上体をうつ伏せた女子の後ろで、シャツ一枚の男子が腰を振っていた。

女子の服装は靴下にシューズ、それだけだ。

日が沈み、月明かりも枝葉に遮られた闇夜とはいえ、そのままの格好で外を出歩く程度には倫理観が麻痺している。

シチュエーションが変わればリビドーもリフレッシュされる。

ムッとする熱気の籠もったバンガローを抜け出して、夜空の下で青姦に耽《ふけ》るカップルが増えていた。

視界を遮っている霧のカーテンが、涼しい夜風を浴びながらの青姦へと誘っていた。

「イクッ、イクゥイクゥ……！」

「つはあ……。何発ヤッてもたっぷり出るわ」

調理台の上でぐったりと舌を出して放心する女子のように、熱心に凌辱された彼女たちの多くは肉体の隷属化を果たしていた。

それもすぐに入れ替わる男子の数だけ繰り返し、容易に対象が入れ替わるような身体へと順応していく。

「やっぱ、ちゃんとアへってくれると捗るぜ」

「ぁ…あ…あん、あん」

射精したまま女子の膣奥に居座っていた亀頭が、ヌルヌルと膣肉を掻き混ぜ始める。

フィニッシュもオルガズムも、既に行為のインターバルにはなっていない。

だが、際限なくエンドレスに続けられる行為にも、フレッシュな変化は求められている。

青姦に出てくるカップルの大半はスワッピングが目的だ。

遭遇したカップルと互いの相手を交換して、そのままバンガローへとお持ち帰りする。

あるいは、そのまま宿泊しているバンガローを移動する。

林間学校が終わる頃には、当初のグループが半分くらい入れ替わっていた。

インストラクターの点呼が人数確認だけになるのは、こうした事情によるものだ。

「よっ」

「おぅ」

全裸の女子の手を引いた見知らぬ男子が炊事場にやってくる。

当然のように女子交換が成立した。

お互いに考えることは同じだったようで、一緒に洗い場まで連れていった女子をしゃがませると、同時に桶で汲み上げた水を尻へとぶっ掛ける。

「ひっ」

「ひぃ」

同時に呻いた女子の股間に手を伸ばして、家畜の洗浄をするように秘部をしごき洗っていく。

そのままその場で女子の尻にペニスが填め込まれた。

一組のカップルはトレードに満足したのか、一発済ませただけでバンガローへと戻っていく。

もう一組は木陰でファックを続行していた。

「あー、ヤッべ。コイツもなかなか気持ちイイ」

「あっ、あっ、あっ、あっ」

もはや女子のルックスよりも、自分のペニスにフィットする填め心地が大事だった。

長時間使うためには、それが何よりも重要だ。

立木に抱きつかせた女子の尻で一発抜き、尻を引っ張り寄せて位置を微調整してからもう一発抜いた。

カクカクと震える女子の内腿に精液が垂れていく。

「よしっ。やっぱりお前に決めた。このまま戻って朝までしっぽりヤルぞ」

背後から挿れていたペニスを抜き、正面から向かい合って射し込み直した後に、身体ごと抱き上げる。

駅弁スタイルで結合したまま、自分のバンガローへ足を向けた。

「……つーか、お前ってさ。最初に俺らのグループにいたヤツじゃね？」

「あっ、んっ、あん」

「すっかりエロい顔になっちまって、マジ何本咥え込んできたんだよ」

髪を掻き上げて顔を覗き込んだまま、ユサユサと大きく腰を揺さぶる。

初日に抵抗して彼から手込めにされた彼女は、表情を蕩けさせたまま舌を出してアヘっていた。

「へへっ。こんだけ可愛けりゃ出戻りでもいいや。もっかい俺がたっぷり可愛がってやっからな」

股間の前にしっかりと固定された尻を揉みしだかれながら、女子の脚は男子の腰に強く絡みついてた。

辿り着いたバンガローは半開きの扉がキィキィと揺れていた。

繋がったまま扉を開くと、中からあふれてきた霧が足下をスルッと抜けていく。

「おろ？　もうみんな寝ちまったかよ……」

ランプの灯りが消えたバンガローの中は、シンと静まり返っていた。

「まあ関係ねーか」

空きベッドに女子を寝かせると、そのまま暗闇の中で尻へと跨がる。

半開きの扉が、夜風に吹かれてキィキィと揺れていた。


「おっしゃ、ブラックジャック！」

「くはっ」

「オイオイ、マジかよ～」

とあるバンガローの中では、カードゲームをしている男子が円陣になっていた。

LEDカンテラが置かれた中央には、カードの山が積まれている。

ゲームに興じているのは五人の男子だ。

胡坐をかいて座っている男子たちは、台座にのせたカードを集めてシャッフルする。

「このポッキーは俺のな」

「クッソ、次は負けねー」

「来い来い来い、スペード来い」

山札から引いたカードを台座に並べる。

「はっ、ぁア……」

「オイ、勝手にイッてんじゃねーよ。カードが落ちるだろ」

台座にしていた眼前の尻を引っぱたいて躾ける。

円陣を組んだ男子一人ひとりの前には、這いつくばった女子生徒が設置されていた。

背中はカードを載せるテーブルに、胡坐をかいた男子の股間にのせた臀部はオナホとして利用されている。

「バーストおおっ？」

「自爆オツ」

天井を仰いでカードを放り投げた男子が、ヌチヌチと揺すられている尻を引っぱたく。

「クッソ、コイツ下げマンなんじゃねぇ？」

尻の谷間に両手の親指を押し当てて、割れ目を押し開くように秘部を剥き出しにする。

いつまでも勃起し続けている陰茎を、茹だった肉壺の中からゆっくりと引き抜いていく。

小一時間ほど咥え込ませていたペニスが抜けた穴からは、ドロッと濃厚な精液があふれ出して、ムワッと熟成された性臭が立ち昇ってくる。

「おっと、やっぱ栓を填めとかないとダメだな」

抜かれたコックを填め直された女陰がピクピクと痙攣する。

「とりあえずクールダウンすっから、お前もっとケツ振れ」

「あっ、んっ」

パンパンと尻を平手打ちされた女子が、これ幸いとオルガズムに向けて腰を振り始める。

「うっし、ブラックジャック！」

「うっは。マジかよ」

「あーやってらんねー。ちっとションベンしてくる」

「いてらー」

中座した男子が、欠伸をしてバンガローの中を見回した。

カードゲームをしているメンバーの他にも、持ち込んだ雑誌を読んでいたり、ベッドで仮眠している者たちがいる。

全員に共通しているのは、それが当然のように男女ペアで、ながらセックスをしていることだろう。

彼自身も、よく飽きないものだとあきれていた。

「ま、どうでもいいか」

開かれたバンガローの扉から、スゥ、と白い靄が流れ込んでくる。

それはとてもヒヤリと、夏の夜の暑さを奪っていった。

＊　＊　＊

ドンドンと叩かれる扉の音で目が覚めた。

「ふにぃ〜……」

俺の右腕を枕にしている和香が、子猫のような声で寝惚けていた。

他にも美鈴、詩乃舞、芹恵が、折り重なるように抱きついている。

静香は左肩に頭をのせ、しっかりと特等席を確保されていた。

バンガローのベッドはシングルサイズなので狭い、というか重い。

そして、かなり蒸し暑い。

「……叶馬、起きてるか？」

「ああ」

対応に出ていた誠一が、何やら深刻な顔をしていた。

同時に目が覚めていた静香と一緒にベッドを下りて身繕いをする。

「何か、トラブルか？」

「たぶんな」

爆睡している麻衣と四人組は放置して、卓袱台《ちゃぶだい》の前に座った。

保温ポットでお茶を出してくれた静香さんは、俺の膝に腰かける。

「どうやら所在を確認できない生徒が出てるらしい」

「ふむ」

そういう意味では、誠一や静香に麻衣も本来のグループから離脱している。

というか、俺や四人組が所属していたグループは、どこに行ったのだろうか。

本来ならばそのグループが、このバンガローを使っているはずなのだ。

「無関係じゃないかもな。いくつかのバンガローが丸ごと空っぽになってるそうだ」

「まるで神隠し、ですね」

お茶のお代わりを注いでくれる静香が、ポツリと呟いた。

「わからん、が。俺たちも早めに動いたほうがよさそうだ。集合をかけられたり、点呼を取られたりしたら身動きが取れなくなる」

「ああ。どのみち、のんびりするつもりはない。今日中にケリをつけよう」

「わかりました。さっそく、準備をさせましょう」

オカンな静香さんが四人組を叩き起こしに向かった。

そう、やるべきことは既にわかっている。


「ッケアアッ！」

木々の天蓋を突き抜けて、樹海の上空へと駆け昇る。

振りかぶった右腕を『く』の字に固定して、鉄塊となった上腕二頭筋《フライングラリアット》を首元へとぶち込んだ。

葉っぱを撒き散らしながら急旋回しようとしていた『狛雉』の首元から、ベキッと骨が砕ける音がした。

たとえ全長五メートルを超える巨体であれど、所詮は鳥類。

骨の強度はスカスカだ。

落下していく狛雉に跨がって、樹海の中へと帰還する。

「ままま、『魔弾《まじっくぼると》』ぉ！」

「うんうん。いい感じね。もっと、こう力をぎゅ～って溜めて、どっぎゅーんって射つのよ！」

『超初心者《マルチノービス》』の和香を麻衣が指導してくれていた。

蜜柑語っぽいキーワードはフィーリングで理解してほしい。

還元していく狛雉から勾玉を拾い上げた俺は、同時に襲いかかってきた最後の神獣『狛犬』との戦いを見守ることにした。

「い、行くです」

「ひぃっ」

「ちょっと、私たちにはキツイ、ですわぁ」

両手に構えた短刀で、正面から対峙しているのは誠一だ。

強敵との戦闘経験値を積んできた俺たちにとって、この程度のモンスターはソロでヤリ合える獲物になっている。

それに誠一もＧＰの使い方を覚えてきたのか、高速の斬撃が撃ち込まれる度に狛犬のＧＰ障壁が削れていた。

「無理に突っ込む必要はありません。恐れず、冷静に相手を観察できるようになりなさい」

オカンモードの静香さんが、同じ後衛クラスの三人を指導している。

「まずは足手まといにならないように。そして自分のできることを探しなさい」

何もないところで転び、ピンチを演出していた静香さんの言葉は重い。

ジト目で睨まれたような気もするが、敵から目を離してはいけない。

「終わりだ……『雛首斬り《デイジーカッター》』！」

狛犬の懐に飛び込んだ誠一が、二刀をクロスさせるように振り抜く。

物理的な刃の届かない先にあった狛犬の首が、ずるりっと落下した。

何やら厨二臭い必殺技名を叫んでいたようだが、ここは親友の誼《よしみ》でスルーしてあげるべき。

「ふう、こんな感じか……まだ、しっくりこねえが」

「格好いい必殺技だな」

「ッ、……うるせえ。黙れ」

勾玉を拾い上げた誠一が、耳の先まで真っ赤になっていた。

恥ずかしがりな男である。

「及第点としましょう。猛るのも怯えるのも不要です。為《な》すべきことを、ただ為しなさい」

「は、はいです。お姉様」

「わ、わかったわ。静香姉様」

「了解しましたわ。静お姉様」

何やらアッチがとっても百合《リリー》。

この子たちにも役割があり、静香が即席とは鍛えてくれたのはありがたい。

全員の力を合わせなければラストイベントは突破できない。

必要なパーツは揃った。

そろそろ精霊さんに会いに行こう。

＊＊＊

小さな洞窟の奥。

叶馬が踏み抜いた裏口は『身削ぎの祭壇』へと続いている。

そこは林間学校の最終日に、参加者の女性だけが連行される密儀の場だ。

二週間もの長期にわたって、ダンジョン空間という肉体と精神を活性化させた状態を維持した場合。

心身に発生する過負荷は、意識を混濁させるレベルに達してしまう。

のべつ幕なしに生殖行為を続けていれば尚更だ。

それらは不完全な状態、まだ肉体と精神が脆弱な低レベルほど影響を受けやすかった。

だが、レベルが低いということは、即ち物質世界における肉体的な存在として、安定しているという意味だ。

『個』として完成されていない、未成熟な『群体』としての生命。

だからこそ生物としての連環、そのために必要とされる器官は十全に機能する。

学園のダンジョン、そして羅城門から解放された彼女たちの身体には、本来あるべき機能が働き始める。

それは速やかに準備を整えて、そして彼女たちの中で芽吹いていく。

彼女たちの価値は、その身に宿した通貨でしかない。

故に、『身を削ぎ落とす』禊ぎの儀式。

外道の儀式だ。

「えっと、ちょっと待ってね。もう一回、確認していい？」

「ああ」

こめかみに指を当てた麻衣に、叶馬が頷いた。

「叶馬くんと私たちが倒した神獣《ガーディアン》っていうのは、ここの地下にある招神封鎮結界っていうのを開封するための鍵だった」

「ああ」

「そんで。その結界っていうのは、元々この『磐戸樹海《ダンジョン》』のボスモンスターを封じるために作られた」

「らしいな」

そこに露店精霊が招き寄せられたのは、ただの偶然《イレギュラー》に過ぎない。

高位存在が追加されたことにより、結界の設計許容範囲を超えて歪みが生じ始めたのも偶然《イレギュラー》に過ぎなかった。

押し出されるように外へと滲み出したボスモンスターが結界と同化して、結界自体を守護する界門守護者《ゲートキーパー》と化したのも偶然《イレギュラー》といえるだろう。

「その結界を壊すために戦わなきゃいけないボスモンスターっていうのが……」

「八岐大蛇《やまたのおろち》、か。またずいぶんと大物が出てきたな」

「本物ではないでしょう。おそらく、誰かが伝説になぞらえてボスモンスターの封印に利用したのかな、と」

「え～、それって迷惑すぎ……」

「要するにです。ソイツのやらかした後始末です？」

「ぼ、ボスモンスターなんて見たこともないですよぉ」

「そうねぇ。とーま様、静お姉様、正直私たちがお役に立てるとは思えないのですけど……」

「ああ、正面から戦うのは難しいだろう」

裏口の穴を見下ろした叶馬が同意する。

そして、作戦の発案をした静香が言葉を継いだ。

「ええ。外でもない、八岐大蛇であるのなら、退治する手段は考えられます」

「なるほどな……つまり、素戔嗚尊《スサノオ》の伝説になぞらえようってわけか？」

頷いたのは誠一だけだった。

ちなみに叶馬もわかっていなかったりする。

「ちょっとー、あたしたちにも説明しなさいよね！」

「ああ、つまり、なんだ……酒を飲ませて酔い潰してから、こっそりブッ殺す」

「……それって、卑怯すぎない？」

得てして神話の英雄譚とはそういうものである。

「これは神秘的な光景なのです……」

光苔の淡い燐光で照らされる地底洞窟には、朱塗りの鳥居が幾重にも連なっていた。

透明度の高い水はガラスのように澄み、清廉な空気を醸している。

美鈴たちにも感じられる濃厚なプレッシャーが満ちた空間の中央には、ポツンと磐戸が据えられていた。

それは天地自然を象《かたど》った、八卦に連なる風水玄機。

あるいは、支那の伝承に伝わる破壊群神『蚩尤《しゆう》』を封じるために生み出された、八門遁甲陣にも似ていた。

周囲八方に構えられた鳥居は、瘴気を、神々を、精霊を招き入れる迎門だ。

そして、それらを内部に閉じ込めて、際限なく呑み込んでいく人造の特異点となっている。

「誠一。気をしっかり持て」

「あ、ああ。実際に見るとヤベエな……吸い込まれそうだ」

警告されていても無意識に踏み出していた足に、ゾッとする。

それは人ならざる存在にとって、抗えない本能のようなもの。

甘露を前にして渇くような、強烈な誘惑から視線を逸らした。

叶馬はしっかりと静香の手を握りながら、本来の入口に続いている岩舞台まで後退した。

「なんかあたしもピリってしたかも」

「麻衣も近づきすぎねえほうがよさそうだな」

瘴気圧にこそ気圧されてはいたが、平常心を保っているのは四人組だけだった。

「で、だ。ここまで来て今更の話なんだが、八岐大蛇に飲ませる酒はあんのか？」

日本神話に登場する素戔嗚尊の伝説において、八岐大蛇を酔わせたのは『八塩折之酒《やしおりのさけ》』と伝えられている。

その製法は『衆《もろもろの》菓《このみ》を以《もっ》て、酒八甕《かめ》を醸すべし』とされており、果実酒を幾度も繰り返し醸造していく高糖度の甘い味わいであったと思われる。

あるいはダンジョンの宝箱によって、伝説からダウンロードされたイミテーションモデルの『八塩折之酒』が発見される可能性もあったが、今すぐに用意できるものではない。

「ああ。実は寮の先輩たちから買い出しを頼まれていた万能薬が空間収納《アイテムボックス》に入っている」

「万能薬ってなんだよ。つうか、ちゃんと渡してやれよ」

「いや、次の焼肉祭りまで保管しておいてほしいと請われていた」

物置扱いされているアイテムボックスから、ケースに入った紙パック飲料が次々と取り出されていく。

圧巻の一・八リットル、度数二十四パーセント、飲食店様向け［希釈用］の文字が眩しい謎の万能薬であった。

「ど、どれだけつらい思いをしてる人たちがいるです……」

「あたし、こんだけ呑んだら潰れる前に吐くと思う」

「買い溜めしすぎかと」

「コレ、割んの？　つうか炭酸も買ってあんのかよ……」

「念のため、濃いめで作っておこう」

続いてアイテムボックスから取り出されたのは、風呂にも利用していた樽八つだった。

流石に突っ込みを入れようとした詩乃舞の口を、ニコニコ笑顔の芹恵が塞いでいる。

「ジュースみたいでおいしそうです」

「和香ちゃんには早いわ。これは人間をダメにする悪魔のお薬なのよ」

シュワシュワと泡立つ謎の液体が、樽の中になみなみと満たされていく。

レシピの仕上げに、それぞれの樽の中へ神獣核《ガーディアンコア》である勾玉を投入すれば完成だ。

結界を破壊するために勾玉を求めるのならば、謎の万能薬を呑み干さなければならない。

「これを八門の前に置いて、八岐大蛇が首を伸ばしてくるのを待つ」

「実際に出てきたとしてもさぁ。モンスターがコレを呑んでホントに寝るの？」

「蛇は蟒蛇《うわばみ》とも言いますし、罠と悟っていても呑まざるを得ないかと」

「そんな、お約束みたいな……」

不安そうな詩乃舞の言葉は、自覚がなくとも的を射ていた。

『伝承《レジェンド》』の攻略には、まさにその『お約束』が重要なのだから。

酒精を嗅ぎ取ったのか、ガラスのように澄んでいた水面からうっすらと霧が生まれ始めていた。

「どうやらいけそうだな。さっさと樽を置いて、俺らも配置につくぞ」

「あいあいさ」

「で、でもぉ……やっぱり自信がないですよぉ」

担当する鳥居と、大蛇の首を倒す段取りは、全員に共有されていた。

竜種が最強ランクのモンスターである由縁《ゆえん》は、最強ランクの怪物であると恐れられているからこそだ。

そう思われているから、そうなった。

投影された幻想こそがモンスターの起源だ。

故に、伝説に伝えられている特徴や弱点も、また投影されている。

そのひとつが、竜の顎の下に一枚だけ生えているという『逆鱗』だ。

ダンジョンに出現する竜種のモンスターに共通する弱点であり、強大な力を持ったモンスターである竜種の倒し方として教科書にも載っていた。

逆鱗は強固な竜鱗とは違い、敏感で繊細な感覚器官であるとされている。

脳に直結した器官であるが故に、逆鱗を破壊されればそれだけで死に至る。

ただし、巨体で動き回るドラゴンたちの、ただでさえ狙い撃ちするのが難しい顎の下を、ピンポイントで打ち貫くのは不可能に等しい。

それが酔い潰れて眠ってでもいない限り。

尻込みして震える和香を、ふわりと静香が抱き締めた。

「大丈夫です。失敗を恐れないで。最初から諦めないで」

「お姉様……」

「もしもの時は……私が助けますから」

「は、ぃ……お姉様。私、やってみます」

どこかうっとりと、ぽーっと顔を火照らせた和香が、洞窟の周縁を駆けていく。

円形ドーム状になっている地底洞窟の周縁部分は水没しておらず、身を隠す遮蔽物もあった。

水鏡からそそり立つ八方八門の鳥居の前に、シュワシュワとした謎の液体で満たされた樽が設置される。

雷を司る『北東震門』には叶馬が。

火を司る『東方離門』には静香が。

沢を司る『南東兌門』には和香が。

天を司る『南方乾門』には美鈴が。

風を司る『南西巽門』には麻衣が。

水を司る『西方坎門』には詩乃舞が。

山を司る『北西艮門』には芹恵が。

地を司る『北方坤門』には誠一が。

それぞれ岩陰に身を隠して待機する配分になっていた。

『んじゃま、作戦の指示は俺が出す。一応、いつでも逃げ出せるように準備だけはしといてくれ』

各自の胸ポケットから、誠一の声が響いた。

急造の『憑代人形《スパイボット》』の代償に、誠一の前髪が少し愉快になっていた。

「──静香。後は頼む」

「か……」

鳥居の前に立った叶馬が、背後に残ったままの静香へ声をかける。

開きかけた口をつぐんだ静香が、胸元に手を当てて頷いた。

「……はい。あなたのお望みのままに」

『おおい、おふたりさん。お前らもそろそろ配置に……ってオイ、待て、叶馬！』

「言い忘れていたが、やることがある。お前なら、ふたり分を兼ねられるだろう？」

水面が隠れるほどの霧が立ち籠める鳥居の中へ、振り向かぬまま一歩、一歩と踏み込んだ。

八門鳥居が戦慄《おのの》くように震えて、幾重にも張り巡らされた注連縄がうねる。

注連縄に提げられている腐りかけた呪符が、しゃん、しゃん、と微かな音を響かせていた。

それは古い、古い童歌《わらべうた》が記された楽譜だ。

とおりゃんせ　とおりゃんせ
ここはどこの細道じゃ
雷神さまの細道じゃ

故に門は開かれる。

北東震門は、やうやうと叶馬に道を指し示した。

行きはよいよい　帰りはこわい
こわいながらも
とおりゃんせ　とおりゃんせ

しゃん、と歌が封《とじ》られ、ぎしり、と結界が軋んだ。

第八十六章　支払ラもの

「あっ。それ無理」

そう、精霊さんから素っ気ない回答をもらったのは出会った当日。

結界とボスモンスターの情報を聞き終えた後だった。

だが、諦めずに交渉を続けてみる。

「結界を破壊して、オロチとやらを殺害する依頼はお受けいたしました」

「サツガイって、まぁ、そうなんだケド」

「その代わりといってはなんですが、開放された精霊さんが本来の場所《ダンジョン》へ帰る前に、一度だけ友と話をしてやってほしいのです」

「うん。無理」

すげないお返事。

精霊さんは惨《むご》いお人だ。

「そうじゃなくて。別に話してあげるくらいいいんだけどさぁ。この結界が破壊された瞬間、私も一緒に消滅しちゃうのよ」

あっけらかんと、とんでもないことを申される。

カウンターから手を伸ばした精霊さんが、露店と一体化している巨石をコンコンと叩く。

「この神籬《ひもろぎ》が結界の中心で要《コア》なのよ。結界を破壊した瞬間、一緒にボッカーンって感じ。ま～、わざわざ結界を破壊しなくっても、近いうちにボッカーンってなるんだけどね」

なんというタイムリーなボッカーン。

「このファッキン結界の構造的欠陥ってやつ？　際限なく瘴気を招き寄せてるから、絶対にいつかは臨界しちゃうのよ。正直なとこ限界に達してるのよね。もう、いつボッカーンってなるかわからない感じ」

カウンターについた肘に顔をのせ、もう片方の掌をパッと開く。

「そうなったら力を溜め込んだ八岐大蛇ちゃんがフルパワーで復活。この国くらいは簡単に滅んじゃうかも。だから、結界に挟まって身動きが取れなくなってる今のうちに倒しちゃったほうがいいのよ」

「それはどうでもいいのですが」

「どうでもいいんだ……」

そんなものは学園の先輩方や自衛隊にお任せだ。

「結界の破壊は、精霊さんを殺害してしまうということでは？」

「そうなるかな。ああ、心配しなくても平気よ。私たち露店精霊はダンジョンシステムの一部、不滅の存在として因果を固定されてるから。消滅しても数星紀あればダンジョンの中で復活してるでしょ。その私は、私じゃなくなってると思うケド」

「しかし」

「くだらない人間的情感《センチメンタル》で考えないでよね。私にも露店精霊のプライドってのがあるのよ。何も知らされてない子たちから命を買い取るなんて役割にはウンザリしてるの。それに私をこのまま開放してご覧なさい。閉じ込められていた対価に、こんな世界なんか滅ぼしてやるんだから！」

「それもどうでもいいのですが」

「ちょっと。君の許容範囲、広すぎじゃない？」

そんなものは総理大臣や大統領にお任せだ。

まあ、ご本人がよいと申されても、俺にとって少々納得がいかない結末である。

ボスは殺害する、結界は破壊する、精霊さんは健やかにご帰還いただく、ついでに誠一の話を聞いてもらえれば、なおよし。

　そんな都合のいいプランを精霊さんにご提案した。

「ん～……無理。君の権能《キャパシティ》を超えてる。このダンジョンと結界はね。もう竜脈に根づいちゃってるのよ。つまり、この星の一部になっちゃってるってコト。どっちにしろ一度結界を壊さなきゃお話にならないわ」

「では、その方向で」

「……あのねぇ。君、ホントに意味がわかってるの？」

　実際、この時にはあんまりわかってなかったりした。


「あ～あ。ホントに来ちゃった。君も馬鹿だねぇ」

　何の抵抗もなく、逆に背中を押されるような感じで招神封鎮結界の中心までやってきた。

　露店のカウンターに肘をついて、のべ～としていた精霊さんが、あきれた顔で出迎えてくれる。

　やはり、ちんまい精霊さんだ。

　椅子に座布団を重ねてそう。

「お約束しましたので」

「しょうがないわねぇ。特別にお茶でも淹れてあげるわ」

　カウンターの奥に、急須と電気ポット、そして茶碗とお茶菓子があった。

どうやら準備してくれていたようだ。

そして、相変わらずコンセントがどこに繋がっているのか謎。

カウンターに出された焙じ茶を頂きながら、ずぞぞっと実体化していく大蛇を内側から眺めた。

「ずいぶんと低レベルの子たちが交じってるけど、大丈夫なのかしら？」

「ええ。そこは仲間たちがフォローしてくれるでしょう」

精霊さんも自分で入れたお茶を飲みながら、カウンターを挟んでのんびりと外を眺める。

「ま～手順さえ間違わなければ、あの子たちでも倒せるでしょうけどね。攻略手段としては完璧、まさにパーフェクトな解答だわ」

流石の軍師、静香さんがべた褒めされている。

「でも、問題は倒した後なのよ。ホントにわかってる？」

「委細、承知です」

＊＊＊

「あの、馬鹿野郎……何を魅入られてやがんだ！」

岩陰から身を乗り出した誠一が吐き捨てた。

既に鳥居の奥では渦巻く霧が鎌首をもたげて、ヌラリと滑った爬虫類の鱗を形成し始めている。

『問題ありません。作戦を続行してください』

「静香、お前……」

『叶馬さん担当の頭も、誠一さんにお願いしていいですか？　無理ならば私が仕留めますが』

中心から八方へ、首を伸ばすように実体化していくのは、太く巨大な蛇の頭部だ。

その熊をもひと呑みにできそうな顎から、チロリと赤く毒々しい二股の舌が覗いている。

緋金色に光る蛇目が、鳥居の前でこれ見よがしに並べられた樽を凝視していた。

「クソ……俺が殺る。後で洗いざらい吐かせてやるぞ」

『ご随意に』

「ったく……『影武者《アバター》』」

眉間に指を当てた誠一の姿が、合わせ鏡のようにブレて分裂する。

分離した誠一は言葉を発することもなく、即座に本体の腰から魔剣を抜いて駆け出していく。

SPを分割して作り上げられた偽体を操っているのは、誠一本体に外ならない。

身体能力も変わらず、スキルを使用することもできる儀体だが、その思考ベーシックは術者ひとりの頭脳による制御だ。

常に思考を分割する必要があることから本体の能力は低下するものの、一時的に使い捨てる『分　身《ドッペルゲンガー》』とは比べ物にならないポテンシャルがあった。

多少の手違いはあれど、伏兵の配置も完了する。

もはや完全な物質化を果たした八岐大蛇は、八方鳥居のゲートから鎌首をもたげて顕現していた。

八方に首を伸ばした全体像は、野球グラウンドサイズの地下空洞を埋め尽くすほどだ。

岩陰に身を潜めているメンバーの中でも、ボス級モンスターと対峙したことのない四人組は、気配を隠すことも忘れて恐怖と戦っていた。

無論、大蛇の頭たちは、岩陰に潜んだ人間の存在を捕捉している。

だがそれ以上に。

香《かぐわ》しい酒精の、決して抗えない甘美な匂いが、大蛇の頭を惹きつけていた。

最初の一首が樽へと頭を垂れて、チロチロと舌先でシュワシュワを舐め取っていく。

すぐに全ての首が樽へと顔を寄せて、チロチロとシュワシュワを堪能し始める。

八岐大蛇の体躯に比べれば、樽一杯も小さな酒杯だ。

それでも時間をかけて、チロチロシュワシュワ、チロチロシュワシュワが繰り返されていき、たまにグゥエーッとゲップが漏れたりしている。

やがて樽の底に沈んだ勾玉に届いてからも、なごり惜しげに樽底の隅を舌先で舐めるのを優先していた。

パシリ、パシリと樽の中から、勾玉の爆ぜる音が聞こえてくる。

それは八岐大蛇が望んでいた、太古の封印が砕けていく音だ。

半ば結界に同化している八岐大蛇の舌に接触して、扉が開かれていく開放の合図だった。

だが、喜びの咆吼も、破壊への衝動も、己を封じた人間への憎悪も。

全ては蕩けるような酩酊の中に揺蕩っている。

バチャン、と水面に倒れ込んだ頭が、安らかな寝息を立て始めていた。

『……もしかしてさぁ、八岐大蛇ってワンコちゃん先輩と同じくらいの下戸《げこ》なんじゃない？』

憑代を通じて聞こえた麻衣のあきれ声に、ため息を吐いた誠一が立ち上がった。

八方鳥居から首をはみ出させた八本の首は、全てが泥酔して眠りこけていた。

＊　＊　＊

「うんうん。ここまでは順調ね」

「はい」

ふたりでうなぎパイをサクサクと頂きながら、心の中で誠一たちにエールを送る。

下手に声をかけて、タイミングをミスってしまったら困るので。

「もしかしたら、封印が解けた瞬間に大蛇ちゃんが暴れて、結界がドッカーンってなるかと思ったけど」

「もしかして今、結構な綱渡り状態なのでしょうか？」

「うん。めっちゃ微妙な均衡になってる。割れる前の風船みたいな？　開かれた扉に大蛇ちゃんの首が詰まってる感じ」

うなぎパイを食べながら、のんびりお茶会してる状況ではないのでは。

「……ねぇ？　ホントにスルの？」

カウンターの中から向けられる上目づかいがなかなかの破壊力。

お兄ちゃん、と付けられたら俺も揺らいでしまいそう。

「無論です」

「考え直してもいいんじゃやない？　仮に上手くいったとしても君は権能《ちから》を失う可能性が高いのよ。ううん、それだけじゃ済まないかも」

「致し方ないかと」

即答した俺のことが気に入らないらしく、ぷくーっと頬っぺたを膨らませた精霊さんが癇《かん》癪《しゃく》を起こす。

「君は自分が手にした力に無自覚すぎるのよ！　い〜い？　それは望んでも得られない、至高の座へと続くクラスのひとつなんだからねっ。そんな簡単に放棄していい資格じゃないの。それがダンジョンの存在理由で、三千世界の生物が目指すべき到達地点なんだから！」

「話はよくわかりませんが」

どうも精霊さんの会話は難しい。

おそらく気遣ってくれているのだと思う。

だが、精霊さんにも譲れないプライドがあるように、俺にも譲れないポリシーがあるのだ。

「俺が為すべきと思ったことを為す。そのための手段が、俺の求める力です。なので、俺の権能《ちから》で精霊さんを助けることができるのなら、仮に権能を失うのだとしても、それはとても意味があることで、俺に為さないという選択肢はないのです」

長文を喋《しゃべ》るのは苦手だ。

途中から自分で何を言っているのかわからなくなった。

力ある者の責任、力を行使する理由、そんなくだらない詭弁《きべん》は鼻をかんだ後のティッシュほどに価値がない。

力とはもっと自由で、無意味なものだ。

力に意味を持たせるのは、きっと何かを為し遂げるという意志だけだ。

唇を尖らせた精霊さんが、ぷいっと顔を逸らしている。

お顔が赤いのは怒っていらっしゃるのだろうか。

「……ふん。その対価が、君のお友達とお話しするってだけなの？　言葉はもっと考えて選びなさいよ。願いを聞いてやれ、みたいなほうがいいんじゃないの？」

「それは、余計なお世話となるでしょう」

機会は作るが、後は知らぬ。

それは俺が出しゃばるべき領域ではない。

きっと誠一も、俺や精霊さんと同じだ。

「……ねぇ？」

「何か」

「……この『夜のお菓子』って、どういう意味なの？」

俺にだって、わからないことぐらいある。

＊　＊　＊

「コレ、もう完全にダメなタイプの酔っ払いだわ。蹴っても起きないし」

自分の身長を超える大蛇の鼻面に、麻衣がガンガンとヤクザキックを放っていた。

「こ、怖くないです。これもとーま様とお姉様のためなのです」

『火竜の頭骨鎚』を握り締めた美鈴が気合を入れる。

「ふ〜…よしっ。絶対に私たちも認めてもらうんだから」

目を瞑って深く深呼吸をした詩乃舞が、『巨象の肋骨鎌』を両手に構える。

「大丈夫…大丈夫…、私だってやれる。やれるんだから」

『謎の神像から取り出した腕の骨』を担いだ和香が、必死に自己暗示を繰り返していた。

「はぁ、なんて大きくて、太くて、立派な鎌首……弄り甲斐がありそうですわ」

ペロリと唇を舐めた芹恵が、扇いでいた『鯨の髭扇子』をパチンと畳む。

「……」

目を閉じた静香は、大蛇の前で静かに時を待っていた。

「これならなんとかなりそうだな」

二股の舌が、だらぁ…と垂れている大蛇の頭部を観察した誠一が頷く。

上顎から伸びている二本の大牙が邪魔になるのか、大蛇の寝姿は顔を横倒しにしていた。

それは下顎の裏をさらけ出し、弱点である『逆鱗《げきりん》』を見せているということだ。

無数の鱗に覆われた首元に、たった一枚だけ逆向きに生えている鱗があった。

色も形も、他の鱗との違いはなく、戦いの最中に狙い撃ちするのはほぼ不可能に思われた。

そんな致命的弱点である逆鱗が、動かない的となっている。

各々が担当する首の逆鱗を確認した合図が、『憑代人形《スパイボット》』を通じて送られてくる。

『じゃあ、タイミングを合わせて逆鱗を破壊するぞ。十からカウントダウンしていくから、ゼロに合わせて攻撃だ』

腰から『切り裂き《スラッシング》のククリ』を抜いた誠一が、逆鱗に切っ先を向けて手を添える。

高威力の大技は必要ない。

ただ、鱗の一枚を破壊できればそれで終わる。

問題はタイミングのみ。

泥酔して眠りこけている状態であろうとも、死に至るほど鋭敏な感覚器を傷つけられれば目も覚めるだろう。

八本の首の『逆鱗』を同時に破壊する。

それが、彼女たちの手が届く、超越級《オーバールールランク》ボスモンスターを打倒できる唯一の手段。

『カウントスタート…十…』

＊　＊　＊

『…十…』

「始まったわね」

「ええ」

結界がガバガバになっているせいだろうか。

誠一から預かっていた『憑代人形《スパイボット》』くんが復活していた。

これよく考えたら覗きに最適なアイテムではなかろうか。

無論、そのような下種ぃ目的には使用しないが、俺にも作り方を教えてほしい。

何故か幼女精霊さんから向けられる目が冷たい。

『…九…』

あまりのんびりとはしていられないようだ。

このまま八岐大蛇くんが殺害されれば、開封された結界の余波で精霊さんが吹き飛んでしまう。

まあ、正確には露店精霊さんが憑依している、結界の要石が砕けてしまう。

『…八…』

精霊さんの心境は俺にはわからない。

何しろ、軽く数百年を超えるであろう月日を生きている存在だ。

定命の人間に、その超越者の達観した心理を理解できるはずがない。

なので、これは俺自身の一方的な感傷《センチメンタル》に過ぎない。

『…七…』

「ねぇ……考え直す気は」

「精霊さん。俺に売ってほしいものがあるのですが」

『…六…』

壁ドンならぬ、岩ドンをして精霊さんと向かい合う。

やはり空間収納《アイテムボックス》には入らない。

手応えすらない。

『…五…』

招神封鎮結界の要石となっている大岩は、神様を奉るための『神籬《ひもろぎ》』という祭壇であるそうだ。

本来は『八岐大蛇』をインストールするための器だったらしいが、より神格とやらが高い『露店精霊』が招かれたことにより押し出されてしまった。

その押し出されて漏れた八岐大蛇が、『磐戸樹海』で発生していた怪奇現象の原因なのだろう。

『…四…』

精霊さん曰く、『露店精霊』の神格は俺よりもずっと格上であるそうだ。

なので、竜脈とやらの話は別にしても強引に空間収納へボッシュートはできないし、こうして神籬に触れていても俺が憑代として入れ替わることはない。

『…三…』

だが。

『露店精霊』の本質は商売の精霊さんだ。

ダンジョン七不思議のひとつ。

何でも売ってるダンジョン商店。

『…二…』

「俺に、この岩を売ってください」

「……支払う対価は？」

『…一…』

それは精霊さんが言うように、ただ機械的なダンジョンシステムとやらの一部なのだろうか。

俺は、違うと思う。

『…ゼロ…！』

「貴方《あなた》への敬意です」

俺は貴方へ敬意を払う。

第八十七章　汝の選択を

『…ゼロ…！』

「ギロチンカッター！」

麻衣の手から、回転する斬壊の指向性を付与された魔法が放たれる。

逆鱗ごと深く切り裂かれた首元から体液が迸った。

通常ならば攻性意思に反応して自動展開しているSPGP障壁も、この上なく幸せな泥酔状態にある八岐大蛇からは消滅している。

「セイッ、です！」

「ヤァ！」

「あっ……」

「ハァア！」

一斉に振り下ろされた武器の一撃で逆鱗が割られていく。

致命的な感覚器を砕かれた大蛇の首は、ビクリッと痙攣するのと同時に絶命していた。

フルパワースイングした彼女たちとは違い、喉元に屈み込んでいた誠一は、そっと鱗一枚を刺し貫いていた。

必要以上の力はいらない。

必要なのは力ではなく、正確さとタイミングのみ。
わざわざ他のメンバーに伝えるまでもないほど、誠一にとっては当然の判断だった。
左手に握った魔剣に右手を添えて、捻りながら刀身を引き抜いた。
『やった、です？』
『ハア、ハア……動かない、よね』
『……ぁ』
『やってやりましたわ！』
『ペッペッ……んもう、最悪ぅ！』
『誠一さん。状況の確認をお願いします』
深いため息を吐いた誠一が、立ち上がって洞窟を見渡す。
だらりと脱力している八首は、どれも頭を垂れたまま身動ぎもしていない。
緊急事態を知らせる『憑代人形《スパイボット》』からの合図もなかった。
「どうやら、やったようだな……」
『あ……ぁ、ああ……』
擦れるような声が、和香の胸に仕込んだ憑代人形《スパイボット》から聞こえていた。
「違っ……だって、寝返り……寝返りしちゃったから……」

カウントゼロの瞬間。

酒精の酔いにうたた寝ていた大蛇の首が、寝返りを打ったのはただの偶然《イレギュラー》だ。

ただのどうしようもない、致命的な偶然《イレギュラー》だった。

腰を抜かしてへたり込んでいる和香を、ゆっくりと鎌首をもたげていく大蛇の頭が睨みつけていた。

呼吸すらできなくなる重厚なプレッシャー。

意識を失うこともできない、被食者としての確信。

水中に尻餅をついている和香は、我知らず失禁していた。

大蛇の周囲が歪んで見えるのは、超越級ボスモンスター本来の力を起動させている証だった。

「……ひぃ……」

それは呼吸でも悲鳴でもなく、ただ喉の奥から空気が漏れた音だった。

まるで壁が倒れてくるように、和香の頭上へと大蛇の顎が降ってくる。

「――ぁ、あああああアァ!!」

ゴキン！　と顔の真横からトラックで轢《ひ》かれたように、大蛇の首が弾き飛ばされる。

その音は、殴りつけた細腕が砕けた音だ。

ざばんっと和香の前に着地したのは、右腕が奇妙な形に爆ぜ折れている夜叉だった。

ザンバラに舞う黒髪がかかる顔には、憤怒の表情が刻まれている。

その権能《ちから》は『七つの大罪《セブンスシン》』系統のクラスにおいて、最強の暴力を引き出すといわれている

『憤怒《ラース》』だ。

激高する暴力の滾りは、容易に宿業《カルマ》を暴走《オーバーロード》へと導く。

『憤怒《ラース》』のクラスが空席になっているのは、そのクラスホルダーが花火のように散っていくからだ。

ミシミシと骨を軋ませる左拳が、仰け反り返っている大蛇の下顎へぶち込まれた。

SPGP障壁の復活に伴って強度を増した『逆鱗』に、砕け散った拳の根元が突き刺さっていた。

制服を真っ赤に染めて、右腕をだらりと、左腕を肘まで四散させた彼女の前に、ボチャンと大蛇の首が落ちる。

「……ぁ……ぉ…お姉、さま？」

「ふ、うっ」

じゅうっ、と水が沸騰するような音を響かせて、欠損していた左腕が復元する。

右腕をゴキリと強引に伸ばして修復を済ませる。

それは捕食した余剰エネルギーで肉体の再生を可能とする『暴食《グラトニー》』の権能だ。

「大丈夫、ですか？」

「……あっ」

腰を抜かしたまま、呆然と見上げている和香の元にしゃがみ込んだ静香が、苦い微笑みを浮かべた。

叶馬の扱われ方を見てきた静香には、とても覚えのある顔だった。

「……私が、怖いですか？」

「そっ、んなことはありませんっ……お姉様！」

膝が笑い、腰が抜けている不様な格好のまま、和香はまっすぐに静香の胸へと飛び込んだ。

「助けてくれて……約束を守ってくれて……ありがとう、ございます」

生命活動を停止した八岐大蛇の遺骸が、ふわりと淡い燐光を浮かべつつあった。

それは八首の頭だけではなく、洞窟全体を覆っている水鏡からも生まれている。

朱色に連なる鳥居が砕けて、注連縄が解けていく。

そして、パキン、と結界が砕け散った。


「叶馬さんっ！」

真っ先に駆け寄ったのは、制服を朱色に染めた静香だ。

地底洞窟の中心にあった見上げるほどの巨石は、花弁が開くように八つに割れていた。

その砕けて倒れた岩の間に、叶馬が倒れ伏していた。

八岐大蛇から露店精霊へ、露店精霊から叶馬へと宿主を変えた霊石は、その神核と供に砕け散っている。

当初の目論見では、悠久の年月を経て超越級ボスモンスターを封滅するべく組み上げられた、

遺失術法《ロストマギアロジー》のシステムだ。

結界内に蓄えられた瘴気は臨界し、術式に従って爆縮現象を誘発させていた。

全ては計算どおりに、『神籬《ひもろぎ》』の霊石ごと、宿主を滅している。

「だから、放っておけばよかったんです、っ……」

「えっ、ちょっと、叶馬くんっ。洒落になんないから返事しなさい！」

頭を抱き寄せるように膝にのせた静香に、顔色を変えた麻衣が駆け寄る。

ピクリとも動かない叶馬の顔は、いつもどおりに表情の消えたデスマスクだ。

「……寝てますね」

「ビックリさせないでよっ？」

無意識に太腿へ頬ずりしている叶馬に、麻衣が脱力していた。

ふわふわと舞う、飽和した瘴気が放つ淡い燐光の中を、美鈴たちが駆け寄ってくる。

「お姉様、とーま様は無事なのです？」

「わっ。と、とーま様が……」

「しっかりなさってくださいましっ」

「お姉様ぁ、とーま様ぁ……」

女子メンバーに囲まれた叶馬を尻目に、砕けた神籬の巨石を前にした誠一が呟いた。

「コイツは……いったい、何が……？」

八方に割れて、砕け散った石片の他には何も残っていない。

ただ、その石片散らばる残骸の真上に、大きな光球が浮いていた。
八岐大蛇の遺骸や、地底泉から漂い舞う燐光とは違う。
その気高く神威に満ちた光の中から、古めかしい甲冑を身に纏った少女が顕現する。
ばさり、と純白の翼を広げて、手にした剣を空中に突き立てた。
美鈴たち四人組は身体の奥底から沸き上がる畏怖に、頭を垂れて跪いていた。
『盟約は為し遂げられた。契約の理により、我は汝の話を聞き遂げよう』
「あ、あ……」
気圧されて後退った誠一に向けて、小さな戦乙女が言の葉を告げる。
それはスキルの発動に使う言霊を超えた、最源言語《オリジンコード》。
森羅万象、世界の有り様を記述している約束の言葉だ。
『選択せよ！　そして言の葉を紡ぐがいい。既に対価は支払われている』
「お、俺は……」
誠一は自分の喉を右手で掴んだ。
搾り出すように漏れかけたのは、彼の願いだ。
『神酒《ソーマ》』
それは、この世に在らざる『五大秘薬《マグナメディカ》』。
あらゆる毒や病を癒やすと伝えられる奇跡の薬。
それを求め、そのためだけに彼は今、ここまで辿り着いた。

「俺は……」

『――誠一は選ぶことになります。どっちを選んでも後悔するんだけど』

誰かが、自分にそう告げていたような気がする。

選択とは、何かを選ぶということだ。

提示されている選択肢に、支払われた代償。

何を選び、何を代償にするというのか。

そして、自分は何に後悔するというのか。

誠一は自分の葛藤など知らぬげに、ただ静香の膝枕で寝ている叶馬を見た。

必ず話をさせようと、その憎たらしい友は言っていた。

だとするならば、今ここに用意された選択肢は、嗚呼、自分の物ではないのだ。

それだけわかれば、自分が選ぶ選択肢は決まっている。

事情はわからずとも、それだけわかれば誤りも、後悔もない。

「俺は……小野寺誠一です。いずれ神酒《ソーマ》を買いに伺いますので、お見知りおきください」

超然と、人間離れしたアルカイックスマイルを浮かべていた戦乙女は、ニイィと頬笑んだ。

『盟約は果たされた。我が名は『露店精霊レギンレイヴ』! 我が加護を受けし者よ。我が力を欲する時、我が名を呼べ!!』

空中に突き立てられた剣が抜かれ、周囲を薙ぎ払うように振るわれた。

『ま……対価が用意できたら私を呼びなさいってことよ』

腕を組み、とても偉そうに胸を張った戦乙女が鼻を鳴らした。

態度は偉そうだったが、あきらかに威厳が低下している。

そして静香の膝枕の上で、仮死状態となっている叶馬にお釣りを払い戻す。

『そこの魔王《まお》ちゃん、その馬鹿な男の子をクラスチェンジしてあげなさい。今なら階位を昇れるでしょう。それで目を覚ますわ』

ばさり、と翼をはためかせた戦乙女が両腕を開いた。

迸る光の奔流が地底洞窟を白く染め上げていく。

『……フン。仕方ないから、この世界を滅ぼすのは勘弁してあげる！』

物騒な捨て台詞を残した小さな戦乙女が、光の中へ姿を消していた。

誰もが言葉を失った中。

八岐大蛇の遺骸も、八方の鳥居も注連縄も、地底泉すらも消え失せていた。

残されたのは、砕け散った石片、そこに突き刺さったひと振りの剣《つるぎ》。

ついでに地底湖があった場所には、大量の倒れ伏している生徒たちの姿が現れていた。

＊　＊　＊

ガタンゴトン、とレールの上を列車が走っていく。

天然ダンジョン『磐戸樹海』に発生した原因不明のトラブルにより、林間学校は中断。

表向きは、何やら集団食中毒が発生したことになっているらしい。

そんな訳で俺たちは、急きょ手配された特別列車に乗って学園へと帰還中である。

なんというか、全然林間学校らしいイベントがなかったような気がする。

せめてキャンプファイヤーでマイムマイムを踊ったり、マシュマロを焼いて食べたりしてみたかった。

「熱い夜のマイムマイムは堪能されたようですが」

俺の隣の席は、腕をがっちりとロックした静香が占拠している。

不覚にもぶっ倒れてしまった時から、ずっと静香さんが背後霊状態になっていた。

心配させてしまったようなので何も文句はないです。

「マシュマロって焼いたら溶けちゃうんじゃないの？」

焼くと溶けるってマシュマロマンじゃあるまいし。

「まぁ、スモアという食べ方もあると聞きますが」

「えっ、なにそれ？」

「はぁ……お前らは本当、マイペースだよな」

麻衣の隣に座っている誠一が、顔に手を当ててため息を吐いていた。

あれから落ち込んでいたようだが、多少はマシになったようだ。

精霊さんとの交渉がポシャってしまったらしいので、気に病んでいたのだろう。

「いや。それは、どうだったんだか。駄目だった……ていうか」

ポリポリと頭を掻いた誠一が呟いた。

「試された、気がする……」

「ふむ」

「あの時、俺が、もしも違う答えを出してたら、どうなってたんだろうな？」

「知らんがな」

というか、俺は寝ていたので。

幼女VS近代兵器とか、映画よりもアニメのジャンルだと思う。

世界を滅ぼすとか言っていたので、自衛隊さんの出番だったんじゃなかろうか。

だが、あの優しい精霊さんのことだ。

何だかんだと理由をつけて、超法規的解釈をしてくれそう。

「ああいう存在には、できるだけ関わらないほうがよろしいかと」

「あ～、うん。あれは、なんていうか……ぶっちゃけボスよりヤバイって感じ」

どうやら女性受けは悪い模様。

「はい。と一ま様、あ～んなのです」

「お姉様も、はい。あ～んです」

座席の後ろから伸ばされてきた手で、ピンク色のマシュマロをあ～んされてしまった。

とってもテイスティ。

同じように抹茶マシュマロをあ～んされた静香は複雑そうな表情。

「はい。とーま様、あ〜んですわ」

「し、静お姉様も……あ〜ん」

追撃が来たので迎撃を敢行。

行きとは違い、帰りの電車は自由なグループ席割りだ。

すっかり仲良しグループになった四人組が微笑ましい感じ。

「静香も、めっちゃ懐かれてない？」

「……ええ。ちょっと不覚でした」

窓の外に目を向けた静香が、ひっそりとため息を吐いていた。

まあ、少しばかりトラブルもあったが、そこそこ刺激的で楽しい林間学校だった。

そう思うことにしよう。

幕間　麻鷺荘奇譚

ジィーワジィーワと蟬の合唱が響いている麻鷺荘。

とある倶楽部の手によりいろいろと魔改造されているものの、夏の暑さには容赦がない。

チリン、と風鈴が鳴る神匠騎士団《アデプトオーダーズ》の部室（仮）には、魂が抜けたような沙姫が倒れていた。

「う〜……旦那様……静姉様……」

林間学校の参加メンバーが出発して三日目。

はやばやと離脱の症状が出始めている沙姫だった。

「沙姫ちゃん、しっかりです」

「沙姫ちゃん、冷たい麦茶です」

精力的に活動していた職人《クラフター》クラスのメンバーも、まるで電池が切れてしまったように部室の隅でぐったり溶けている。

「あ～、うん。禁断症状みたいな感じかなっと」

パタパタと団扇を扇ぐ凛子も、やる気が出ずに部室で涼んでいた。

「あはは……しょうがないよ。叶馬くんがいないとやっぱり、ね？」

きゅっきゅと武具を磨いていた蜜柑も、集中できないのか手が止まっている。

「あ～……まったくもー。みんなだらけすぎじゃないの？」

竹のベンチに座った乙葉が、水を張ったタライに足を入れている。

扇風機の首振りに合わせて変な声で鳴いているが、特に理由はない。

全員押《お》し並《な》べて、やる気の破片もない姿を晒している。

もっとも倶楽部で決めた方針では、叶馬たちが林間学校に行っている間は、ダンジョンダイブも自粛することになっている。

となれば、他にすることがなくなるのが豊葦原学園だ。

「あ～、冷やしたスイカとか、トマトとか食べたい～」

「……捥《も》いできましょうか？」

畳ゾーンの上でコロンと横になっていた朱陽が反応した。

「あ、うん。寮の畑に生えてるトマトは甘くておいしいんだけど……。たまに齧ると爆発するのがちょっと」

「あは。乙葉ちゃん、こないだも真っ赤になっちゃってたもんね」

「もいで冷やせば、爆発しないはずなんですけど」

それは常温だと容赦なく爆発するという意味である。

一度包丁を入れれば普通のトマトになるのだが、乙葉はトマト丸齧り派だった。

「それじゃあ、ココナッツジュースでも……」

「あれって、どこ歩いてるかわかんないんだよね……。今朝は露天風呂のほうに生えてたみたいだけど」

激しく日本語がおかしい表現であっても、麻痺した部員たちからの突っ込みはない。

その程度のおかしさ、麻鷺荘の寮生にとってはいつものことだ。

いちいち気にしていたら精神が保たない。

第一、麻鷺椰子はかなりの気分屋として知られている。

機嫌が良いときはひと声かけるだけでココナッツを落としてくれるが、機嫌が悪いときは容赦なくココナッツクラッシュをかましてくる。

ぼーっとタライに足を突っ込んだまま、地下から氷を持ってこようかなぁ、と考えている乙葉の前を、直立したコンニャクに手足が生えたような小物体が駆け抜けていった。

晩ご飯が逃げ出したのかな、等とナチュラルに考えてしまったあたり、慣れよりも暑さで脳が茹だっている可能性が高い。

「た、大変です〜」

パタパタと部室（仮）に駆け込んできたのは、『迷宮創造士《ダンジョンクリエイター》』のスキルを使って地下倉庫を拡張していた梅香だった。


「え〜っと。つまり、麻鷺荘の地下が、ダンジョンになっちゃったってコトかな？」

急きょ開催された倶楽部会議で、団扇を手にしたままの凛子が確認する。

テーブルについた部員の大半が突っ伏したまま、垂れたパンダのようになっているので緊迫感は薄い。

「いえ、その……なっちゃった、っていうか……最初から在ったみたいで」

被告人と化している梅香が言葉を濁した。

本人にもよくわかっていない未登録《アンノウン》クラスが『迷宮創造士《ダンジョンクリエイター》』だ。

そして本人が無自覚であっても、実際にダンジョンを創造できてしまうスキルが満載で、実際にダンジョン空間を作りまくっている。

だが、今回に関しては濡れ衣であった。

「その、あの、氷室のスペースを拡大しようとしたんです。でも、これ以上の地下室を作ったら寮の構造強度が保てなくなりそうだったんで、こう、下に向けて、えいやーって」

「うん。鍛冶場《ファクトリー》もあるし、シアタールームも作ったし、ノリで作った牢獄もあるしね……」

最後の施設は捕虜を閉じ込める場所ではなく、一種のプレイルームとして利用されていた。

三角の木馬や拘束器具、鞭や卑猥なスティックなどが用意されている本格派仕様だ。

身勝手に押し入ってくる他寮の男子が連行される場合もあったが、監禁する前に泣いて謝り始めるので使用されたことはない。

「そしたら、ですね。変な地下室みたいな空間があって、そこから……」

「あんなのが出てきちゃったんだ……」

蜜柑が廊下に視線を向けると、時代劇に出てくるような番傘がビョンビョン跳ねていた。

柄の部分が大根のような足になっており、自力で移動している。

他にも目玉と口がくっついた提灯やら、茶釜に手足が生えた狸っぽいのやら、よくわからないベトベトした黒い塊やら、自力で転がるタイヤみたいな奴やら、さまざまなタイプの付喪神《つくもがみ》が闊歩《かっぽ》していた。

最初は寮生を驚かそうとしていたようだが、そこは麻痺した麻鷺寮生である。

手足の生えた扇子を扇風機代わりに拉致しようとしたり、お菓子で餌付けを試みる者もいた。

期待していたリアクションが返ってこないのに失望したのか、今は寮の中を好き勝手にうろついている。

「まー別に、寮生に危害を加えないんだったら、放置でいいんじゃない？」

ホットパンツにタンクトップ姿の乙葉が、アイスキャンディを舐めながら思考放棄していた。

「寮長として、それはどうなのかな……」

「今までだってヌルモブが湧いてたんだし、今更でしょ？」

部員のみんなに手作りのアイスキャンディを配っていた久留美が突っ込みを入れる。

「それそれ。なんか最近は部屋でヌルモブを飼うのが流行ってるみたいなんだよね。今更駆除とか始めたら、クーデターが起きちゃうわ」

クラゲっぽいモノを部屋に浮かべて癒やされていたり、こっそり大人の玩具として共生している不埒者《ふらちもの》がいたりもする。

「う〜ん、ますます麻鷺荘はお化け屋敷って噂が広がっちゃいそう」

テーブルに上ってきた、手足の生えたコンニャクマンを撫でる蜜柑がため息を吐いた。

クッキーを手渡されたコンニャクマンは、嬉しそうに座り込んでサクサクと食べ始める。

「あは。可愛いかも」

「じゃ。そういうことで、梅香ちゃんは無罪放免。っていうか、駆除とか暑いし、面倒くさい……」

「最近の乙葉は弛みすぎじゃないかな」

額に指を当てた凛子があきれ顔を見せる。

「でも、どうしてこの子たちは寮の地下になんていたんだろうね？」

「えっと、何か封印されてるみたいな仰々しい箱があったんです。けど、邪魔だなぁ……って壊したら」

推定有罪な雑さだった。

濡れ衣判定が怪しくなる所業だ。

「ん～ん。ソロリティーの引き継ぎでも、そんな変な話は聞いてないかなぁ」

「捕まえました！」

廊下を走り回っていた沙姫が、小さな猫を抱きかかえていた。

いろいろと諦めた顔をしている茶虎の猫は、二股の尻尾をだら～んと揺らしながら無抵抗になっていた。

「沙姫ちゃん、撫でさせて、です」

「です」

「あの子たちは元気ねぇ……」

その可愛らしい猫姿に興味を惹かれたのか、だれていた部員たちも一緒に囲んで愛で始めていた。

「うん。ちょっとはみんなの元気が戻ってきたかな？」

「だね！　だから梅ちゃんも気に病まないでいいよ～」

「はい。よかったです。壊した箱の中に変な穴が開いてて、なんかレイドエリアっぽいのに繋がってて、中から……恨みはらさでおくべきか～とか、人間を滅ぼすぅ～ってデスメタルなシャウトが聞こえてたりしたんですけど……気にしなくても大丈夫ですよね！」

＊　＊　＊

「……あ～、あっつうぃ……」

おどろおどろしい装飾の石櫃から出てきた乙葉が、しわがれ声で呻く。

重装甲フルアーマーの下は汗だくになっていた。

「中のほうが涼しかったです～」

「……麦茶が飲みたい、です」

「……焙《ほう》じ茶でもいい、です」

ぞろぞろと中から出てきた一行の姿は、ダンジョンアタック用のフル装備だ。

すれ違う寮生から、また変なことしてる、という目で見られながら部室（仮）へと帰還する。

風鈴がチリン、と鳴る部室の中で、装備を解除した彼女たちが疲れ果てた様子でうなだれていた。

「みんな、お疲れ様でした」

水からじっくりと時間をかけて抽出したダッチ珈琲を鬼灯が配っていく。

部員のほとんどは、カリカリに冷えたグラスを一気に飲み干していた。

「せんぱい。お代わり欲しいです～」

「はい。飲み過ぎ、お腹冷やす、ダメですよ？」

芽龍が持ってきた冷たい麦茶のヤカンに、みんなが群がっていく。

「はぁー、生き返ったわぁ……。何だったのよ、あの訳のわかんないメタルモンスターは」

物騒な台詞をシャウトしていたのは、エレキギターではなく木製の琵琶だった。

「見たことないスキルも使ってきたけど、あんまり強くなかったね～」

「というか、最初から殺意は感じなかったかな？」

それは幸いだったといえるだろう。

羅城門を経由していない状態では、万が一があってもアンデッドシステムが機能しないのだ。

「空席になった筆頭決定トーナメント戦が始まったりとか、もう何が何やらだわ」

「可愛い子たちがいっぱいだったね」

それは性的な意味ではなく、小物雑貨的なフェティシズムだ。

謎の筆頭決定トーナメントバトルは有耶無耶《うやむや》に終わってしまったのだが。

「それは問題ない、です」

「すぐに帰ってくる、です」

両手でグラスを持ち、ほっとひと息吐いている双子に乙葉たちが首を傾げていた。

「よくわかんないけど、悪さをしないように言い聞かせたから大丈夫でしょ」

麻鷺荘の住人にとっては、それが当たり前の日常。

特筆することのない、夏休みの一幕だった。

群像艶戯《アンサンブルキャスト》

・艶媚［エンヴィ］

夏休みも間近となった日常。

期末テストが終われば、学園の空気も浮ついたものになっていく。

学生にとっての夏休みは特別なイベントだ。

たとえ全寮制の学園から出られず、遠出することができなくても変わらない。

それに夏休み中であろうと、最低限ダンジョンに入らなければならないノルマが課せられている。

学力のハードルは限りなく低いが、ことダンジョンに関しては妥協は許されない。

それが豊葦原学園のスタンダードだ。

「おっし。誰もいねぇな」

階段を降りた地下フロアに、ダンジョンの入口となる羅城門が鎮座していた。

それそのものは古代の遺跡に等しい。

現代では再現できないオーパーツだ。

御殿のような周辺施設は、学園が後付けで設置したフレーバー要素にすぎない。

詰所や事務所、便所などが該当している。

「ほら、由香《ゆか》。さっさと来い」

口元にいやらしい笑みを浮かべた男子が、クラスメートの女子を男子トイレに引っ張り込んでいた。

「信之助《しんのすけ》くん……また、こんなところで」

途中で口ごもった彼女が諦めたように俯《うつむ》いていた。

一度ヤルと決めた信之助には、何を言っても無駄だと思い知っている。

彼らは壱年寅組の教室でトップレベルのパーティーだ。

ずっと五人パーティーで順調にダンジョン攻略を進めており、お互いの気心も知れている。

「へへっ。意外と穴場なんだぜ。ここの便所は」

小便器の前に立った信之助が、ベルトを外してジッパーを下ろした。

ぼろんっと顔を出したペニスが膨れている。

信之助は便器に手を伸ばして、最初から濡れている穴を指先で弄った。

「ん、ぅ」

小便器を跨いでいる由香は、自分でスカートをたくし上げていた。

すらりと伸びた両脚に、むっちりと肉づきがよい臀部。

ピンク色のショーツは隠すべき場所に穴の開いているセクシーランジェリーだった。

背中を向けたままで、指先でダイレクトに膣穴をほじられている。

目で見ずとも、そこがクチュクチュと鳴るほど粘ついているのはわかった。

「おう、このまま突っ込むぞ」

信之助がショーツをつかんで吊り上げると、紐のようになった布地が谷間に食い込んでいる。

圧迫された淫唇がスリットからはみ出し、プリプリとした感触を強めていた。

突き立てた中指が穴から抜かれて、代わりに赤黒くビンビンに勃起した先端を押し当てられる。

紐下着を装着したままの臀部に、ぬりゅっとペニスが挿入された。

小便器をつかんだ由香の手が震えた。

奥まで到達した固い異物に、便器を跨いでいる足が内股になっていた。

由香は奥歯を噛んで声を堪えた。

それは苦痛とは違う、性感帯に接続された肉棒からの刺激を堪えるためだった。

おざなりな愛撫でも問題ない。

そんなセックスには慣れっこだ。

少しずつ大胆に、遠慮がなくなってきた信之助には、午前中に何度も性処理をさせられている。

彼とのセックスは昼間だけではない。

二日に一度、保奈美と交替しながら男子寮に連れ込まれていた。

当番日は飽きるまでセックスされて、ひと晩中抱き枕にされるのだ。

今はもう彼女たちを束縛していた『お尋ね者』連中は鳴りを潜めている。

だが、連中から彼女たちを引き継いでいた信之助には、何の影響もなかった。

ウザい先輩が消えて、由香と保奈美を独占できる、そう考えて実際に実践している。

「昨夜は挿れっぱで寝たから、完全に俺のカタチになっちまってんなぁ」

「つ…、はぁ、あ、っ……」

ショーツを吊り上げた信之助が、肉オナホ穴でピストンを続けていた。

パーティーメンバーの女子三人は寅組でもトップランクの美少女トリオだ。

ムカつく先輩に媚びてでもゲットする価値があった。

ゴマすりの甲斐あって、自分しかヤレないように『落書き』で制限までかけてくれた。

由香本人やクラスメート程度の低レベルなら、そんなおまじないでも強制力が作用するという話だった。

安心してセフレに使える。

「のんびり遊んでると、竜也《たつや》と李留《りる》ちゃんに怒鳴られちまうか」

ほっほっ、と尻便器に腰を打ちつけながら、天井を見上げて口元を弛ませる。

ダンジョン攻略のパーティーは、竜也、信之助、由香、保奈美、李留で固定されたままだ。

期末テストも余裕でクリアしており、優秀なパーティーだとお墨付きを得ている。

「うっし、出すぞ。しっかり踏ん張っとけよ。由香」

「つ、ぁ……あッ」

由香の臀部を両手で抱えた信之助が、ガクガクガクと乱暴に腰を前後させる。

出せなければ中断すればいい、という考えは信之助の頭にない。

精子が出るまで抜くつもりはない。

ラブドールのように下半身を弄ばれる由香は、堪えるのをやめて快楽の波を受け入れた。

どのみち最後に信之助の精を注入されるのなら、身体のテンションをオルガズムにのせていたほうがマシだった。

受精による強制的なオルガズムのみを体験させられるのは、由香という心に大きな負担を生じさせる。

「おおお、キタキタ、発射っ」

「ひぃ……ッ！」

腹の奥に、ぶびゅうっと精液が迸る。

子宮を直撃する熱さとオルガズムに、膝をガクガクさせた由香が小便器に縋《すが》りついていた。

彼専用にされた身体は、とっくの昔に隷属している。

毎日、小刻みに射精される都度オルガズムする身体は、どこまでも彼専用に馴染みつつあった。

「あぁ、すっきりした。ふぅ～……由香も溜まってたらションベンしとけよ」

精子はしっかりと由香の膣に搾り出して、抜いた後はそのまま由香の股下から小便を出していた。

「可愛いイキッぷりだったぜ」

「……」

視線を合わせない由香が、尻を撫でられながらのキスを受け入れる。

信之助は相手の気持ちなど考えず、一方的に自分の女扱いしているだけだ。

それなのに身体へ与えられ続ける快楽が、マイナスの感情が削り取っていくのを自覚していた。

心と身体は連動しているのだ。

「保奈美もご苦労さん。今夜はお前の番だぜ。夜にたっぷりと可愛がってやるよ」

信之助の足下にしゃがみ込んだ保奈美は、ねろっと汁塗れのペニスを舐めてからちゅっちゅと後始末をしていた。

「んぅ……はぁい。信之助くん」

その返事に女の媚を感じた由香は、顔を逸らして自分の後始末をする。

だが、昨日の夜から何発も出されてきた、腹の奥に溜まっている精液はどうしようもない。

「ホレ、いつまでもケツ出してんじゃねーぞ」

由香は尻をパアン、と平手打ちされて余韻を感じてしまう婬らな肉体を、まだ認めることはできなかった。

＊　＊　＊

利用者が少ないロッカー更衣室の片隅で、一組の生徒がセックスに耽っている。

「あっ、あっ、あっ……す、スゴい…竜也ぁ。激しいよぅ」

「李留ちゃん……ダメだよ。遅れちゃう」

ロッカーに背中を預ける由香が、正面から抱き締める竜也に縋っていた。

ガタガタと扉が軋んで、足下にも甘酸っぱい汁が垂れていた。

「ちゃんと竜也のモノにしてから連れ回してぇ……じゃないと、お股が切なくて動けなくなるよぅ」

「ゴメンね、李留ちゃん。昼間アイツらに呼び出されるのは止められないんだ」

「うん。でも、アイツらに汚されたまま、竜也の側にいたくないよ……」

竜也の肩にしがみつき、浮いた足を腰に絡めた李留が甘えながら頬ずりする。

「シテ……もっと、竜也の物だって、身体を躾け直して」

「仕方ない、ね」

「あっ、あぁ……ホントにスゴいぃ、竜也のモノにされる前から気持ち、良すぎるぅ」

ぐりっぐりっ、と反り返ったペニスが膣内を掻き混ぜていく。

ちゅばちゅば、と粘膜の中で攪拌されて泡立っているのは、李留を呼び出して犯した上級生ふたり分の精子だった。

恋人のペニスに反応してほぐれていく李留の子宮に、先客の混濁精子がちゅるちゅると吸い込まれていく。

「はぅ、まだおっきくなるぅ」

「ご、ゴメンね。俺昂奮しちゃって」

ペニスにキュッと吸いつくほどの密着度に、中で掻き混ぜられるカクテルは漏れることなく溜まっていた。

「俺の精子も、李留ちゃんにっ」

「あっ、あ……イクぅ、イクぅ」

ぎゅうう、と手足も膣も締め上げて痙攣する李留がオルガズムに達する。

「ハァ…ハァ……ホント、李留ちゃんとのエッチは搾り取られる、って感じだよ……」

「う、うん。竜也が悦んでくれるなら嬉しい……けど」

誰と比べたの、という台詞は飲み込めていた。

何故なら胎内に留まっている竜也の物は、まるで栓をするように勃起し続けていたからだ。

ねっとりと舌を絡ませる口づけを済ませてから、ようやく結合がほどかれた。

「あン……竜也、苦しくないの？」

「大丈夫。李留ちゃんも準備して。由香ちゃんたちが待ってるよ」

少しだけ頬を膨らませた李留がロッカーの扉を開ける。

本来ならシャワーを浴びたいところだったが、竜也の匂いも交じっていると思えば嫌悪感もなくなってしまう。

ブラウスのボタンを填め直し、ジャケットの袖に腕を通し、スカートを穿く前に背後から尻を抱えられた。

「あん、竜也っ」

「ゴメン、李留ちゃん。やっぱり我慢できない」

ズルッと尻に射し込まれた憤りに、ロッカーに手をついた李留が頭を振った。

スレンダーな李留の腰が震えて、内股になった太腿に汁が垂れていた。

＊　＊　＊
「悪い！　遅刻した」

「おぅ、竜也。おっせーつぅの」

羅城門フロアへと通じるエントランスホールには、これからダンジョンダイブへと向かう生徒たちの姿があった。

臨時パーティーの募集を確認する生徒や、固定パーティーメンバーと待ち合わせる生徒などが入り交じっている。

サンドイッチやオニギリなどの軽食販売露店があるのは、夏休み期間に向けたプロモーションだ。

その他にもダンジョン帰りのパーティーが精算していたり、購買部の手前では物々交換によるアイテムトレードが行われていたりする。

賑やかで混沌とした、いつもどおりの日常だった。

「お前が最後だぞ。ったく、もう夏休み気分になってんのか？」

「信之助には言われたくないっての。ちょっと忘れ物があって、取りに戻ってたんだ」

「まぁまぁ、いいじゃない。そろそろ行きましょう？」

ふたりを宥める由香に、のほほんと保奈美が頷いた。

「そうですねー。順調にいけば今日中に第四階層まで到達できるかもしれませんし」

「まったくだわ。馬鹿な漫才聞いてるより、ダンジョンに潜ったほうがマシ」

腰に手を当てて小馬鹿にする李留に、信之助が突っかかっていく。

「あんだと、このっ」

「ちょっと、触んないでよね！　馬鹿が感染したらどうしてくれるのよ」

教室と変わらない、仲が良いグループのじゃれ合い。

傍目には、そのようにしか見えないだろう。

「んじゃ、羅城門まで行こうか」

「そうね。さっさと行きましょ」

羅城門エリアに続く階段を下りはじめた竜也に、李留が並んだ。

「まったく。勝手すぎんだろっつー」

「私たちも行きましょう？」

「そうですね〜」

階段を下りる由香は、無意識でスカートを押さえるように手を置いていた。

先を下りる竜也が振り返ったら、きっとスカートの中が覗けてしまう。

卑猥なデザインの下着は大事なところが丸出しで、奥に溜まっている信之助の精液が今も垂れていた。

　そんな状態を竜也にだけは見られたくなかった。

「……へっ」

　信之助は階段を下りながら揺れている李留の尻に、ごくりと唾を飲み込んだ。

　それは彼がもっとも望みながら、与えられなかったモノだ。

　その尻を視姦しながら、保奈美の尻に手を伸ばす。

「…んぅ…」

　信之助の隣に並んだ保奈美は、手慰みに尻を撫でられて甘い声を漏らしていた。

　スカートの下をまさぐられる彼女はノーパンだった。

　普段からTバックを愛用している保奈美だから、生尻を撫でる信之助も気づいていない。

　彼女の下着はみんなで竜也を待っている最中、トイレに行ったタイミングで当人から脱がされて彼のポケットへ入れられてしまった。

　その時に激しく責め立てられた穴から、ドロッと新鮮な竜也の精液が滴ってくる。

　唇を舐めた保奈美が、いつまでも尻を撫でる信之助に胸を押し当てた。

　もう片方の手でこっそり尻を撫で回されている由香も、竜也に潤んだ眼差しを向けている李留も、等しく生臭い精子を割れ目から垂らしていた。

・勇者団「ブレイバーズ」

ビィィィビィィィ……と小さな響きが、薄暗い部屋から聞こえていた。

Cランク倶楽部に割り当てられたプレハブの部室棟。

几帳面に片付けられた八畳ほどの空間は、窓も扉も施錠されていた。

入口の近くにはロッカーが、その奥には休憩スペースが設けられている。

配置はどの倶楽部室も同じようなものだ。

そして他の倶楽部と同じように、部室の奥にあるのは交尾目的でしか使われない仮眠ベッドだ。

彼ら『勇者団《ブレイバーズ》』の倶楽部室では、四人の女子部員がベッドで四つん這いになっていた。

彼女たちは窓へ向かって頭を垂れながら、捲られたスカートからはみ出した色とりどりのショーツを見せびらかしている。

そして全員がショーツの隙間からコードを延ばしていた。

右から聖菜《せな》、志保《しほ》、美依《みい》、奈々実《ななみ》から伸びたコードの先は、ベッドの前に座り込んだ虎太郎《こたろう》の右手に握られている。

聖菜、志保のスイッチは上限に、美依、奈々実のスイッチは弱めに設定してあった。

各々の調教進度に合わせた気遣いだ。

狭いベッドで整列している彼女たちは、声を押し殺しながら下腹部の奥で振動音を響かせていた。

「みんないい子ですね」

目の前に並んだ尻を満足そうに眺めた虎太郎が、膝にのせている五人目の尻を撫でた。

陸上のスポーツウェアには、水着と代わらないハイレグデザインも存在している。

その日焼けした尻のラインを指でなぞり、そのまま弥生《やよい》の股間へと滑り込ませた。

指先は蜜を零れさせた穴へと簡単に沈んでいく。

「あ……、ぁ」

ぬりゅ、とようやく内側まで挿れてもらえた指先に、弥生は感極まった喘ぎを搾り出す。

自分が一番締まりがいい、と虎太郎から褒められている弥生は、次のご褒美を求めて尻を揺すった。

彼らの所属している倶楽部は『勇者団《ブレイバーズ》』。

一年丙組のクラスメートで結成された倶楽部だ。

部長である『勇者』クラスの和人《かずと》、『闘士《ウォーリア》』にチェンジした剛史《たけし》、そして『陰陽師《オンミョウジ》』となった虎太郎《こたろう》の三人が男子で、残りの構成員はすべて女子生徒になっていた。

主力になっているのは男子だが、女子も戦える人材がスカウトされていた。

決してルックスだけで仲間に選ばれたわけではない。

ダンジョン攻略も順調で、メンバーのレベルも学年上位に至っている。

特殊なクラスを獲得した和人が目立っていたが、他のメンバーもただの腰巾着ではなかった。

本来であれば、今期一番の注目株、そうなっていたかもしれない。

実際、そのように思っている生徒も多かった。

外から見れば、やはり目立つのは彼らだ。

いろいろと規格外なことをやらかすクラスメートの噂は、悪評を通り越して学園伝説にしか思われていない。

丙組以外の教室からも勇者団への入部希望や、逆にライバル視する者が増えていた。

今頃ちょうど部長の和人は、呼び出された相手にファンサービスをしているはずだった。

「……あ、……あ、……あっ」

弥生の中に入っているのは中指一本だけだ。

スナップを効かせた手の動きが、彼女の秘所を弄んでいる。

女子メンバーの管理は虎太郎の役目だった。

少なくとも虎太郎本人は、そのように考えて実践もしている。

弥生をはじめとしたクラスメートの女子メンバーについては、丁寧に仕込んで全員隷属させていた。

もちろん部長や脳筋に交尾されて隷属を外されることもあるが、その都度こまめに上書きしている。

房中術的な隷属のシステムを把握していれば不可能ではない。

幸か不幸か、虎太郎はその手の才知に長けていた。

手間を惜しまず、一度釣った魚は大事に囲い込むタイプだ。

「こ、コタロー…さま。お願い、コレ…コレを」

弄くり回される肉穴から汁を垂らした弥生が哀願する。

「駄目です。弥生は最後に挿れてあげますからね」

「あァ……そんなっ」

「虎太郎様ぁ……あんっ、あんっ！」

無造作にショーツがずり下ろされた志保の穴へ、ズボッとペニスが突き込まれる。

ペニスが挿入された穴にはコードが挟まったままだ。

丸い卵形の振動器具は、異物に押しやられて奥底にまで埋まっている。

最初に選んでもらえた優越感に、女としてのプライドが満たされる志保が尻を揺すっていた。

「ああん、虎太郎っ……」

「やんっ、コタくんっ……」

器用に振動の強弱を操られる聖菜と美依が、自分が一番気にかけてもらえたという喜びに尻を震わせた。

倶楽部の乱交セックスでも、最後にはちゃんと虎太郎が後始末をして身体を鎮めてくれるのだ。

彼女たちはみんな、特別に自分が大事にされている、と信じていた。

「イキますよ。ちゃんと受け止めてくださいね」

「イクっ、虎太郎様のおちんちんで、イク、イクぅ！」

奥へとたっぷり放出した虎太郎は、くすぐるようなローターの振動で再度勃起するまで志保の中に居座った。

子宮まで伝わるブルブルとした振動に、志保は下腹部を痙攣させ続けながらイッていた。

再起動したペニスがピンク色の粘膜から引き抜かれる。

ヒクヒクと蠕動する穴からコードが垂れていた。

入り込んだ空気とローターの振動で掻き混ぜられた女性器から、泡立った粘塊があふれ出してくる。

志保は止まらないオルガズムに脳裏を焼かれながら尻を痙攣させていた。

「一応、奈々実の具合も試しておきましょう」

「あ、虎太郎、くん……んぅ！」

特別扱いを嫌う、というよりも怖がっている奈々実が、頭を垂れて尻を掲げた。

平凡に、普通として扱われることに安堵する。

特別な関係は恐怖でしかなく、その他多勢のモブ扱いされることで心が安らぐ。

そんな本人も自覚していない心理を汲み取って、ただのセフレ扱いしてくれる虎太郎に服従することは、奈々実にとって心地がいいことだった。

一方的にズブズブと女性器を使われる性処理セックスはとても安心できた。

それぞれの女性心理を満たし、くすぐって手玉に取る。

特殊な環境とレベルアップで覚醒した虎太郎の手腕は、立派な異能といえた。

もう少し目覚めるのが早ければ、間違いなく彼のクラスは『男娼《エルフ》』となっていたはずだ。

「コタくぅん……」

「虎太郎、イイよぉ……」

ずぷっずぷっ、と気の向くまま差し出された穴を行き来する虎太郎は、順番に種を植えつけていく。

挿れっぱなしのローターで精液を撹拌《かくはん》すれば、より効率的に彼女たちへ精気を滲透《しんとう》させられる。

何より、精子に犯されているような連続オルガズムで溺れている彼女たちは、とても愛らしく昂奮するオブジェとなっていた。

「さ。お待たせしました。弥生」

「コタロ……コタロー」

「後は門限までゆっくり、たっぷりと弥生のおマンコを可愛がってあげますからね」

四人分の愛液に塗れた虎太郎のペニスが、濃密な蜜を漏らしている弥生の女陰に押しつけられた。

それだけでイキかけている弥生の尻にヌルヌルと滑り込んでいく。

「弥生は剛史のお気に入りですからね……。ゴリラの相手は大変でしょう」

「あっ、あっ、ああっ…コタローぉ」

仰向けでしがみついた弥生の足が空を掻く。

作品の手入れは終わったので、残り時間は弥生を使って楽しむつもりだった。

「ふむふむ……これは使えますねぇ。ふっふふ」

弥生の膣をピストンしながら、四人分のスイッチを微調整する。

艶かしい小鳥の合唱が心地よかった。

虎太郎にとって作品の手入れは苦痛ではないし、むしろ楽しみであったが物理的な限界はある。

性臭が籠もった部室の中。

弥生の尻に跨がった虎太郎が、ゆるゆると腰を振っていた。

「…ん、ぁ、んぅ……」

ヌルンっと吐き出されたペニスの先端を、指先で押して膣の穴へと戻した。

焦らされたことで吸いついてくる弥生の膣は、早々に射精してしまったほど気持ちよかった。

それにエロチックな日焼け跡は、虎太郎のお気に入りだ。

引き締まった臀部のツートンカラーは、まるで下着を穿いたまま貫いているようなヴィジュアルで昂奮した。

日頃からタイトなパンツを穿いて尻を日光浴させるよう、命じている甲斐があるというものだ。

「最高の絞まり具合ですよ。弥生のココは」

「うん！あぁ……コタロー…私も気持ち、イイよぅ」

耳元で囁かれた弥生は、脳味噌を蕩けさせたアヘ顔になっていた。

＊　＊　＊

キンキンと硬質な音が響いた。

切り裂かれる空気に、汗が飛び散った。

「ふっ。そろそろ素直になったらどうだい？」

「テメエ、キモイんだよ！」

学生決闘《メンズーア》による決闘結界。

軽々とハルバードを操っているのは、今代の『勇者』クラスを得ている和人だ。

対するのは、制服が原形を留めないほどに改造しているヤンキー系女子だ。

髪をサイケデリックな色に染めて、濃くケバい化粧をした彼女のセンスは、少しばかり時代錯誤だった。

全国から生徒を集めている豊葦原学園にはいろいろなタイプがやって来るのだ。

「キャンッ！」

振り下ろした鎖鞭《チェーンウイップ》が『偽銀斧槍《ランペルスティルギア》』に絡み取られて、足下を薙ぎ払われた。

その場で尻餅をついた女子に切っ先が突きつけられる。

妙に可愛らしい悲鳴をあげたことを自覚しているのか、その顔が真っ赤に染まっていた。

「勝負あり！　そこまで」

決闘委員会のジャッジが宣言された。

通常の学生決闘において、死闘レベルのバトルが行われることはほとんどない。

決闘レベルの申請で『何でもあり《バーリトゥード》』を選択するのは余程の物好きだけだ。

汎用ルールでは、最初に血を流したほうが負け、転んだら負け、などの比較的マイルドなものが多い。

しかし、一時期メンズーアを頻発させていた、問答無用でバーリトゥードを強要する謎のヒゲメガネ怪人に慣れた決闘委員には、物足りない仕合に見えてしまった。

それなりに観客も盛り上がっていたが、注目していたのはバトルではない。

「……アタイの負けだ。焼くなり煮るなり好きにしろ」

へたり込んでいた女子が投げやりに吐き捨てた。

決闘結界も解除されて、後始末を終えた決闘委員は撤退していた。

だが、何人かの見物人は残ったままショーを見物している。

「残念だったな。やっぱ負けちまったぜ」

「あッ、あッ、あッ！」

立会人の剛史が、抱え込んだ賞品に腰を打ちつけていた。

背後から太股を抱えられてホールドされた女子生徒は、顔を手で隠しながら身悶えている。

スカートの中を観客に向けられて、結合部は丸見え状態だ。

気の強そうなヤンキー系美少女が、パワー系ゴリラ男子にレイプされているのは見応えがあった。

「いや、負けてくれてラッキーだったな。これでお姉様から折檻《せっかん》されずに済むじゃねぇか」

「ねっ、ねぇ、お願い、せめて、もうちょっと、優しくぅ」

見物人が盛り上がっていたのは、バトル開始前から続いていたレズ寝取りショーのトトカルチョだ。

賭けの対象はレズカップル復権の可否ではなく、公開セックスのフィニッシュ回数だった。

はたして抜かずに何発イケるのか、煽りに乗った剛史もカウント申告をシャウトしながら証拠物件を見せびらかしている。

残っている観客は三回以上に賭けた観客のみだ。

「遠慮すんなって。俺もまだヤリ足りねぇからな」

「ち、ちぎゃ、ぅ、んあっ、んいぃ！」

剛史のパワー系レイプに翻弄されるヤンキー女子は、堪えられず舌を出してアヘ顔を晒し始めていた。

「うっしゃあ！　四発目発射だぜぇ」

「んひぃ、いきゅ、うううっ！」

観客と元カノに見られながら、オルガズムしたヤンキー女子が潮を吹いていた。

「へへっ。コイツぁマジぴったり填まるぜ。せっかくだし、俺のパートナーってヤツにしてやるか」

射精しながら腰を振る剛史が一方的に宣言する。

「ち、畜生……」

唇を噛んだ対戦相手に歩み寄った和人が膝をついた。

「嘆く必要はない。そうさ、もう君だって俺たちの仲間なんだから！」

「な、なに言ってンだ。テメェ……」

気持ち悪そうな顔で見上げる女子の顔に、和人の手が伸ばされる。

それは立ち上がるために貸す手でもなく、握手を求める手でもない。

決闘結界の残滓、瘴気の名残が権能《スキル》を発動させる。

「えっ？　ぁ……う、うん。ゴメンよ……アタイ、素直になれなくて」

「いいんだ。過去《チャスティティ》は必要ないんだよ」

「あっ……」

頬を撫でた手が、艶やかな黒髪を梳いた。

その垢抜けていない美少女を見詰めながら、微笑みを浮かべて抱き締める。

「あ、いや……恥ずかしい」

「コレは仲間になる儀式さ」

ぼーっとする元ヤンキー女子は、魅入られたまま硬直していた。

怒りや苛立ちは薄れて、戸惑いや恥ずかしさが湧き上がってくる。

子どもの頃の追憶やトラウマが、シャッフルされたように入れ替わっていく。

まるでリセットされた感情をグチャグチャに掻き混ぜられているようだった。

「え、いや……だめ、こんなこと」

「俺に身を委ねるんだ」

下品なほどにセクシャルな赤いショーツを引き下ろし、なされるがままの女子生徒を正面から貫通した。

「い、いたっ……ぁ？」

剥いた茹で卵のように艶かしい尻の谷間。

突き刺さったペニスに、赤色の滴が絡みついていた。

「大丈夫。君は汚れてなんかいない。何度でも俺が奇麗にしてやるから」

「う、うん、ぁ、あん……んひぃ」

だから、些細なものには執着しない。

理想を諦める必要などない。

最高の相手を、望むだけ試しながら探し出すだけだ。

どれほど手折られた花であれ、常に真っ白な新品をリサイクルできるのだから。

「あぁ、やっぱコイツ志保や弥生よりずっと具合がいいぜ」

もう失神した女子を肉オナホにしている剛史が、観客の手拍子に合わせて腰を振っていた。

・孤軍道化師［クラウンデライト］

——穿界迷宮『YGGDRASILL』、接続枝界『黄泉比良坂』——

——第『伍』階層、『既知』領域——


「……あぁ…やぁ…すばるぅ」

「はぁ、はぁ、はぁ……だ、ダメ、止めてよ。風薫《ふうか》ぁ」

ダンジョンの第伍階層。

モンスターを掃討した玄室の隅で、三人の男女が乳繰りあっていた。

壁に手を付いて尻を突き出した琉華《るか》。

その琉華に背後から重なり合うように挿入している昴《すばる》。

そして背後にしゃがみ込み、昴の尻を掴んで谷間に顔を埋めている風薫。

アナルの窄まりを舐めていた舌先が、ぐいっと中へ入れられた。

「ああっ……」

と喘ぎ声を漏らして果てたのは昴が先で、琉華よりも色っぽく艶かしかった。

呆然と腰を抜かしている昴を抱き締めた琉華が、同じ境遇の先輩に抗議の視線を向けていた。

満足げにチロリと唇を舐めた風薫は、素知らぬフリだ。

非戦闘クラスに分類されている文官《オフィサー》の昴は、ダンジョンでの戦闘を召喚モンスター『琉華』と『風薫』に頼っていた。

文官スキルである『具象化《リアライズ》』の法則により、カードから召喚したモンスターが得たＥＸＰは、術者とモンスターに分散される。

三人でダンジョン攻略を続けている現状では、昴のレベルが少しずつふたりを上回っていく。

それは、いずれ『具象化』能力のキャパシティが上昇して、ふたりを完全支配してしまうことに繋がっていた。

「ああ、ぁ」

風薫が手を伸ばして、昴の唾液に塗れてほぐれたアナルに、つぷっと指先を突き立てる。

琉華は昴の身体を抱き締めたまま、強制的に勃起させられたペニスをゆるゆると扱いていく。

レベル上げよりもセックスを優先させるようにする、これは調教だった。

「ゴメンね。昴……代わりに何でもシテあげるから」

レベルを上げれば、ダンジョンをより安全に探索できる。

先へ進むためにもレベリングは必須だ。

だが、今以上を求めようとしなければ、無理をしてレベルを上げる必要はない。

琉華は、風薫の提案に迷いながらも同意していた。

昴の望みは知っている。

それでも、自分が元に戻れなかったとしても、昴がダンジョンの中で自分たちと同じような目に遭うよりは。

「昴、挿れて……いっぱい出して」

「琉華……ぁ！」

尻穴を弄られながら琉華に跨がった昴は、思い切り射精を注ぎ込んでいた。

＊＊＊

「へぇ……」

回廊の壁に寄り掛かった男子が腕を組んでいた。

地味なルックスで外見にも特徴がない彼の特技は『埋没』だ。

自分でも影の薄さには自信があった。

いつの間にかそこにいて、いつの間にか消えていても、誰も気にしない。

気づいてもらえない。

そんな自分の名前、岳彦《たけひこ》を覚えているクラスメートがいるのか疑問なくらいだ。

何しろ壱年丙組には、格別に濃いメンバーが揃っていた。

イケメン勇者と愉快な仲間たち、昭和からやって来たヤンキーボーイズ、追い詰められたレミングス状態のモブ軍団、登場する世界を間違えているコズミックホラー存在など、蠱毒《こどく》の壺かと突っ込みたくなる品揃えなのだ。

とはいえ、そんな連中に仲間入りしたいとは岳彦本人も考えていない。

影の薄さを初めてありがたいと感じていた。

普段は周囲に埋没して、放課後はすぐに教室を抜け出している。

単独行動には慣れていた。

それがダンジョンの中だとしても同じことだ。

「コレって、そういうモノなのか」

岳彦がポケットから取り出したのは一枚のカードだ。

絵柄はアイドルのブロマイドにも見える。

臨時パーティーの常連である岳彦は、パーティーが全滅するシーンに立ち会う機会も多かった。

そして、そんな状況でも平然と生き残ってしまう。

彼のクラスは遊び人《ニート》系の第三段階《サード》『道化師《クラウン》』。

ある意味、正統進化形の上級ニートだ。

デバフと自己バフに特化している、使い道の微妙なスキルが満載なのも変わっていない。

基本六クラスに含まれるアーキタイプ系統でありながら、ニート系のハイクラスチェンジャーは数が少なかった。

それは非戦闘クラスという理由もあったが、そもそもニート系になるような素質の持ち主に、レベル上げをするような勤勉さはないのだ。

岳彦が一年生としては上澄み中の上澄み、第三段階クラスチェンジャーになったのはとてもレアな偶然だ。

第一段階のニートから直接、第三段階のクラウンに昇格したのだ。

スキップクラスチェンジ。

クラスチェンジの段階を飛ばして、上位クラスへとチェンジするチート現象を指している。

本人とクラスの相性、素質が関係していると考えられており、意図的に発生させることはできない。

「おいコラ、バカタケ。ちょっと気合入れてファックしろ」

「いやさ、千咲《ちさき》ちゃん。……もう他のメンバーは全滅してんだし、さっさと帰ろうぜ？」

壁を背にしている岳彦の正面には、ツルッとしてペタッとしている小柄な『暗殺者《アサシン》』が立っていた。

マジックアイテムの黒いマフラーで顔半分ほど隠れていたが、恐ろしく容姿が整っているのがわかる。

炭で塗ったような目元の隈と、病的に歪んだ瞳孔さえ気にしなければ、だが。

「オレがアクメする前に萎えさせたら、腹ブッ刺してブッ殺す」

彼女の両手には、黒い刀身の短剣が握られていた。

そんな状態で後ろ向きに押しつけている尻が、前後左右に動いている。

千咲も岳彦と同じく、臨時パーティーをメインにダンジョン攻略をしている同級生だった。

基本的にはその場限り、毎回組む相手が変わるのが臨時パーティーだ。

それでも臨時メインで活動している常連になれば、自然と顔くらいは覚える。

「なんでこんなの引っかけたんだろうな。俺って」

「ア、んふッ……黙って腰振ってろ。ブッ刺すぞ」

千咲との馴れ初めは岳彦が元凶だった。

直接戦闘では微妙なニート系スキルだが、色んなシチュエーションで応用できる汎用性があった。

それをモンスター相手ではなく対人に、それも性的な悪戯に使用したのは岳彦の出来心だ。

具体的にはスキルを悪用してこっそりと、本人にも気づかせないように小細工して臨時セフレを量産したのだ。

臨時常連の奇麗どころをチョイスして、ご機嫌な無自覚オナホハーレムが完成したはずだった。

「クソッ、イクッ、バカタケチンポ気持ち、イイ」

「おーい。ぶすっと刺したら流石に萎えるぞ？」

「ウルセェ。じゃあ、お前の固くてぶっといの、もっと刺せ、腹に何本もっ！」

割腹自殺されたら確実に萎える。

握った短剣を押さえながら、代わりに激しく腰を動かしてやった。

ダンジョンの中だが、実際にソレを千咲は何度かやらかしていた。

重度の自傷癖、強烈な自己破壊衝動のあるマゾヒストである。

他にもさまざまなタイプの人格破綻者が岳彦の元に集まってしまった。

自分と同じように、協調性ゼロな臨時パーティーの常連。

見栄えだけは最高の、中身最悪なハーレムメンバー。

「クソッ、クソッ、イクッ、イクッ、刺せ、もっとブッ刺してぇ！」

「なんでこうなった」

上手くやれていると思っていた。

何がきっかけで彼女たちにバレてしまったのかわからない。

普通じゃない彼女たちは『普通』の肩書きを欲していて、岳彦は彼女たちに利用されていた。

彼が結成させられた倶楽部『仮面道化師《アルレッキーノ》』。

『普通』の仮面をかぶったアブノーマルが、自由気ままに活動するための肩書き。

部室もなく、部員同士の交流もなく、ただ他の倶楽部からの勧誘を避けるために所属する、排他的な幽霊部員の集まり。

全員が臨時の常連なので同じパーティーになることも多いが、ろくに会話もしない徹底的な自己中集団だ。

面倒ごとを押しつけられた岳彦にも、一応見返りが用意されていた。

それが自由オナホ権だ。

「まあ、タケの好きに犯していいけど、私たちも満足させてね。溜まったらコッチからも襲うし」

身も蓋もない提案が、彼女たちの総意だった。

学園生活で性処理が必須になるのは男子も女子も変わらない。

どんなトラウマや性癖があっても発散する必要があった。

性格も性癖も歪んで捻れ、まともな男女のセックスなど望むべくもない彼女たちにとって、岳彦の暗示オナホセックスはちょうどいい解消法になっていた。

「外に出てもクソ暑いんだよなぁ。シャワールームで水浴びでもするかね、千咲ちゃん」

「ンっ、そこっ……もっと、腰振って、犯せよ。っていうか、もっと刺して、色んなのっ」

「はいはい、このまま帰っちまおう。なんか最近、外でもスキル使えるし……」

指先で摘んだカードを、ピンっと弾いて玄室の中へと捨てる。

舌を出して暴れている千咲を抱えたまま、岳彦はダンジョンからの脱出スキルを発動させていた。

彼にとっては価値がないカードだ。

それでも岳彦の根底にあったのは、厄介事には関わりたくないという責任放棄でしかなかった。

＊　＊　＊

「……ぁ…おねがい……風薫。……指を、ぬいて…」

下半身を丸出しにした昴が、寄り添った風薫から操られるように歩を進める。

昴の尻にあてがわれた掌から、二本の指が肛門の穴に差し込まれていた。

クニクニと弄られる指先からの刺激に、昴の陰茎はしゃくるように痙攣していた。

「昴は見てるだけでいいからね。私たちが絶対に守ってあげる」

片手にダガーを、片手に昴のペニスを握った琉華が先導する。

『天敵者《アグレッサー》』を喚んでしまう前に玄室を移動しようとした琉華が、ソレに気づいた。

「……嘘、なんで、これがこんなところに……」

フロアの床に、何の脈絡もなしに落ちていた一枚のカード。

ブレザーの制服を着ているひとりの女子生徒が描かれた、それはモンスターカードだった。

トラップを疑いながらも拾い上げようと屈み込んだ琉華に、背後から奇襲する者がいた。

「琉華っ」

「あっ、す、昴……ま、まって」

「ああっ、琉華。我慢できないよ……。気持ち、イイっ」

幼馴染みの下半身にしがみついた昴が腰を突き出した。

ふたりのスカートの中は、いつでもすぐ挿れてもらえるようにとノーパンのままだ。

背後から腰を掴んでパンパンパンと撃ち貫かれるケダモノ交尾に、琉華は子犬のように喘ぎながら振り返った。

「だっ、ダメ……昴ぅ。ルームを移動、しないと……あっ、あっ」

「そのまま」

マイペースに促した風薫が、琉華の取り落としたカードを拾い上げていた。

にんまりと微笑み、必死に動いている昴の尻を撫でた。

タイミングを合わせてプッシュしながら前方に進めていく。

「えっ、こんなっ……パンパンしながら、歩く、なんて……あんっ」

「だって、琉華の中、すごく気持ちいいから」

よちよち歩きで腰を振りながら、手押し車のように琉華を操縦していく。

「こう、して、ダンジョンを探索すれば、よかったんだね」

「あっ、やんっ、ダメぇ…」

「風薫。前衛は頼んだよ」

「うん」

何かに目覚めたような顔をしている昴に、満面の笑みを浮かべる風薫が頷いた。

自分たちのカードが入っている彼の胸ポケットに、そっと新しい一枚を滑り込ませた。

「次は、風薫が交替、だよ」

「うん。いっぱいしよう」

「ダメ、イクッ、イッちゃう……ぅ」

同時に使役するカードが増えれば、それだけ昴の支配力も低下する。

そしてパーティーの戦力が増えれば、それだけダンジョンの危険度も下がっていく。

彼女たちにとっても、昴にとっても、悪い話ではなかった。

不運にも『抽象化《アブストラクション》』してしまった、見知らぬ女子生徒を除いては。

・一心仙念＆一心仙女［パブリック］

今年の一年中組は、学園から観察対象として認識されていた。

特別に優秀、あるいは異質な個人がいるわけではない。

ただ、意図せずスペックが同じ程度の生徒たちが揃っていた、その程度だ。

サンプルには都合のいい教室だった。

男子二十名に女子二十名。

それも他の教室と変わらない。

彼らと彼女たちがサンプルとして注視されているのは、今までにない特殊なシステムを自分たちで採用し始めたからだ。

男子がクラスメートの女子全員を、女子がクラスメートの男子全員を共有《シェア》する。

そんなルールを提案して実行している。

学園が用意したパートナー制度は、あくまで一対一の契約だった。

房中術の陰陽思想によれば、男は精を放ち、女は精を受け容れるものだ。

実際にそれは、性行為によるＥＸＰ偏倚でも確認されていた。

レベルアップという視点から見れば、一方的に女性が優位になっている。

ただし、代償として精を注がれる回数が増えるほど肉体が馴染んでいく。

それが隷属と呼ばれる現象であり、パートナー制度はある意味で救済措置と考えられていた。

＊　＊　＊

「おっはよーさん」
教室に入って朝一の挨拶をかます。
気怠い朝の空気も、うんざりするくらい暑くなってきた。
うちの教室に限っては、夏になってもヤルこと変わってないけどな。
「猿浄《えんじょう》、オハ。朝っぱらから元気だなぁ」
クラスメートのダチが生欠伸しながら腰を振っていた。
いやいや、朝からヘコヘコ腰振ってるお前のほうが元気余らせてんだろ、と。
ソイツの席で机に肘をついているのは、夏服スタイルの女子だ。
谷間が見えるほど胸元はオープン状態。
下半身に至っては、短いスカートを捲り返されて丸出しにされている。
スゲェ涼しそうだ。
まあ、クラスメートの半分くらいの女子が、そんな感じにケツを丸出しにされていた。
これが俺たちの教室では当然で、毎朝の光景だ。
以前は物珍しそうに覗きに来る連中もいたが、最近は落ち着いたな。

飽きたんだがあきれたんだか知らんけど。

「おはよ。早いね、猿浄」

「そりゃな、百合子を待たせるつもりはねーよ」

今日の俺のパートナーがあきれ顔になっていた。

コイツは真面目な女だから登校時間も早いんだ。

ムスッとした顔は愛想がないとか男子にいわれてるが、俺好みの美少女だぜ。

「別に待ってないし」

自分の席にカバンを置く。

ちゃんとついてくる百合子はやっぱ律儀だな。

つーか、猿組の女子生徒が自分の席に座ることなんて、ほとんどないんだけどよ。

授業が始まっても彼女たちが座る場所は、自分のパートナーになった男子だ。

「どれどれ」

俺は手を伸ばして百合子のスカートを捲った。

普通ならビンタと悲鳴がセットになってる痴漢行為も、この教室に限っては許された。

ああ、日替わりパートナー以外にやったら、流石にちょっとは文句を言われる。

一言断ってから捲れって。

その女子をパートナーにしてる男子からな。

何しろクラスメートの女子は全員、俺たち男子の誰かとパートナーを組まされている。

女子二十人は二十日間かけて、男子全員のパートナー役をローテーションしてるんだ。

俺も女子全員と経験済みだし、女子も男子全員を経験済みだ。

貞操なんて言葉は申組の辞書にねーんだわ。

それもこれも、俺たちの教室限定で施行されてる特殊ルールがあるからだ。

どんなルールかっていうと――。

その一、壱年申組の男子と女子は、一組ずつの一日限定パートナーになること。

その二、パートナーになる相手は毎日、違う相手になるようローテーションを組むこと。

その三、女子はパートナーとして誠実に、男子へ（性的）奉仕すること。

最高に頭悪そうなルールだよな。

学生決闘《メンズーア》で勝ち取ったオフィシャルな権利だから、学園側からもマジメに守ることを強要されてたりする。

いや、明文化された時点で、権利から義務に変わっちまったんだ。

「おっ。俺が買ってやったの、ちゃんと穿いてんだな」

「……パートナーになった日くらい、穿いてあげるのが礼儀でしょ」

百合子の尻に食い込んでるのは、俺がプレゼントしてやったYバックのエロショーツだった。

モノトーンのシンプルな柄だけど、はみ出しそうなくらいに際どくて実用的なデザインだぜ。

柔らかい尻肉を撫でながら、捲ったスカートの裾をベルトに巻き込んでやる。

後ろからお尻を丸見えにしてやるのが俺流だ。

もっちりと肉づきがいい百合子のケツは、やっぱ俺好みだ。

だからプレゼントを渡してんだけどな。

俺たち中組の生徒は、全員が強制的にパートナーを組ませられる。

たとえば好きになった相手を独占したいとか、他のヤツに渡したくないとか、そういうNG行為は許されない。

平等に機械的に入れ替わりは続いていく。

つまりノーマルな男女交際とか、惚れた腫れたは御法度ってことだ。

「……コラ、猿浄。教室でキスはダメ」

嫌って言われてもするけどな。

百合子は俺のお気に入りだ。

イケメン趣味のコイツには、ブサメンの俺なんか眼中にないのはわかってる。

俺を含めたブサメン男子組は、強制ローテーション大歓迎ってもんだぜ。

登校してきた連中も増えてきた教室で、百合子と舌を絡ませながらキスに耽った。

ぶっちゃけ誰もコッチなんて見てねーんだわ。

みんな互いのパートナーが登校してきたら、朝一の即合体がルーティンになってる。

俺たち男子は精力アップ目的でダンジョンに潜ってるからな。

全員クラスチェンジも終わらせてるし、より良質なセックスのためにレベルアップにも励んでる。

セックスが目的なのに成績もアップしてるのが笑えるぜ。

お尻を撫で回しながらキスも続けて、胸元のボタンを外していく。

百合子のオッパイサイズは小さめだ。

本人も気にしてるらしいんで、可愛いフリルでいっぱいのブラジャーを買ってやった。

「ん〜ぅ……はぁ、はぁ、はうぅ」

ケツを出して胸元をはだけさせた、中組流サマースタイルになった百合子をバックから突き上げる。

やっぱ朝一の挿入は新鮮感があるぜ。

百合子の膣を、俺のペニスがずりずりと押し広げていく感触。

このほぐれてねぇ感じ、昨夜は抱き枕に使われなかったらしい。

俺もたっぷり百合子とヤルために昨日はひとりで早寝してる。

登校中に勃起してたくらいだ。

「百合子はホント最高だぜ」

机に手をついた百合子のケツを、立ちバックで捏ね突いていく。

俺なんかが相手でもキスに反応してしまったのか、膣穴はねっとりと滑っている。

気分も盛り上がるってもんだ。

「ぁ、もっ……バカ、猿浄の、にぶちん…はぁ」

悪口を呟いている百合子はガン無視する。

不本意だろうが、今日の百合子は俺のモノだ。

まずは腹に溜め込まれた他の男の精気を塗り替えてやる。

『隷属』っていう状態異常らしいが、うちのクラスの女子たちはそれの抵抗力がほぼゼロになってるそうだ。

仕組みはわからねぇが、濃いのを二、三発中出しするだけで俺専用の身体に上書きできる。

「あ〜キタキタ。濃いのイクぞ。しっかり受け止めろよ、百合」

「あっ、あ、ぁ…ばか、猿浄の、ばか」

溜めてただけあって濃厚なのがいっぱい出た。

机に突っ伏した百合子は、俺に抱えられたままのお尻をピクピクと身悶えさせている。

これは手応えアリだな。

毎日クラスメートの女子を隷属寝取りしてるんで、何となく成功の手応えがわかるようになった。

これで明日の朝まで、百合子は俺専用のメスになった。

つーか一発で堕ちるとかケツが軽いのか、いや、毎回だから百合子と俺の相性がいいってことか。

ブサメンと身体の相性がいいなんて、百合子にはお気の毒だな。

俺は百合子のケツを揉みながら、抜かずのピストンを再開する。

クラスチェンジするくらいモンスターを狩ってレベルも上げていけば、こんなふうに射精しても萎えない絶倫になる。

予鈴が鳴った頃には、揃ったクラスメートがみんなでパンパンと音を鳴らしていた。

座席の半分は空席のまま。

ひとつの席に、男女がペアで座るんだから当然だな。

担任の教師が入ってきても、いつもどおりの光景に突っ込みの言葉はない。

俺は椅子に座って、百合子のヤリたてプリケツを撫でながら号令を待った。

真正面から眺める彼女の臀部は、やっぱ写真に残したいほどエロい。

つーか実際に電子学生手帳使って、何枚かパシャってやった。

ムチムチとした谷間にYバックショーツが食い込み、捲って突っ込んだ穴からメスの匂いがプンプンしている。

たっぷり出してやった精子も、奥に出し過ぎて漏れていなかった。

「起立」

「はぁ、ぅ」

起立に合わせて、起立しっぱなペニスを百合子に突っ込む。

教室中で呻き声が聞こえてくるけど、いつものことだ。

「礼」

日直の号令に合わせて、百合子の腰を抱え込んだ。

「着席」

俺はそのまま椅子に座り、百合子の椅子は俺になる。

うちの教室はチームワーク抜群だし、とっても仲良しだぜ。

授業中もペアで繋がってるし、使ってる教科書も一緒だからな。

＊＊＊

鈍感男がショーツの紐を引っ張る。

伸びたゴムが手放されて、私のお尻がペチンッと鳴った。

また引っ張って離して、引っ張って離して、ペチンペチンと音を鳴らされた。

授業中の暇潰しに、私の下着を弄ばれている。

いや、固いのをずっと奥まで挿れられてるから、ホント今更って話なんだけど。

私たちが着させられている下着、特にショーツは、特殊目的にデザインされたセクシーランジェリーばかりなのだ。

脱がさなくとも穿いたままで特殊用途に使用できる。

要はスカートを捲るだけでセックスできるように、クラスメートの男子が女子にプレゼントするのが流行っている。

私の下着も全部、猿浄にプレゼントされた物だ。

だからまあ、遊ぶのも許す。

「――――」


先生の授業は耳に入ってこない。

あまり勉強は得意じゃなかったし、こんな学園に来てまで勉強する気もない。

これは私だけじゃなくて大半の女子もそう思ってる。

思うようになってしまった。

もう三時限目の授業だけど、私たちはみんな男子の股間に跨がらせられたままだ。

最初の頃は、男子も途中で萎えるのが普通だった。

今はもう午前中はずっと、つまり授業中はずっと勃起して私たちを犯すようになった。

自分の席に座った男子に、ひとりずつ女子が着席してる状態。

前を向いてる女子もいるし、後ろを向いてる女子もいる。

みんな交尾してる、おかしな状態が中組の日常。

笑っちゃう話だけど、男子は精力増強を目的にダンジョンへ通い詰めてレベルを上げてきた。

今更女子が協力して立ち向かっても、絶対に敵わないレベル差をつけられてる。

男子もそれがわかっているのか、ダンジョンに女子を連れていってレベリングまでしてくれるようになった。

もちろん、自分たちが優位に立てる段階までしか上げてくれない。

それでも安全に保護されながら手厚くサポートしてくれるのだ。

私たち女子は、そんな男子に依存するようになってしまった。

だから私たちは、もう卒業するまでたぶんずっとこのままだ。

「んンゥ」

下腹部から伝達されたゾクッとする快楽に、必死になって口を噤《つぐ》んだ。

授業中にエッチな声を漏らすのは、流石に恥ずかしい。

ずっと膣の中にペニスを挿入されていると、段々と一体化していって異物感を忘れるくらいに馴染んでくる。

そういう状態で少しでも動かれると、お腹の中身全部を揺すられるような感覚になるのだ。

授業中ずっと生膣オナホに使われる私たちは、みんなその感覚の虜にされてしまった。

チャイムが鳴って授業が終わると、男子がズッポズッポと動き始めて、女子は一斉に声を出してアへる。

それもうちの教室の日常風景。

たまに我慢できなくなって、授業中でも大きくイッちゃう女子がいる。

「――――」

猿浄のアレはずっと固くて、少しも柔らかくならない。

コイツは私のことがお気に入りらしい。

本人からも明言されてるし、女子の間でもそういう風に認識されている。

猿浄は男子の中でもレベルが高い。

私たち女子は体感として理解できてしまう。

考えなしのバカで、無駄にタフで粗暴な男子。

だから私は、猿浄の担当役をみんなに押しつけられた。

パートナーのローテーションなんていっても、ダンジョンに連れていかれるときはフリーセックスだし、プライベートで無遠慮に求めてくるバカ男子もいる。

でもそんな時、私は猿浄にさりげなく保護されていた。

俺の女扱いされて惚れるなんて、私はホント単純なバカ女だと思う。

「ぁ」

胸に回された手を反射的に押さえた。

あんまり大きくない胸は、私のコンプレックスのひとつだ。

でもコイツはそんな私の胸もお気に入りだ。

乳首を指先でクリクリと弄られると、先っちょがキュッと疼く。

お腹の奥に居座ったペニスが、内側から私を押し上げている。

内股になっている太股がずっと甘く痺れていた。

他の男子は途中で柔らかくなったりもするのに、コイツはとことん私の中がお気に入りらしい。

「……ぁ」

乳首を悪戯していた指が、スカートの中に潜り込んだ。

トロトロに濡れている繋がりあった器官を撫でられた。

そのままクリクリと穿るように、固く充血しているクリトリスを弄り回された。

男子たちがただペニスを突っ込んで満足していたのは昔の話だ。
私たちの身体を使って彼らも学習してしまった。
そして教材にされてきた私たちの身体も、それに合わせるように開発されてきた。
クリクリに合わせて、私の膣がキュッキュと絞まる。
出すつもりだ。
また猿浄が私の胎内に種付けするつもりだ。
「……んぅ」
猿浄が私の口元を掌で押さえてくれた。
きっとおっきな声が出るだろうから助かる。
ぶびゅ、っと奥にきた。
熱くて濃い精液が、お腹の深くにビュルビュルッと垂れ流される。
覚悟していても身体が跳ねていた。
頭のてっぺんから毛穴が開いていくようなカタルシス。
一緒のオルガズムは、目の奥で星が飛び散るくらい気持ちいい。
机がガタついたけど、彼がそれとなくフォローしてくれる。
「……、……ん、ぅ……」
深い場所で猿浄の精子が、びゅ、びゅ、っと出続けていた。
それが残り汁でも、漏れ出す度に私の身体はイッていた。

彼に隷属した後は、ずっとこんな感じになってしまう。

他の男子から染められた身体でも、猿浄なら一発で取り戻してくれる。

それは私が積極的に受け入れてるからだ。

他の男子にヤラれてても、ある程度までは拒むこともできる。

流石に入れ替わりで毎日精液を注入されていたら、一週間くらいで染め変えられてしまうけど。

ホント今更だ。

申組の女子に『特定の彼氏』なんて許されない。

というか、隷属を塗り替えられる感覚にハマってしまった、寝取られ性癖に目覚める女子も増えてきた。

猿浄の女子人気があがってきたのも、それが原因なのだから救われない。

まあ、コイツが彼女扱いしてるのは私だけだから、優越感はちょっとある。

最初に始めたのが誰かは知らない。

けど、男女交際が許されない私たちの間で、彼氏彼女のアピールゲームが流行っていた。

男子からプレゼントされた下着を、受け取った女子が身につければカップル成立。

意中の相手から受け取った下着は、他の男に対する『彼氏います』アピールだ。

もちろん本人には『あなたの彼女です』アピールって感じ。

女子が始めたゲームだから、男子の大半は知らないはずだ。

一方的な自己満足にすぎない。

男子がエッチな下着を押しつけてくることは前々からあったし、最初はバカバカしいとあきれていたんだけどね。

鈍感なコイツのことだから、どうせ気づいてない。

エッチな下着を貢いでくるのも、ただ私にエッチな恰好をさせたいだけ。

猿浄に跨がったまま、机に突っ伏して余韻に溺れる。

まだ残り汁が搾り出されてくるから、下半身がたまにヒクッヒクッと痙攣してしまう。

「んぅ……」

屈み込んだ猿浄がキスを求めてくる。

本当にデリカシーのない男だ。

口づけは愛情表現の行為で、拒んでも性的奉仕ルールには違反しない。

フェラチオは性的奉仕だから求められたら拒めない。

でもマウストゥマウスは別。

基準がおかしい気がするけど、ちゃんと明文化されてる。

猿浄の席で、猿浄と舌を絡めながら余韻に浸った。

「――――ッ！」

四時限目の授業にもなると、少し教室が賑やかになってしまう。

隷属を塗り替えられた尻軽組が増えてきて、授業中に何度もイキ始めるのだ。

私は冷静に猿浄からお尻を突き上げられながら、ずっと何度もオルガズムしている。

アヘってる姿だけは見せない。

それだと、他の女子と一緒になってしまうから。

猿浄にとって、その他多勢のひとりにされるのだけは嫌だった。

「百合、おい。百合子、授業終わってんぞ」

「……ん？　ああ、もう放課後なんだ」

教室だけでなく、校舎全体の空気が賑やかになっていた。

猿浄の机に突っ伏したまま失神していたらしい。

私は普通に猿浄の膝へのせられていた。

後始末は、うん、ちゃんとコイツがやってくれたみたいだ。

がさつな男だけど、こういう気遣いもできるのが小憎らしい。

「ほんじゃま。学食へ昼飯に行くか」

「うん」

女子というのは群れを作る習性のある、社会性が強い生物だ。

こういう時は同性でグループを作るのが普通なのだけど、うちの教室は例外。

最初にやらかした決闘騒ぎで同性不信になってるし、パートナーの男子とペアにされているから級友同士の会話も少ない。

一応学園ネットでチャットグループを作ってるけど、参加していない女子も多かった。

というか、大抵その日のパートナーからお持ち帰りされてしまうのだ。

抱き枕になっていては物理的に参加できない。

自然と即席パートナーを頼るのが当たり前になった。

「今日はカレーにすっかな」

「猿浄ってカレー好きよね」

自然と腰に回された猿浄の手つきも慣れたものになっていた。

私もたぶん、慣れた。

男の隣に並んで媚を売ることに。

クラスメートの男子には色んなタイプがいるし、ソイツらの相手をしていれば嫌でも慣れる。

普通の学校ならバカップル扱いされる距離感で、彼と一緒に廊下を歩いてく。

「……なあ、レベリング付き合ってやろうか？」

「遠慮しとく」

ふと、猿浄から提案された言葉に即答する。

別に裏を疑ったわけじゃない。

私がコイツのお気に入りなのは重々承知、純粋な好意でレベリングしてくれるのだろう。

コイツはきっと私を独占したいと思ってる。

私のレベルを上げさせて、他の男に隷属しないようにって、私と同じことを考えてる。

でも、それはきっと、お互いのためにならない。

「出る杭は打たれる、でしょ？」

目立つことをしたら村八分にされる。

うちの中組は、そういう無言の同調圧力がとっても強い。

抜け駆けなんてしたら目の敵にされてしまう。

「あ〜まあ、そうなるよなぁ」

「猿浄がこっそりダンジョンで頑張ってるのは内緒にしといてあげる」

私をひとり占めしたくて頑張ってるなら、バカだと思っててもときめく。

「焦んなくてもいいんじゃないかな。学園生活は長いんだし、きっと猿浄も飽きちゃうよ」

私が猿浄のモノになるのは、別にいい。

だけど、そうなったらきっと猿浄は遠くない将来、私に飽きるだろう。

恋愛感情や独占欲なんて、満たされてしまえば飽きるのも早い。

だから、他の男にも共有されている今の距離感は、彼が私に執着してくれる程よい関係なのだ。

それになんていうか、猿浄を想いながら日替わりパートナーからレイプされて、従属しそうになるのを必死に我慢しているのは……ちょっと癖になりそうなくらいアレだから。

猿浄と腕を組んで、思いっ切り媚びてみせる。

鼻の下を伸ばした間抜け顔が可愛い。

「ご飯食べたら買い物に連れていって」

「お、おう。何か欲しいものでもあるんか？」

「……ホント鈍い。猿浄が私に着せたい下着、もっとあるんでしょ」

声を潜めた指摘に、鼻の下がもっと伸びた。

コイツの趣味は悪くないんだけど、もっと可愛いデザインも欲しい。

猿浄のプレゼントしてくれた下着で飾った私を、他の男子にいっぱいアピールしてあげるから。

私を予約してる、『私が惚れた彼氏』はあなただけなんだって。

《つづく》

EXミッション：麻鷺荘納涼譚

くたびれた様子の女子生徒四人が、木造の女子寮を見上げていた。

「やっと、辿り着けたのです……」

「なんでこんなに迷っちゃったんだろう？」

「森が迷路のようでしたわ」

「ここが麻鷺荘」

すでに夏の休みも盛りを過ぎている。

だが、照りつける真夏の陽光。

耳鳴りがするほどの蝉の声。

青々と生い茂っている草木。

湿度の高いじっとりとした空気が、肌に絡みついて体力を奪う。

深い木々の陰影が、蜃気楼《しんきろう》のようにぼやけていた。

だとすれば、そうであるのなら、案内図を見ながらでも道に迷うことがあるのだろう。

それが一本道であったとしても、だ。

「聞いた話だと、ここに『神匠騎士団』の部室もあるらしいのです」

腕組みをした美鈴が、むふーっと得意気な顔をしていた。

夏着の胸元がパンパンに強調されている。

四人組で一番小柄な娘だったが、バストサイズは一番大きい。

「学生寮に部室があるって、やっぱり普通じゃないよね」

首をかしげた詩乃舞が、寮の周囲を見回していた。

彼女は自他共に認める『普通』の女の子だ。

そんな彼女の、普通の一般的な観察眼では異常が見つけられなかった。

他の学生寮よりもオンボロに見えるが、特におかしな点はない。

「とーま様の居城ですもの。つまらない学園の規則など超越しているのですわ」

うっとりとした芹恵の顔は、セクシャルな色気があふれている。

スタイルやルックス、仕草や雰囲気にも滲み出るような色艶があった。

「で、でも、それならちょうどいいです。とーま様の倶楽部に入れてもらって、お、同じ寮にも入れてもらえたら……い、一緒にお風呂とか、毎晩お呼ばれとかっ」

自分の台詞に赤面した和香がパタパタと手を振った。

大人しそうで初々しくも見えるが、妄想は生々しく割と過激であった。

むっつりスケベな本性を、本人だけは自覚していない。

そんな和香が麻鷺荘の正面玄関に手をかけた。

「えっ、えっと、おじゃまします！」

「いょう？」

勢いよく開かれた扉の先は、巨大な顔面で占領されていた。

目いっぱい扉を開いても潜ることができるのか怪しい、それくらい巨大サイズの『何か』だった。

硬直していた和香が、そーっと扉を閉める。

ゆっくりと振り返り、同じく硬直している三人に訴えた。

「なにかいました。なにかいました。なにかいました」

和香にとってとても大事なことなので、三回ほど繰り返していた。

これが麻鷺荘の寮生であっても驚いたはずだ。

露天風呂以外で巨大な虎型モンスターを見かけたら、それはもう少しくらい驚く。

驚いた後はモフモフを堪能したり、オヤツで餌付けしたりするかもしれないが。

「お、落ち着くのです」

「そ、そうだよ。きっと見間違いだよ」

「え、ええ。今のは幻覚ですわ」

「う、うん。そうだね、そうだよね」

顔を見合わせる四人組は、わちゃわちゃと手を振っていた。

しばらくして冷静さを取り戻した彼女たちが、もう一度扉に向かい合った。

ゆっくりと深呼吸してお互いに視線を交わす。

再び手を伸ばしたのは和香だった。

軋みながら開かれた扉の向こうには、虚空に飲まれていく『何か』の姿があった。

ひゃいんひゃいんっと哀れっぽく鳴きながら、尻尾から引っ張られるように沈んでいく。

何しろ宿主の少女がストライキの真っ最中なのだ。

ペット枠の居候《いそうろう》が勝手に遊び歩くなど、許せるはずがなかった。

悲しそうな目をした巨獣が、抵抗も虚しく消えていく。

「……何も、見なかったのです」

「そうだね。何もなかったね」

「ええ。そのとおりですわ」

「ふぇ。だって今……う、うん。はい。何もいませんでした」

三人から視線を向けられた和香が、慌てたように頷いていた。

「さて。麻鷺荘に潜入成功なのです」

「……美鈴ちゃん。ホントになかったことにするんだね」

和香の突っ込みが沈黙でスルーされた。

林間学校で超常体験をしてきた彼女たちは学習していた。

そう、学園では見なかったことにするほうが幸せ、そういう事案がいっぱいあるのだ。

とりあえず、麻鷺荘内部へと突入した彼女たちは玄関にいた。

学園の学生寮は、既存の建物を改装したものが多い。

広大な敷地内に点在して、外見も様式も統一されていないのはそれが理由だった。

ミドルクラス以上の学生寮であれば新築だが、エントリークラスの下級寮はどこも同じようなものだ。

「麻鷺荘は洋風ですわね」

「羨ましいなぁ。私たちの寮は和風だし」

芹恵の呟きに詩乃舞が頷いていた。

ふたりが所属している女子寮は灰鳩荘だ。

個人の部屋も畳敷きで障子戸があり、和風民宿のようなスタイルの寮になっている。

とはいえ、和風でも洋風でも土足厳禁がデフォルトだ。

玄関には下足箱と、来客用のスリッパが準備されていた。

「えっと、おじゃまします〜」

玄関ホールに彼女たちが入っても、寮生の姿は見えなかった。

屋内の自動販売機、シンプルな応接用のテーブルや椅子など。

そんな玄関スペースの雑談ラウンジは、どの学生寮にも用意されている。

寮生同士のコミュニケーションの場だ。

実際、彼女たちの女子寮でも、暇を持て余した寮生たちのたまり場になっていた。

「誰もいないのです」

「えっと、どうしよう……。あの、すみません。誰かいませんか〜」

夏休みの寮に誰もいないというのは、彼女たちの想定外だった。

誰かに聞けばわかるよね、というフワッとしたプランが台無しになりそうだ。

「あんたたち、うちに何か用？」

そんな時に食堂から顔を出したのは、エプロン姿の女子生徒だった。

トレイを手にしたまま四人組を見て首をかしげる。

「麻鷺の寮生じゃないみたいね。宅配のバイトなら預かっておくけど」

「あの、そうじゃなくて、その、えっと」

「私たち人を探しているんです。とーま様と静お姉様はご在宅でしょうか？」

わちゃわちゃ慌てる和香を押さえて、詩乃舞がペコリッと頭を下げた。

「ああ、なるほど。静香から話を聞いてるわ。神匠騎士団《う　ち》に入部したい新人が来るかも、ってね」

「はい。それは私たちのことだと思います。そして先輩さんだったのですね」

「ま、ふたつの意味でそのとおりよ。倶楽部の先達《せんだつ》で二年生だから」

肩をすくめた久留美が、四人組を二階へと誘った。

「とりあえず部室まで案内するわ。お茶くらい出してあげる」


「トドみたいに転がってる人がいっぱいだったのです」

「寮生がみんな集まってるのかな……」

「タライに入っている氷柱は、確かに涼しそうでしたけど」

「先輩が持ってきた水羊羹に、わーって群がってきました。ちょっと怖かったです」

階段を上がった四人組は、麻鷺寮生の生態を目撃してしまった。

氷柱の周辺に陣取ってテリトリーを主張する。

タライに突っ込んだ足のポジショニング争い。

マッサージチェアーで寝落ちしたら、廊下の隅っこへと強制送還。

かき氷マシンに並んでいる順番待ちは、永久機関のごときエンドレス回転。

フリースイーツが補充される度に勃発する、仁義なき抗争。

涼やかな風鈴の音色が、ただただ虚しく響いていた。

そんなリラクゼーションエリアを踏破した彼女たちが、神匠騎士団《アデプトオーダーズ》の部室（仮）に到着する。

「もしかして、ここが部室なのです？」

「そうよ。臨時の部室だったんだけどね。……いろいろと都合がいいから居座ってるの」

美鈴の問いかけに、久留美がニヤリと頬笑んだ。

久留美たちも経験を積んで、ある意味ふてぶてしく、図太くもタフになっているのだ。

「久留美ちゃん、ご苦労様ー」

フリマ用の武具を磨いていた蜜柑が出迎える。

旧ミーティングルームには、いつもどおりの二年生メンバーが集まっていた。

少し前まではぐったりと溶けていた彼女たちだが、今はワイワイと創作活動に励んでいる。

「評判、どうでした？」

「引きがよすぎてリサーチにならない。次は一応ババロアを出すつもりだけどね。和菓子でも洋菓子でも、どっちでも喜んでくれそうよ」

ふむ、と腕を組んだのは、寮生からスイーツの女神として崇拝されている芽龍だった。

同時にカロリーの悪魔としても恐れられていたりする。

「ところで、そこの子たちは倶楽部のお客さんだったりするのかな？」

モノクルでクリスタルを鑑定していた凛子が、入口で立ったままの四人組へ振り返った。

物珍しそうにキョロキョロとしている中で、美鈴だけは鼻息も荒く興奮している。

「あっ、あの。もしかして先輩方は、みんなクラフターなのです？」

「うん？　そうだね。ここにいるメンバーは全員、職人系のクラスホルダーかな」

職人系は不人気なクラスだ。

ダンジョンでの戦闘手段にも乏しく、クラスチェンジをやり直す生徒も多かった。

そんな職人クラスの先輩方が楽しそうに活動している姿は、同じクラスホルダーから見て眩しすぎた。

「うちで購入した武具のメンテナンスやカスタマイズなら……」

「あっ、あの！　私たち、神匠騎士団に入部させてほしい、です！」

ギュッと手を握って宣言した和香に、キョトンとした凛子が頬笑んだ。

「うん、なるほど。じゃあ、座って話をしようか。鬼灯ちゃん、お茶をお願いできるかな？」

＊＊＊

――穿界迷宮『YGGDRASILL』、接続枝界『黄泉比良坂』――

――第『拾弐』階層、『既知外』領域――


本日、俺たちは久しぶりの学園ダンジョンに潜っていた。

夏休みになってすぐ林間学校へと参加していたので、久しぶりな感じがする。

磐戸樹海も天然ダンジョンと呼ばれるエリアだったが、モンスターとの遭遇回数は少なかった。

それに八岐大蛇《ラスボス》との戦闘にも参加できず。

少しばかりフラストレーションが溜まっていたのだ。

「メッチャ寒いんですけど」

両手を擦り合わせる麻衣が震えていた。

暑くてダンジョンに行きたくないと愚痴っていたのに、今度は寒くて文句を垂れている。

「地上とダンジョンの中は環境が違う。それはわかってたんだがな」

さりげなく麻衣を抱える誠一が、マントで身体を包んでいた。

その紳士的な気遣いは見習いたい。

「ここは涼しいを通り越した極寒ですから。余裕で凍死するくらいに」

最初から俺のマントに潜り込んでいた静香が、白い息を吐いている。

ここはダンジョンの第十二階層、『永久氷河《コキュートス》』と呼ばれているフロアだった。

白く染まった雪原、巨大な氷のオブジェクト、極寒に適応した大型モンスターが棲息している。

第十階層から様変わりした野外迷宮《オープンフィールド》スタイル。

モンスターだけでなく、こうした環境にも対応しなくては進めない。

「さぶさぶ。もう充分涼しくなったから、もう帰りましょ。ね？」

入った直後から弱音を吐いているのは乙葉先輩だった。

二年生ではそこそこ名の知れた実力者、麻鷺荘の寮長も勤めている頼りになる先輩、という肩書きは過去のモノ。

実際にはヘタレ可愛い先輩さんである。

「はぁ……仕方ありません。叶馬さん、先輩で温まってください」

「静香ちゃん。なんか変じゃない？　私を温めてくれるんじゃなくて、私で温かくなるって」

首をかしげる乙葉先輩をマントの中へとご招待。

俺たちは現在、待機状態なのだ。

じっとしているだけだと手足が冷えてしまう。

「寒い時には人肌を合わせるという温熱療法がありまして」

静香が背後から抱きついて、乙葉先輩をサンドイッチの具材にした。

「ひゃっ、静香ちゃん、どこに手を入れて……ちょ、ふにゃあ」

「またずいぶんとあざとい声を出しますね。先輩」

びくんっとした乙葉先輩の足が浮く。

俺と静香が前後から支えている恰好だ。

「奥までしっかりフッキングされてます。これなら暴れても落ちたりしません」

乙葉先輩の身体は奥までこわばっていた。

だが、すぐに柔らかくほぐれて、熱が籠もっていく。

「いい感じで温かいです。このまま、もっと身体を火照らせてください」

「んっ、あっ、わたしっ、カイロに、されちゃってるんですけどぉ」

嫌がっている様子はないので温熱療法を続ける。

三人で押しくら饅頭《まんじゅう》していると、乙葉先輩がどんどん可愛らしくなっていく。

「おーい。そろそろ釣り役が戻ってくるぞ」

「ああ」

吹雪の中でも、盛大な雪煙が近づいてくるのが見えた。

先頭で雪狼《スノーウルフ》に跨がっているのは海春と夏海。

その隣で疾走しているのは、ポニーテールをなびかせる沙姫だった。

マンモスよりも巨大なトナカイの群れが、彼女たちを追ってくる。

次第に大きくなる地響きは、氷窟の壁にひび割れを作るほどだ。

「では叶馬さん。カイロはお預かりします」

「ふぅええ……まって、もうちょっと、もうちょっとだからぁ」

「任せる」

ホコホコに仕上がった乙葉先輩《カイロ》を抱き締める静香に頷く。

俺は巨大なハンマーを手にして氷窟の外へと踏み出した。


三回ほどモンスターの群れを殲滅した俺たちは、早めに切り上げて地上へと帰還した。

「怪獣退治みたいで楽しかったです！」

丸太みたいな脚をバッサバッサと薙ぎ払っていた沙姫がご機嫌になっている。

気持ちはわからなくもない。

第十二階層のモンスターはラージサイズが多いのだ。

「トレイン成功、です」

「スリル満点、です」

牽引役を務めてくれた海春と夏海が、得意そうな顔で胸を張っている。

彼女たちの召喚モンスターは機動力に優れたモフモフ軍団。

ヤツらもレベルが上がってきたのか、ふたりが騎乗しても問題ないようだ。

「まとめて吹っ飛ばすのはスカッとしたけどさぁ……」

「ああ、この暑さ……温度差がマジできっついぜ」

麻衣と誠一はベンチに座って脱力していた。

いた。


「確かに、体調がおかしくなりそうです」

「みんなだらしないわねぇ。久しぶりのダンジョンアタックで疲れちゃったの？」

自販機で購入したアイスをペロペロ舐める乙葉先輩に、くったりした静香がジト目を向けて
いた。

ふむ、購買部前の廊下には、色んな自販機がずらっと並んでいる。

定番の飲料の他にも、アイスや軽食やスナック菓子など、実に多種多様だ。

俺もチョコチップミントのアイスを購入。

「っていうか、乙ちゃん先輩さぁ。ダンジョンで何にもしてなかったじゃん」

「わ、私だってちゃんとカイロ役を頑張ってたのよ。ほら、叶馬くんが動けなくなると困るし」

「……失策です。私がカイロ役になるべきでした」

沙姫たちもやってきたのでアイスをご馳走する。

普段は混み合っているので、購買部前の自販機コーナーを利用することはなかった。

夏休みの今はチラホラと人影があるくらいだ。

ダンジョンアタックには最低限のノルマがあるとはいえ、積極的にやって来る生徒は少数派
らしい。

「いや、ほら。今日の予定は採取クエストだったでしょ？　だから、ちょっと油断してたって
いうか」

「済まない」

視線を泳がせている乙葉先輩に謝罪した。

「べ、別に叶馬くんを責めてないから。たまにはこういう日もあるわよ」

本日のモンスター討伐はサブクエストみたいなもの。

メインは永久氷河の素材回収。

具体的には、あのフロアで無尽蔵に転がっている氷塊が目的だった。

普通であれば持ち出すのが難しい大質量オブジェクトも、俺ならば容易に採取できる。

空間収納という我ながらチートとしか思えないスキルがあれば楽勝、のはずであった。

「やはり、使えなくなっていますか？」

「メイビー」

空間収納の不具合に気づいたのはダンジョンの中だった。

まったく使えなくなったわけではない。

最低限の武装の出し入れは可能だ。

たとえるなら機能制限版にダウングレードしてしまった感じ。

おそらく林間学校イベントの後遺症なのだろう。

「いえ、それはスキルの不具合というより……」

こめかみに指を当てた静香が、微妙な表情をしていた。

気休めとはいえ、慰めてくれる心遣いはありがたい。

だが、あきらかに挙動がおかしいのだ。

巨大な氷塊を放り込んだら、ぺいっと戻されて『だめ』という札が貼ってあった。

もう少し小さなサイズを入れたら、ぺいっとまた戻されて『取扱対象外』の札が貼ってあった。

首をかしげながら半分に割った氷塊を入れたら、ぺいっと再び戻されて『臨時休業』の札が足下に落ちてきた。

やはり疑いようがない。

空間収納スキルの不具合だ。

「叶馬さん。これを試しにアイテムボックスへ入れてみてください」

「ああ」

手渡された抹茶アイスモナカを空間収納に入れた。

すると予想どおり、ぺいっと吐き出されてくる。

返品をダイレクトキャッチした静香は、ジットリした目で箱を睨んでいた。

これで認めざるを得ないだろう。

スキルの不具合であると。

「ええ、はい。不具合ではありますね……作為的な」

ため息を吐いた静香は、まるで空箱を捨てるようにゴミ箱へ放り投げていた。


「うぉ～……あぁあぁ、暑ぅうい」

物理的に溶けていそうな麻衣がふらついていた。

自販機を発見する度に、冷たいジュースを補充している。

「腹を壊すからそこまでにしとけ」

「水分補給しないと脱水症状で死んじゃうわ……」

「砂漠を踏破してるんじゃねえんだぞ」

誠一もあきれていたが汗だくになっているのは同じだ。

「早く帰ってアイスでも食べましょ」

「新商品の酒粕アイス、楽しみです～」

乙葉先輩と沙姫は、暑さに耐性があるタイプ。

いや、乙葉先輩の場合、アイスが楽しみすぎて暑いのを忘れているだけかもしれない。

「はぁ、ふぅ……沙姫ちゃん」

「ふぁ、はぅ……王道はバニラ、です」

海春と夏海も溶けそうになっている派だ。

パッと見で静香は平気そうにしているが、目が虚ろなので一番ヤバいと思います。

変なクラスをゲットしても、基礎体力のなさと運動神経はどうしようもない。

もう少し学生食堂で涼んでいてもよかった気はする。

だが、ダンジョン帰りに立ち寄った学食は、涼を取りにきた生徒で溢れ返っていたのだ。

平日の昼間より混雑していたレベル。

下級の学生寮には冷房がないので、誘蛾灯に集まる夏の虫みたいに集まってくるらしい。

休憩を諦めた俺たちは、お土産を購入して麻鷺荘へと戻ることにしたのだ。

購入したのはカップアイスのアソートだ。

詰め合わせというより、色んな種類のアイスをチョイスしてまとめ買いした。

クーラーボックスがあっても溶けそうな気温でも、アイテムボックスがあれば問題ない。

不具合が治ったわけではない。

静香の指示でポイポイとアイテムボックスにカップアイスを納れてみたら、半分くらいの確率で保管に成功した。

返品されてきたアイスは、やはりジト目の静香がポイポイとゴミ箱に捨てていた。

もったいないので止めようとしたら、海春と夏海から無言で首を振られてしまった。

「うぁ～……やっと着いたぁ。麻鷺荘マジ校舎から遠すぎぃ」

「陽炎《かげろう》だな。どんだけ暑いんだよ。寮が揺れて見えるぜ」

それは日差しが強い真夏に、遠くのアスファルト道路などが歪んで見える現象だ。

陽炎が気になってググった時に、シュリーレン現象とかいう一生涯口に出さなそうな単語を覚えてしまった。

でも、アレは違うと思う。

玄関前に近づいても、ゆらゆらが続いている。

「ふむ」

ふと、足に違和感を覚えたので捕獲してみた。

「悪戯をしてはいけない」

「にゃわん」

犬と猫をフュージョンさせた外見の小動物が、どっちつかずの鳴き声で甘えてきた。

少し前から麻鷺荘で飼い始めたペットらしく、すねこすりと呼ばれていた。

見た目が可愛らしくて、人懐っこい性格なので寮生の人気者になっている。

「……コイツらって何なんだろうな？」

「知らぬ」

熱射病になりかかっているのか、遠くを見ている誠一の目が虚ろになっていた。

いや、ゆらゆらの正体を突き止めようとしているのか。

そいつの正体は確か、不知火《しらぬい》とかいう存在が希薄なペットだから難しいと思う。

寮の玄関を開けると、女の子の悲鳴が聞こえてきた。

「いやあああ～んっ」

廊下の奥から鈍臭いダッシュで逃げてきたのは、林間学校で知り合った和香だ。

さっそく麻鷺荘へ遊びに来たのだろう。

「あっ！　とーま様、お姉様ぁ」

こちらに気づいた和香が、解脱《げだつ》しかかっている静香に抱きついた。

四人組の中では、和香が一番静香に懐いているのだ。

逃げる和香を追いかけていた犯人が、あっ、ヤベッ、みたいな顔をしている。

コイツは新しく増えた住人の中でも、見た目が可愛くない派の重鎮だ。

何しろ大きなタイヤの軸部分に、禿げたオッサンの顔が浮かんでいる。

禿げたオッサンが笑いながら美少女を追いかけ回すのは、犯罪以外の何物でもない。

「あんたは！　暑っ苦しいから燃えるなって言ってんでしょうがっ」

麻衣から魔弾を撃ち込まれたタイヤマンは、火力を落としながら廊下の奥へと転がっていった。

おそらく和香の新鮮な反応にテンションが上がってしまったのだろう。

可愛くない派の多くは、割と凶悪な外見をしているのだが、あれで気遣いのできる連中なのだ。

タイヤマンも先日、廊下を焦がしてしまった時に先輩たちから叱られて以来、ちゃんと自重していた。

「……アイツらって何なんだろうな？」

「知らぬ」

虚ろな目をした誠一に、すねこすりを手渡した。

アニマルセラピーで癒やされるがいい。

「お、おお、お姉様っ。あれは何なんですかぁ」

「ええ、はい……わかりました。世界の半分をあげましょう」

「とーま様！　お姉様がっ」

大魔王ごっこをしている静香はスルーしてあげてほしい。

涼しくなれば復活すると思うので。

とりあえず、玄関に立っていても仕方ないので部室に向かおう。

「よろしくね。和香ちゃんたちのことは聞いてるよ」

「は、はい。乙葉センパイ。よろしくお願いします」

フレンドリーに和香を受け入れたのは乙葉先輩だ。

沙姫と双子姉妹は、距離を取って様子見をしている。

人見知りするタイプなので仕方ない。

一応、俺たち神匠騎士団はCランクの倶楽部だ。

部員の制限枠は二十五名に拡大している。

現状の部員数は二十名なので、和香たち四人を受け入れることは可能だった。

加入については部長の一存で決めるつもりはなかった。

部員の誰かが反対するようなら、残念だが入部は認められない。

人見知りタイプは先輩たちにも多いのだ。

和香たちの入部試練は大変かもしれない、そう思っていたのだが。

「蜜柑センパイ、すごいのです！　いえ、お師匠様と呼ばせてくださいなのです」

「あはは。美鈴ちゃんも筋がいいよ～」

「本当に素敵な香りですわ。それに、鬼灯ちゃん先輩はもっと素敵な香りがしますわ」

「あの、だめ……ふきゅ」

「すごいです。やっぱり使いやすくてデザインも格好いい……アデプトのブランドは憧れだったんですよ」

馴染んでる、メッチャ馴染んでる。

美鈴、芹恵、詩乃舞の三人は、職人組の先輩に囲まれてキャッキャしていた。

三人とも後衛クラスだし、美鈴に至っては同じ職人クラスだ。

気が合ったのかもしれない。

「ああ。叶馬くんたちも戻ってきたのかな」

カウンターに座ってみんなを見守っていた凛子先輩も、優しい笑顔を浮かべていた。

彼女の人物眼は、仲間に向けられる悪意を見逃さない。

ひとまず面接には合格したということか。

先輩たちも受け入れているようなので、残る問題は沙姫たちだ。

意外と序列を気にするタイプだし、先輩たちを盗られたとか思っていそう。

だが、刀の鯉口《こいぐち》を切ったり、カードを手にしたりするのはやりすぎ。

バイオレンスな二次面接の開始か、というタイミングで、俯いていた静香が顔を上げた。

「静まりなさい人間たち……。世界を滅ぼされたくなかったらお風呂に行きましょう」

「えっと。静香お姉様は世界を滅ぼせるのです？」

「えっ……う、う〜ん。どうなんだろ？」

蜜柑先輩をお師匠様認定した美鈴が、お風呂場でも付きまとっていた。

本人も満更ではなさそうなのでヨシ。

ちなみに大魔王静香は、水風呂に首まで浸かってほわほわしておられる。

ここは麻鷺荘の第二露天風呂建設予定地だ。

実はほぼ完成しており、夏休み中はプール代わりの水風呂に使おうと提案されている。

「あ〜、こりゃいいや。男風呂も作ってくんねえかな」

「ああ」

部員が全員揃っているので誠一も入っている。

俺たち男子ふたりも、残りの女子メンバーも全裸だ。

冷水とはいえ風呂は風呂、水着など無粋の極み。

故にこれでいいのだ。

「ま、裸の付き合いで親睦を深めるって感じでしょ」

そう言いながら、誠一の正面に陣取っている麻衣だ。

自分よりもスタイルがいいメンバーがいるので牽制しているのだろう。

誠一も当然のように受け止めているし、ふたりのバカップルっぷりには犬も逃げ出しそうだ。

「あたしは一度あの子らの覚悟を見てるから、反対する気もないしさ」

「そりゃそうだ」

誠一たちは既に認めていたようだ。

「誤解していました、和香！」

「着太りするタイプとは見抜けなかった」

「です」

「ふえっ、あの……その、何のことでしょうか」

何やら急速に親交を深めているグループがいた。

うちの倶楽部では少数派になる、身体の一部サイズが可憐な同盟だ。

倶楽部の平均値が普通より高くなっているだけで、彼女たちも決してないわけではない。

「和香とは話が合いそうです。お風呂上がりにとっておきを呑ませてあげますね」

「ずっと仲良し、です」

「裏切り者には制裁を、です」

「あのっ、嬉しいんですけど、なんか頷いたらダメって予感がしちゃってます」

和香が複雑な顔をしているが、少しずつ仲良くなっているようだ。

詩乃舞と芹恵も、他の先輩たちと女の子っぽい会話で盛り上がっていた。

「問題はないみたいですね」

「ああ」

茹だっていた頭が冷えたのか、魔王モードの静香が元に戻っている。

背中を預けてくる静香を抱えた。

無意識に左腕を揉んでいるのは、まだ違和感があるのだろうか。

「いえ、何ともないんです。それが逆に変な感じだな、って」

「……無理はするな」

静香の選んだ選択に口出しはしない。

しないが、心配しないとは言っていない。

はい、と頷いた静香がそのまま甘えてきた。

日は傾いてきたが、まだ暑さの和らぐ気配はなかった。

夏風邪を引かない程度に、しばしこのまま涼んでいるのも悪くない。


「――イヨ」

唐突に頭上から、にゅっと子鵺の顔が飛び出て。

……途中で何か引っかかったみたいに動きが止まった。

ひゃいんひゃいんっと鳴きながら、どこかわからん場所へと沈んでいく。

アイテムボックスの不具合は子鵺にも迷惑をかけているようだ。

早めに修理する方法を探そう。

パニックになった和香たちは、笑顔のみんなに慣れろとアドバイスされていた。

無事に正式な部員と認められた彼女たちだが、寮の定員オーバーで移籍できないと聞かされて、また少し一悶着《ひともんちゃく》あったのは後の話である。

《了》

あとがき

改めて七巻目を出させていただけたこと感謝いたします。

セックス&ヴァイオレンスな学園物語に変わりはありません。

お手になされた皆様には変わらぬ感謝を。

また、発刊でお世話になっている一二三書房の担当者様方、イラストレーターのアジシオ様、本作を応援して下さる読者の皆々様にお礼を申し上げます。


この本を手にしている貴方へ。

物語の世界を楽しんでいただければ幸いです。

竜庭ケンジ

天然ダンジョン調査記録簿

・天然ダンジョンについて

地上で発生している、擬似的なダンジョン領域のこと。

ただし、本来のダンジョンからの侵蝕、異世界《レイド》が地上へと『顕界《アドヴェント》』した世界汚染災害領域とは完全に別物。

瘴気、魔力の濃度が閾値を越えた空間では、想念と物質の優先度が逆転する。

そんな物理法則が曖昧になったエリアは、古来より地球上にも存在している。

天然ダンジョンの発生パターンは、おおよそ二種類に分類される。

ひとつは、地球という惑星を巡っている血管のごとき竜脈、あるいは竜脈の重合地点となる竜穴。

そのエネルギーが地上に強く影響している領域。

もうひとつは、地形的な構造、あるいはその他の要因によって瘴気が蓄積された領域。

竜脈に依存する天然ダンジョンは規模が大きく、領域が移動することも滅多にない。

そうでない場合は小規模、もしくは一時的な領域であることが多い。

極小規模で発生した『お化け屋敷』や『心霊現象の多発地帯』も、天然ダンジョンに分類されている。

日本における天然ダンジョンは、基本的に行政が対処している。

大規模なエリアには専属の部署が設置されていることも多く、職員の大半は学園の卒業生となっている。

天然ダンジョンは日本のみならず、世界各地で確認されている。

本来の特異点であるダンジョンの周辺、もしくは枯れた旧ダンジョンの遺跡にも領域が形成されやすい。

瘴気は人間の強い感情に反応する。

伝説や信仰、人間の思想に感応するのは本来のダンジョンと同様だと考察されている。

日本国内の天然ダンジョンより抜粋

・磐《いわ》戸《と》樹海《じゅかい》

日本の黄泉比良坂ダンジョン近隣に位置している大規模天然ダンジョン。

複数の山々を飲み込んだ樹海エリア。

地形的な瘴気の流入、および竜穴の吹き出し口となっているためダンジョン強度が高い。

野生動物がモンスター化しており、一部の例外を除いて生態系は成立している。

・裏恐山《シンオソレザン》

青森の山中に存在する地底空洞の天然ダンジョン。

広範囲に枝分かれした鍾乳洞が、巨大な地下空洞に繋がっている。

アンデッドモンスターの巣窟となっており、実体がないタイプが多い。

・儀来河内《ニライカナイ》

沖縄の与那国島沖に水没している海底天然ダンジョン。

巨石神殿形状が自然に形成されたのか、人工的な構造物なのかは不明。

モンスターの出現する神殿内部エリアでは、水中でも呼吸が可能となっている。

・遠野《とおの》金色《こんじき》ヶ《が》原《はら》

岩手の遠野地方に出現する時限式の広域天然ダンジョン。
年に数回、要注意エリア内のランダム地点が一定期間ダンジョン化する。
出現するモンスターは妖怪系が多い。

・不《ふ》死《し》山《さん》麓《ろく》溶《よう》岩《がん》洞《どう》迷《めい》殿《でん》

富士山の山麓に広がっている大規模天然ダンジョン。
溶岩の冷え固まった空洞が、幾層にも積み重なって迷宮を形成している。
竜脈から直接湧き出ている霊水は、不老長寿のポーションとして珍重されている。

・首都圏外郭放水路《アンダーパルテノン》

首都圏の地下に存在する人造の大規模天然ダンジョン。
現代では珍しい、計画的に設計された大規模瘴気滞留システム。
だが実際、霊的・魔術的な機構については古代都市の方が洗練されていたりする。

cyclopedia

・海廷平安京《かいていへいあんきょう》

平家滅亡の地とされる壇之浦、関門の海底に存在する天然ダンジョン。

竜脈や地形に依存しておらず、監視のみで管理はされていない。

それでも天然ダンジョンを発生させている『コア』は、かつて失われた神器であろうと推測されている。

・東海道中膝栗毛《とうかいどうちゅうひざくりげ》

竜脈の流れに沿った天然ダンジョンの多発地帯。

あちこちで活性と沈静を繰り返すベルト状領域の管理に、あちこちと走り回ったことが名称の由来。

該当エリアが天然ダンジョンに認定されたのは比較的最近。

転生貴族の異世界冒険録
~カインのやりすぎギルド日記~
原作：夜州
漫画：香本セトラ
キャラクター原案：藻
レベル1の最強賢者
原作：木塚麻弥
漫画：かん奈
キャラクター原案：水季
我輩は猫魔導師である
原作：猫神信仰研究会
漫画：三國大和
キャラクター原案：ハム